로시니

Rossini
로시니

파트리크 쥐스킨트·헬무트 디틀 지음 강명순 옮김

ROSSINI
ODER DIE MÖRDERISCHE FRAGE, WER MIT WEM SCHLIEF
by HELMUT DIETL / PATRICK SÜSKIND

이 책은 실로 꿰매어 제본하는 정통적인 사철 방식으로 만들어졌습니다.
사철 방식으로 제본된 책은 오랫동안 보관해도 손상되지 않습니다.

헬무트 디틀과 파트리크 쥐스킨트의 시나리오

로시니

혹은 누가 누구와 잤는가 하는 잔인한 문제

레스토랑 〈로시니〉. 실내. 밤

궂은비가 내리는 어느 여름날 저녁. 9시에서 10시 사이. 식당 테이블은 손님들로 거의 빈자리가 없다. 종업원들이 바삐 움직이고 있다. 새로 손님들이 도착하면 주인 파올로 로시니가 단골 좌석으로 그들을 안내한다. 손님들은 자신들의 테이블로 걸어가면서 다른 손님들과 인사를 나눈다. 대부분의 손님들은 서로 아는 사이임이 분명하다. 사람들이 끊임없이 테이블에서 일어나 다른 사람들의 테이블로 다가가 잠시 몇 마디 대화를 나눈다. 마치 어떤 사교 클럽의 모임이 열리고 있는 것처럼 시끄럽고 자유분방하며 친밀한 분위기가 흐른다.

초라한 행색의 한 부부가 머뭇거리며 레스토랑으로 들어와 입구에 멈추어 선다. 로시니가 그들에게 다가간다. 그들이 대화를 나누는 모습은 전면(前面)에 있는 다른 손님들에 의해 계속 가려져 가끔 화면에 등장한다.

로시니 예약을 하셨습니까?

라이터 (큰 소리로) 이봐, 닥터! 지기, 도대체 이 약 어떻게…….

여자 저…… 그게…….

라이터 …… 먹는 건지 좀 가르쳐 줘!

닥터 지기 겔버가 함께 온 손님들에게 잠깐 양해를 구하고 자리에서 일어선다.

겔버 죄송하지만, 잠깐 친구한테…….

여자 전화로 문의했더니 여기서는 예약을 안 받는다고 해서요…….

발레리 드디어 왔군요, 보도 크리크니츠! 이제 문을 닫아도 되겠어요!

남자 그냥 오면 된다고…… 하기에…….

겔버 (라이터에게) 아주 간단해. 입에다가 직접 열 방울 정도 떨어뜨리면 돼.

크리크니츠 이봐 파올로, 문을 닫지 그래!

로시니 누가 그런 말을 했습니까?

샤를로테 (라이터의 테이블로 다가서며) 이봐요, 오스카…… 그 소문 사실이에요?

남자 (메모지를 꺼내 들고는) 저…… 미켈레 씨라는 분이…….

로시니 그는 여기서 그런 말을 할 위치가 아닌데요.

샤를로테 당신이…… 경제적으로 아주 큰 곤경에 처했다는…… 소문 말이에요…….

라이터 로티[1], 어디서 그런 헛소문을 들었지? 사형 선고를 받은 사람이 제일 오래 산다는 말도 못 들어 봤어요? 하하하!

오스카 라이터가 약을 몇 방울 마신다.

로시니 보시다시피 오늘 저녁에는 빈자리가 없군요……. 죄송합니다.

샤를로테 누군가가 나보다 먼저 그 기사를 쓰는 일은 없겠지요! 당신이 파산한다면 난 정말 멋진 기사를 쓸 텐데……. 음, 〈제국이 붕괴하다〉 어때요?

라이터 하지만 로티, 유감스럽지만 그런 일은 결코 일어나지 않을 거야. 제국은 무너지지 않아. 제국은 다시 반격할 거야!

그가 웃으면서 주먹으로 테이블을 내리친다.

겔버 (발레리에게) 발레리, 이게 병원의 내 비밀 전화번호야. 당신이라면 언제든지 시간을 낼게!

여자 그러면…… 다음 주 예약은 가능한가요?

로시니 저희는 예약을 안 받습니다. 죄송합니다.

1 〈로티〉는 샤를로테 잔더스의 별칭. 모든 주는 옮긴이 주이다.

당황한 그 부부가 미처 밖으로 나가기도 전에 우 치고이너가 열려 있던 문을 통해 들어와서 로시니에게 더러운 빨랫감이 잔뜩 든 비닐봉지 두 개를 내민다.

치고이너 자, 이거 받아! 벌써 다 분류해 놓은 거야. 이쪽 건 속옷 그리고 이쪽 건 셔츠야……. 셔츠는 지금 다림질을 좀 해주면 좋겠어. 다림질할 때 칼라에 풀을 너무 빳빳하게 먹이지는 마. 알레르기가 재발했거든. 참, 내 우편물 도착했겠지? 그것 좀 갖다 줘!

그가 젖은 비옷을 로시니의 팔에 던진다. 치고이너는 발레리, 크리크니츠, 라이터를 향해 인사를 하고 자신의 테이블로 간다.

라이터 우, 이 늙은 사기꾼 친구야!

여자 (화를 내며) 당신은 선량한 손님들의 가치를 모르시는군요!

로시니 제가 왜 선량한 손님들을 필요로 하겠습니까? 벌써 좋은 친구들이 이렇게 많은데요…….

〈로시니〉 앞. 실외. 밤

식당에서 쫓겨난 그 부부가 식당에서 나와 다투면서 자동차로 걸어간다. 레스토랑 전체가 시야에 들어온다. 조명을 밝힌 레스토랑의 커다란 유리창에 〈로시니Rossini〉라고 적혀 있다. 식당 안에서 사람들의 웅성거림이 들린다.

〈로시니〉. 치고이너의 테이블. 실내. 밤

치고이너가 4인용 단골 테이블로 걸어간다. 거기에는 치고이너를 위한 저녁 식사가 1인분 준비되어 있다. 웨이터가 재빨리 적포도주병과 물을 가져오고, 로시니는 우편물 꾸러미와 편지 개봉 칼을 접시 옆에 내려놓는다. 그리고 웨이터 미켈레가 깨끗이 세탁한 옷들을 조심스럽게 의자 위에 내려놓는다. 치고이너는 양복 재킷과 스카프를 의자 등받이에 걸쳐 놓고 새로 갖다 놓은 옷 중에서 깨끗한 셔츠를 하나 꺼내 들고 2층으로 향하는 계단을 몇 걸음 올라간다. 라이터가 뒤에서 그를 부른다.

라이터 (큰 소리로) 우, 이쪽으로 와! 혼자 온 거야? 우리 테이블로 오지 그래!

치고이너는 라이터의 테이블을 향해 피곤해서 싫다는 손짓을 한 후 2층으로 올라간다. 그러고는 유리문에 커튼이 드리워져 있는 어떤 방문을 열고 안으로 들어간다.

라이터 (크리크니츠와 발레리에게 조용하게) 결혼 생활이 거의 끝장날 지경이래.

발레리 저 사람한테는 특별한 일도 아니잖아요.

크리크니츠 그래? 난 벌써 이혼한 줄 알았는데.

라이터 물론 이혼했지. 하지만 그건 세 번째였고 아직 네 번째 이혼은 안 했어.

그는 이제 막 별실 안으로 사라진 치고이너를 향해 소리쳤다.

라이터 이봐, 우, 이 친구야! 역경이 닥칠수록 용기를 더 내라고! 하하하하.

〈로시니〉의 별실. 실내. 밤

야코프 빈디슈가 별실의 테이블에 혼자 앉아서 여종업원 세라피나의 자상한 시중을 받고 있다. 그녀가 막 빈디슈한테 수프를 날라오고 있다.

빈디슈 (구역질을 하며) 바보 같은 녀석……. 유치해서 못 들어주겠군.

세라피나 수프가 나왔어요, 빈디슈 씨.

빈디슈 세라피나, 정말로…… 고마워…….

그는 비난의 눈초리로 치고이너를 쳐다본다. 치고이너는 지쳐서 어쩔 수 없다는 표정을 짓고는 낡은 카운터에 달린 개수대로 다가간다. 세라피나가 밖으로 나간다.

빈디슈 저런 녀석은 입에다 자물통을 채워 버려야 돼…….

라이터 (목소리만 들린다) 우린 모두 좋은 친구들이야, 안 그래, 보도?

빈디슈 시도 때도 없이 유치한 말만 하지 않으면 그럴 수도 있겠지…….

빈디슈가 흰 빵을 뜯어 작고 둥글게 공을 만들기 시작한다.

치고이너 참아, 지금 오스카 형편이 말이 아니라는 건 자네도 알잖아.

라이터 (목소리만) 그리고 우린 실과 바늘처럼 떨어질 수 없는 사이야. 생사고락을 함께 나누는 사이 말이야. 안 그래, 친구들?

빈디슈 저 녀석은 저런 말을 하면서 부끄럽지도 않은가 보지? 그것도 저렇게 큰 소리로 말이야! 그런데 자넨 지금 내가 뭘 먹고 있는 게 안 보여? 여기가 자네 목욕탕인 줄 알아?

치고이너가 웃통을 벗은 후 카운터 쪽으로 다가가 개수대에 물을 틀어 놓은 채 겨드랑이를 닦기 시작한다. 빈디슈가 구역질을 하면서 그를 외면하고 수프 쪽으로 고개를 숙인다. 그동안 치고이너가 행주로 몸을 닦는다.

치고이너 좀 봐줘. 온종일 일했거든. 겨드랑이가 완전히 땀에 절었어.

그가 자신의 겨드랑이에 코를 대본다.

빈디슈 (괴로워하며) 으으으으…….

그는 숟가락을 내려놓고 접시를 옆으로 밀친다. 치고이너는 새 셔츠의 깃을 좀 부드럽게 만진 후 갈아입는다.

치고이너 자네랑 함께 먹을까, 아니면 나 혼자 먹을까?

빈디슈 난 여기서 먹겠어.

치고이너 그러지 말고 우리 같이 내려가서 먹는 게 어때?

빈디슈 싫어. 원한다면 자네가 여기서 먹는 건 괜찮지만…….

치고이너 여기 이 헛간 같은 곳에서 자네하고 단둘이 앉아 있을 거면 뭐 하러 레스토랑에 왔겠어? 난 사람들하고 있는 게 좋아.

빈디슈 (단호하게) 난 싫어. 더군다나…… 아래층에 있는 저 혐오스럽고…… 시끄러운…… 녀석들은…… 정말…… 참을 수가 없어…….

야코프 빈디슈는 흰 빵으로 만든 공으로 한쪽 귀를 막는다.

치고이너 (화를 내며) 이봐, 야코프! 그럴 작정이면 앞으론

집에나 있어. 자넨…… 자넨 말이야, 노이로제에 걸린 염세주의자야, 히스테리 환자라고! 사람들을 그렇게 싫어하면서 도대체 여긴 왜 오는 거야, 자네 혹시?

이 순간 세라피나가 다음 요리를 들고 들어온다. 세라피나를 본 빈디슈의 표정이 밝아진다.

세라피나 뇨키[2] 나왔습니다!

치고이너가 빈디슈와 세라피나의 얼굴을 번갈아 쳐다본다. 그는 빈디슈의 눈길에 사랑이 담겨 있음을 깨닫는다.

치고이너 (놀라서) 이봐, 야코프…… 이게…… 도대체…… 무슨…… 일이야?

[**빈디슈** (해명하듯이) 머리로는 잘…… 이해할 수 없는 일도…… 마음으로는 그럴 수가…… 있거든…….][3]

〈로시니〉. 실내. 밤

우 치고이너가 계단을 내려가다가 막 화장실에서 나오는 오스카

2 이탈리아 요리로 파스타의 일종.

3 [ ]로 표시된 부분은 편집 과정에서 삭제되어 실제 상영된 영화에서는 나오지 않는다 — 원주.

라이터와 부딪친다.

라이터 (허물없는 태도로) 자네의 그 은둔자 친구는 어때? 위대한 작가 나리 말이야, 내 손에 한번 걸리기만 하면 끝장을 내주고 말겠어.

치고이너 그래, 그 친구도 알고 있어……. 그는 벌써…….

라이터 그 자식 순수 문학가랍시고 나하고는 말도 안 하려고 한다니까.

치고이너 야코프가 어떤 사람인지 자네도 알면서 그래…….

오스카 라이터가 다시 자기 자리로 돌아간다.

라이터 (큰 소리로) 흥, 다른 사람들도 감수성이 있다 이 말이야. 자기만 있는 게 아니라고! 더 이상은 못 봐주겠다고 그 자식한테 말해! 그 자식 실력은 이제 다 들통났다는 사실을 녀석도 직시할 때가 됐어. 더 이상은 그 녀석한테 굽실거리지 않을 거야. 곧 그 녀석에게 한 방 먹일 테니 두고 봐……. [난 폭발 일보 직전이야. 이봐, 우, 자네 내 말이 무슨 뜻인지 알겠어? 벌써 내 피 냄새를 맡고 몰려든 상어 떼를 좀 보라고.] 알겠어, 파올로? 술 좀 따라 줘!

치고이너는 혼자 자기 테이블에 앉아 우편물을 뜯어보기 시작한다. 라이터가 지나가는 파올로 로시니의 어깨를 세게 친다. 로시니가 움찔하면서 라이터를 진정시키려 한다.

로시니 진정해!

라이터 진정할 수가 없어! 자네의 식당 손님들 중 도대체 그 녀석의 이상한 말을 이해할 사람이 누가 있어!

라이터 옆에 있던 발레리가 끼어든다.

발레리 (비꼬는 말투로) 그 사람은 이 식당에서 물 위의 기름 같은 존재예요. 이런 고급 식당에는 전혀 안 어울린다고요. 그 사람을 보기만 해도 밥맛이 싹 떨어진다니까요. 그 초라하고 천박한 옷차림은 정말 눈 뜨고 못 봐주겠어요!

로시니 (자제하려고 애쓰면서) 너무 심하군, 발레리…….

발레리 또, 식당 조명은 이게 뭐예요? 사람들이 익사한 시체처럼 보이잖아요. 이런 조명은 여자들한테 별로 안 좋아요. 그런데도 아직 여자 손님들이 찾아오는 걸 보면 정말 놀라워요!

로시니 (테이블에서 떠나가면서) 그래…… 발레리, 나도 여러 가지 면에서 여자들이 안 오는 게 더 좋겠어…….

같은 테이블에 앉아 있던 보도 크리크니츠가 중재에 나선다.

크리크니츠 여자들은 자기 몸뚱어리를 과시하려고 오는 거야. 환하면 환할수록 더 좋아한다고. 정육점의 조명이 어디 흐린 것 봤어?

라이터 맞는 말이야, 보도! 영원히 여성적인 것이…… 언젠가 우리를 끌어내릴 거야. 우, 안 그래, 이 친구야?

샤를로테의 테이블

샤를로테 잔더스가 1인용 단골 테이블에서 일어나 그라파[4] 술병을 들고 치고이너의 테이블로 다가간다.

치고이너의 테이블

샤를로테가 자기 테이블로 와서 앉자 우편물을 살펴보던 치고이너가 잠시 고개를 든다.

샤를로테 당신의 아름다운 별장은 별일 없어요?

치고이너 물론이지. 정원사 장 뤽이 아주 근사하게 가꿔 놓았거든.

그가 편지 봉투에서 사진 몇 장을 꺼내 샤를로테한테 건넨다. 수영장과 실측백나무들이 있는, 프로방스의 오래되고 아름다운 별장

4 이탈리아의 독주로 보통 40도가 넘는다.

사진들이다. 사진 전면에 치고이너의 아내 파니가 수영복 차림으로 앉아 있다.

치고이너 여기 이 사람이 정원사야.

샤를로테 당신 부인뿐이잖아요. 정원사가 어디 있다는 거예요?

치고이너 테라스 오른쪽 문에 반사되어 있는 사람이 정원사야.

라이터 (목소리만) 정원사는 언제나 살인자야. 안 그래, 우? 하하하하!

샤를로테는 사진을 좀 더 자세히 들여다본다. 유리창에 젊은 근육질 남자(장 뤽)의 얼굴이 반사되어 있다.

샤를로테 유감인데요. 파니가 당신 아내들 중 그래도 제일 마음에 들었는데. 그럼 이제 새로운 아내는 누구예요?

치고이너 새 아내는 없어.

샤를로테 무슨 소리예요! 당신은 독수공방할 수 있는 남자가 아니잖아요.

치고이너 나는 혼자 지내는 걸 더 좋아해…….

샤를로테 (말을 끊으며) 이것 봐요, 우리 둘 다 싱글이에요……. 외로운 싱글 말이에요. 우리 지금부터 서로에게 30분씩만 시간을 내주는 게 어때요? 만일 그때까지도 서로의 좋은 점을 발견하지 못하면 그때는 어쩔 수 없겠지만……. 어때요?

치고이너가 그녀를 쳐다본다. 그녀가 미소 띤 얼굴로 그의 머리카락을 손으로 쓰다듬는다.

치고이너 지기한테나 가보지 그래. 그는 곧 시간이 날 거야.

샤를로테는 어떤 부부와 막 작별 인사를 나누고 있는 겔버 박사의 테이블을 쳐다본다.

샤를로테 지기는 안 돼요. 그는 내일 아침 일찍 수술을 할 거예요.

겔버의 테이블

겔버 박사는 젠프텐베르크 부인과 작별 인사를 나누고 있다. 그녀는 60대 중반의 아주 뚱뚱한 여자로 가슴 선이 깊게 파인 드레스 위로 젖가슴이 불룩 솟아 있다. 옆에는 그 여자보다 훨씬 젊은 남자가 가슴 견본 사진첩을 들여다보며 서 있다.

[**겔버** 존경하는 부인, 성형외과 의사는 육체만 소중히 여기는 게 아닙니다. 오히려 영혼을 더 소중히 여기지요……. 바꿔 말하면 이렇게 말할 수 있습니다. 아름다운 영혼만

이 가장 추악한 육체를 빛나게 할 수 있다고…….

그의 시선은 화장실에 가려고 막 자리에서 일어나는 발레리의 모습을 뒤쫓는다. 발레리가 겔버의 테이블을 지나가면서 미소를 짓는다.

겔버 그렇지만 도대체 우리 중에 그렇게 아름다운 영혼을 갖고 있는 사람이 있을까요?]

그가 열망에 가득 찬 눈길로 아름다운 발레리의 뒷모습을 바라본다.

겔버 (여전히 발레리한테 시선을 고정시킨 채) 부인의 마음에 드는 가슴 샘플을 천천히 골라 보십시오. 제 생각에는 사과보다는 약간 크게, 그러나 멜론보다는 약간 작게 하는 게 좋을 것 같군요……. 그럼 안녕히 계십시오.

겔버가 문 쪽으로 걸어간다.

로시니 잘 가게 박사, 내일 또 만나지!

라이터 이봐, 보도. 우린 이제 어떻게 하지?

크리크니츠 (라이터한테) 간단한 문제를 갖고 뭘 그래. 발레리는 내가 데리고 갈 테니 자넨 잠이나 자러 가라고.

라이터 무슨 소리야, 보도. 그건 오히려 내가 하고 싶은 말이야……. 그녀는 오늘 밤 나와 함께 있을 테니 이제 〈자네가〉 가는 게 좋겠어.

라이터가 보도에게 손을 내민다.

라이터 잘 가게, 친구, 안녕!

크리크니츠 (비웃으며) 안 될 말씀. 그녀와 마실 술값이나 좀 주고 혼자 가라니까 왜 그래?

크리크니츠는 오히려 라이터의 손에 빈 포도주병을 쥐어 준다. 그때 발레리가 테이블로 다시 돌아온다.

크리크니츠 (거만한 태도로) 오, 나의 여왕이시여! 저 사람에게 말을 해주시오. 당신의 왕자가 누구인지 말이요! 이제 저 사람도 이 쓰라린 진실을 받아들여야 할 때가 된 것 같소!

라이터 (비웃으며) 내가 하고 싶은 말을 대신 해주는군! 당신의 숭배자한테 말 좀 해줘. 최후의 승리자가 도대체 누구인지 말이야.

라이터가 빈 포도주병을 바닥에 떨어뜨린다. 포도주병이 요란한 소리를 내며 깨진다. (확대) 로시니가 괴로운 표정으로 얼굴을 찡그린다. 그는 그쪽을 외면한다.

크리크니츠 자, 당신이 사랑하는 사람이 누군지 말해 봐. 오스카야 아니면 나야?

처음에는 적의에 찬 시선으로 서로를 노려보던 라이터와 크리크니츠가 이제 기대를 담은 표정으로 발레리를 바라본다. 발레리는 미소만 짓고 있다. 그녀는 이런 상황을 즐기는 듯하다.

라이터 자, 어서 말을 해주오, 밤의 여왕이여!

크리크니츠가 발레리를 품에 끌어당기고는 자신의 시를 한 수 읊기 시작한다.

크리크니츠 〈당신의 머리는 왕관이어라. 당신의 느낌은 당신이 사랑하는 것을 죽이는 것. 당신은 온몸으로 쾌락을 느끼려 하네. 홍조 띤 얼굴로 쾌락을 즐기려 하네…….〉

라이터 (큰 소리로) 프레디! 바이올린 가져와!

2인용 테이블에 혼자 앉아 있던 라이터의 운전사 프레디가 벌떡 일어나 자동차를 향해 나간다.

〈로시니〉 앞. 밖. 밤

프레디가 라이터의 자동차 트렁크를 연다. 트렁크에는 〈로렐라이〉라는 제목의 책이 가득 들어 있다. 그 책들 위에 바이올린 케이스가 놓여 있다. 프레디는 바이올린 케이스를 들고 다시 식당 안으로 들어간다.

별실 앞. 실내. 밤

소리로만 라이터의 바이올린 연주 소리가 들린다. 로시니가 2층 난간에 기대서서 식당을 내려다보고 있다. 그의 눈에 샤를로테가 피곤에 지친 치고이너를 부축해 식당 문 쪽으로 걸어 나가는 모습이 보인다.

크리크니츠 흥, 엉터리 바이올린 연주 좀 제발 관둬!

식당 안/〈로시니〉 앞 길가. 실내/실외. 밤

발레리 (크리크니츠한테) 좋은데 왜 그래요? 난 오스카가 날 위해 연주하는 게 좋기만 한데…….

라이터 보도, 자네만 예술가가 아니야.

라이터의 바이올린 연주 솜씨는 상당한 수준이다. 바이올린 선율에 풍부한 감정을 실어 연주하고 있는 라이터의 모습을 발레리가 쳐다보고 있다. 좀 전에 크리크니츠의 시에 매혹되었던 것처럼 그녀는 지금 라이터의 바이올린 연주에 푹 빠져 있다. 로시니는 고통스러운 신음 소리를 내며 미켈레를 쳐다본다.

로시니 (이탈리아어로) 저 녀석들을 쫓아 버려!

미켈레 (이탈리아어로) 제가 어떻게요? 주인은 〈사장님〉이신데요!

로시니 (이탈리아어로) 난 이제 자러 가겠어. 안 그러면 저들을 모두 죽여 버리게 될 테니까!

[**라이터** (크리크니츠를 향해 의기양양한 태도로 계속 연주를 하면서) 바이올린 연주를 잘하는 사람은 여자 복이 있나니!]

로시니가 외투를 입고 모자를 쓴 후 식당에서 나와 길 건너편에 있는 자신의 집으로 간다.

치고이너의 집. 침실. 실내. 밤

이 집에는 큰 방이 세 개 있는데, 모두 이중문으로 연결되어 있다. 첫 번째 방에는 소파만 하나 달랑 놓여 있고, 두 번째 방은 텅 비어 있으며, 세 번째 방에는 침대와 TV 그리고 비디오가 놓여 있다. 거의 깜깜한 상태다. 치고이너의 침대 위에서 실랑이가 벌어지고 있는 중이다. 샤를로테가 치고이너를 유혹하기 위해 필사적으로 노력하고 있다.

치고이너 제발 나를 좀 내버려 둬……. 나는 할 수가 없어!

샤를로테 (화를 내며) 당신은 할 수 있어요. 단지 원치 않을 뿐이라고요! 몸을 좀 돌려 봐요! 똑바로 좀 누워 보라니까요!

치고이너 싫다니까 왜 이래……. 나를 좀 내버려 둬! 속이 쓰려 미치겠어……. 제발 당신 집으로 꺼지라고!

샤를로테 안 돼요, 우. 오르가슴을 느끼기 전까진 갈 수 없어요. 지금 난 오르가슴이 필요해요. 그렇지 않으면 내일 편두통을 앓을 거예요……. 벌써 머리가 지끈지끈 아파 오는 것 같아요……. 제발, 우. 당신은 이제 나의 포로예요……. 그러니까 절대 놓아줄 수가 없어요. 자 생각을 좀 바꿔 봐요……. 좋아요, 그럼 포르노를 볼래요?

[그녀는 침대에서 기어 내려와 TV 앞 방바닥에 놓여 있는 비디오테이프들을 찾아본다.

샤를로테 포르노 테이프가 하나도 없는 거예요?]

겔버 박사의 병원. 진찰실. 실내. 낮

로시니가 웃옷을 전부 벗은 채 겔버 박사의 병원 진찰실 가죽 소파에 누워 있다. 심전계를 몸에 붙이고 있다. 진찰실은 책, 골동품, 그리스와 로마의 조각과 흉상 복제품들 때문에 서재처럼 보인다. 한쪽 벽에는 성형 수술을 받기 전 환자들의 사진과 완전히 뜯어고친 새로운 전신사진과 신체 각 부분의 사진들이 걸려 있다. 사진에는 환자들의 서명이 들어 있다.

[**로시니** 박사…… 심장이 아파…….

겔버는 심전계에서 기록지를 떼어 낸 후 그걸 들고 크롬으로 빛나는 커다란 이탈리아식 에스프레소 커피 메이커 쪽으로 간다. 에스프레소 두 잔을 뽑는 동안 심전도 그래프를 대충 살펴본다.

겔버 당신의 심장은 정말 탐나는군! 아직도 30대의 심장이야.

로시니가 몸을 일으킨다.

로시니 내 심장은 납처럼 차고 무거워.]

겔버가 에스프레소를 두 잔 들고 와서 로시니의 몸에서 전극을 떼어 낸다.

겔버 섹스는 규칙적으로 하고 있는 거야?

두 사람은 커피를 마신다.

로시니 마음만 먹으면 제일 예쁜 여자들하고 일주일에 일곱 번이라도 할 수 있어. 셀 수도 없을 만큼 할 수도 있다고. 그렇지만 그러고 나면 남는 게 뭐지? 다음 날이면 그 여자들은 당신 옆에 누워서 멍청하게 당신 얼굴을 바라볼 텐데. 암컷들은 믿을 수가 없어!

겔버 사랑을 해본 적은 있어?

로시니 어떻게…… 누구를? 여자 말이야? 난 내 강아지를 사랑할 수 있어……. 내 자동차도…… 또 내 아이도 사랑할 수 있고, 형제들도 사랑할 수 있어……. 어머니나 누이들도 사랑해. 그렇지만 여자는 안 돼! 여자들은 인간이 아니야!

캐스팅 스튜디오. 실내. 낮

스튜디오 안에서는 영화 「로렐라이」에 출연할 배우 캐스팅이 진행 중이다. 스티로폼으로 된 바위가 배경을 암시해 준다. (확대) 치고이너의 찡그린 얼굴. 여배우 칠리 바투스니크가 짧고 굵은 다리를 포갠 채 선정적인 자세로 바위에 기대앉아 노래를 부르고 있다.

칠리 (노래를 한다) 파흘레무아 다무르 흐디트무아 데 쇼즈 통드르…….

치고이너가 머리를 흔들면서 경련이 일어나는 배를 움켜쥔다. 배경 뒤에서 오스카 라이터가 스튜디오로 걸어 들어온다.

치고이너 그게 아니야! 마투세크 양, 그게 아니라고 말해 줬잖아…….

칠리 바투스니크예요! 칠리 바투스니크. 파리 광장 12번지, 전화번호는 3279…….

치고이너 지금 여기서 캐스팅하려는 여성은 선술집 의자에 앉아 있는 게 아니야. 라인 강변의 높은 바위 위에 앉아서 기다란 금발을 빗고 있는 여자란 말이야!

벌써 가까이 다가와 있던 다음 후보자가 재빨리 핸드백에서 머리빗을 꺼낸다. 칠리는 슬픔에 찬 표정으로 자신의 짧고 뻣뻣한 빨강 머리를 손으로 만지작거린다.

칠리 (당황해 하며) 긴 금발이라고요? 그 대신…… 저는 춤을 아주 잘 추는데요!

치고이너가 한숨을 내쉰다. 칠리는 마지막 용기를 내어 탭댄스를 추기 시작한다.

칠리 저는 탭댄스도 할 수 있어요. 발레도 할 수 있고요. 춤이란 춤은 다 출 수 있어요……. 탁타닥탁탁탁타닥탁탁…….

치고이너가 이마를 감싸 쥔 채 흥분해서 소리친다.

치고이너 꺼져 버려! 꺼지라고!

춤을 추던 칠리 바투스니크가 당황해서 조명이 미치지 않는 안쪽을 바라본다.

칠리 좋아요……. 그렇지만 저는 또…… 연기도 잘할 수 있어요…….
치고이너 필요 없어! 이제 그만!
라이터 (큰 소리로) 그만! 다음 사람!

당황한 칠리 바투스니크가 바위 위에서 눈물을 흘린다.

칠리 셰익스피어를…… 해볼까요?

보조 요원이 그녀를 데리고 나간다.

겔버 박사의 병원. 실내. 밤

겔버가 아까 로시니가 누웠던 곳과 똑같은 자리에 팬티와 브래지어 차림으로 누워 있는 발레리를 진찰하고 있다.

겔버 누가…… 더 힘이 좋지? 그러니까 내 말은 누구하고 할 때 더 빠르고…… 강렬하게…… 그러니까 더 짜릿한 절정에 이르냐는 말이야. 오스카야, 보도야?

겔버가 그녀의 배를 진찰하기 시작한다.

발레리 그게 내 변비와 무슨 관계가 있지요?

겔버 이 세상에 서로 무관한 일이란 없는 법이지……. 내 말은 섹스가 일반적으로 소화에 도움이 된다 이 말이야……. 그러니까 당신이 소화가 잘 안 되는 것은…… 어쩌면 …… 어쩌면 당신에게…… 사랑이…… 충분하지 않기 때문일지도 모른다는 거지.

발레리 지기, 그런 걱정은 접어 둬요! 난 내가 원하는 걸 전부 얻고 있으니까 말이에요…….

겔버 그래? 그렇다면 더더욱 알고 싶군. 오스카나 보도 중 한 사람이라도 당신한테 청혼한 사람이 있는지…….

발레리가 잠시 생각에 잠긴다.

겔버 그리고…… 좋을 때나 싫을 때나…… 당신이 늙을 때까지 당신 곁에 머물겠다는 사람이 있는지……. 또 당신이 휠체어에 앉는 신세가 되더라도 당신을 사랑하고…… 부양하며 씻어 주겠다고 한 사람이 있었나?

발레리 지기! 나는 여든 살 먹은 꼬부랑 할머니가 아니에요. 이제 겨우 마흔이라고요!

겔버는 발레리의 비난에는 아랑곳하지 않고 말을 계속한다. 말을 하는 동안 그의 손은 여전히 발레리의 몸에 머물러 있다. 진찰한다기보다는 쓰다듬고 있다는 것이 더 적절하다.

겔버 그리고 당신의 머리가 세어도, 당신 얼굴에 주름살이 생겨도…… 당신의 피부가 쭈글쭈글해져도 한없는 애정과 감사의 마음으로 애무하겠다고 한 사람이 있는지 말이야?

마치 키스라도 하려는 것처럼 겔버의 얼굴이 발레리의 얼굴에 바짝 다가간다. 발레리를 바라보는 겔버의 눈에 욕정과 감탄이 가득하다.

발레리 (냉정하게) 지기, 제발 나에 대한 당신의 그 노인네 같은 환상 좀 집어치워요! 그리고 제발 똥이나 제대로 눌 수 있도록 약이나 줘요!

발레리의 집. 욕실. 변기 위. 실내. 밤

(확대) 발레리의 얼굴. 약간 절망스러운 눈빛이다. 그녀는 입술을 벌리고 짧게 숨을 들이마시다가 급히 멈춘다. 그러고는 얼굴을 찡그리면서 한순간 온몸의 힘을 모은다. 그러고 나서 다시 숨을 들이마셨다가 힘껏 숨을 내쉰다. 그래도 전혀 소용이 없다. 진이 빠진 그녀가 머리를 앞으로 떨군 채 나지막하게 콧노래를 흥얼거린다.

크리크니츠의 목소리 〈그대가 원하는 건 절대적인 쾌락. 하늘이 그대를 채찍질하고 악마들은 피를 흘리네…….〉

사창가의 방. 실내. 밤

보도 크리크니츠가 화장대 앞에 앉아서 손으로 쓴 시의 초안을 여러 번 살펴보면서 깨끗하게 타이핑하고 있다. 발레리에게 바치는 시이다. 청바지와 셔츠 차림. 환풍기의 바람이 그의 얼굴을 향해 불고 있다.

크리크니츠 〈그대는 고통…….〉

크리크니츠가 타이핑을 멈추고 시의 초고를 다시 읽어 본다.

크리크니츠 (혼잣말로) 〈모든 남자를 꿰뚫고 지나가는 고통……〉, 이게 아니야!

그가 자리에서 일어선다.

크리크니츠 〈꿰뚫고 지나가는 고통.〉

그가 세면대의 거울 앞으로 다가가 거울에 비친 자신을 보며 말한다.

[**거울 속의 크리크니츠** 한심한 자식, 그건 저질 예술이야!
크리크니츠 (화를 내며) 나도 알고 있어! 그렇지만 더 이상 어떻게 해!
거울 속의 크리크니츠 노력을 해야지. 이 늙은 건달아!]
크리크니츠 고통?
거울 속의 크리크니츠 그래 고통! 〈그대는 고통…….〉
크리크니츠 그대는 모든 남자들이 〈참아 내는〉 고통!

그는 거울 속 자신의 얼굴을 향해 미소를 지었다.

거울 속의 크리크니츠 바로 그거야. 금방 할 수 있잖아, 무능한 자식!
[**크리크니츠** 〈하늘이 그대를 채찍질하고 악마들은 피를 흘리네……. 그대는 모든 남자가 참아 내는 고통.〉

타자기로 돌아가려던 그가 의심스러운지 다시 거울 속의 자신을 향해 몸을 돌린다.

크리크니츠 이 정도면 충분할까? 이 정도면 그녀를 확 사로잡을 수 있을까?

거울 속의 크리크니츠 (냉정하게) 보도, 꼼짝 못 할 거야. 시의 힘에 저항할 수 있는 여자는 없어.]

사창가. 밖. 밤

검은색 마차 한 대가 여관 앞에 멈춘다.

사창가. 대기실. 안. 밤

크리크니츠가 오토바이용 가죽옷을 입고 대기실의 바 앞을 지나간다. 한 손에는 커다란 꽃잎이 가득 든 쇼핑백을, 다른 한 손에는 발레리에게 바치는 시를 들고 있다. 시는 둘둘 말려서 레이스 끈으로 묶여 있다. 남자 두 명이 사무실에서 계산에 열중하고 있다. 지배인 칼과 슈바르첸베르크 사장이다. 사장은 단정한 옷차림을 한 50대 후반의 말쑥한 신사다. 보도를 본 칼이 대기실 쪽으로 다가오면서 그를 부른다.

칼 보도! 열쇠 좀 내놓고 가지 그래! 오늘은 방이 다 필요할 것 같아.

크리크니츠가 놀란 얼굴로 칼을 쳐다본다.

크리크니츠 나를 내쫓으려는 거야? 열쇠를 안 내놓겠다면 어쩔 거야?

슈바르첸베르크가 보도를 진정시키려고 사무실에서 나온다.

슈바르첸베르크 아니, 그게 아닙니다. 보도 씨! 그 방은 당신 방이고 앞으로도 그건 변함없습니다. 단지 칼은 오늘이 주급을 받는 금요일이니까…….

크리크니츠 바퀴벌레 같은 자식, 잘 들어 둬. 난 남한테 부담 주는 건 딱 질색인 사람이야. 알겠어?

슈바르첸베르크 내 이럴 줄 알았어, 칼. 내가 뭐랬어? 틀림없이 불쾌해할 거라고 했지? 자네가 내 시인 고객을 쫓아 버린 거야!

칼 (슈바르첸베르크에게) 손님이 몰리는 날이잖아요! 새벽 4시면 다시 돌아와도 되고요!

크리크니츠 아니. 나한테는 신경 쓰지 마. 지금 곧 나가 줄 테니까. 내 타자기에 정액을 묻히도록 놔둘 수는 없지…….

슈바르첸베르크 그럴 사람은 아무도…… 없을 겁니다, 보도 씨…….

[**크리크니츠** 바퀴벌레 같은 자식, 공손한 척할 것 없어! 네 녀석 집이 아니라도 잘 데는 많으니까.]

사창가 앞. 밖. 밤

크리크니츠가 오토바이에 몇 가지 소지품과 타자기를 실어 놓고 그를 기다리고 있는 마차로 다가간다. 크리크니츠는 마부한테 시를 건네준 후 마차의 문을 열고 푹신푹신한 쿠션 위에 장미꽃잎을 깐다.

레스토랑 〈로시니〉. 안. 해질 무렵

종업원들이 커다란 종이 상자에서 하얀 양초 다발을 꺼내 셀로판 포장지를 뜯고 촛대에 끼운다. 촛대를 쌌던 비단 포장지와 양초 다발을 쌌던 셀로판지들이 바닥에 수북이 쌓여 있다. 모자와 외투를 입고 막 식당으로 들어서던 로시니가 라이터의 운전사 프레디에게 불쾌감을 표시한다.

로시니 〈그 여자의〉 테이블에 양초 몇 개만 세워도 충분하잖아. 마흔 살이 됐다고 양초가 1천 개나 필요해? 그 오만한 창녀한테 말이야!

프레디 오스카 씨가 식당 전체를 촛불로 밝히라고 하셨거든요. 전깃불은 절대로 켜면 안 된다고.

로시니 그랬겠지. 오스카다운 발상이야! 그렇지만 오스카한테 이런 짓거리를 하려면 식당을 하나 사서 하라고 해. 내 집에서는 안 돼!

프레디 오스카 씨는 오늘 밤 발레리 양에게 따뜻하고 신비롭고 로맨틱한 불빛을 보여 주고 싶다고 하셨어요. 촛불 속에서의 만찬을요. 무슨 뜻인지 아시겠지요, 파올로 씨?

로시니 알고말고. 그런데 프레디, 내 집에서는 내가 주인이라고. 오스카한테 말해. 그리고 그런 결정은 내가…….

바로 그때 식당 문이 열리면서 네 명의 일꾼이 둘둘 말린 카펫을 들고 들어온다. 로시니는 어리둥절한 표정으로 일꾼들을 쳐다본다.

로시니 무슨 일이지? 도대체 여기서 뭐하는 거야?

일꾼들 카펫을 배달하러 왔습니다.

로시니 무슨 카펫? 나는 카펫을 주문한 적이 없는데? 그리고 카펫을 살 생각도 없어!

프레디 하지만 오스카 씨가…….

로시니 (소리를 버럭 지르며) 빌어먹을, 여긴 내 식당이야. 그런데 도대체 무슨 짓거리를 하는 거야. 카펫이라니!

그가 일꾼들에게 손으로 나가라는 신호를 한다.

프레디 (달래는 목소리로) 제발, 파올로 씨……. 한 번만, 한 번만요. 다시는 이런 일 없을 거예요!

로시니 (지쳤다는 듯) 으…… 빌어먹을!

캐스팅 스튜디오. 실내. 저녁

「로렐라이」의 배경 세트 앞에 있는 여러 개의 모니터 화면에 오디션 장면이 나오고 있다. 지친 스태프들 앞에서 오스카 라이터와 우치고이너가 왔다 갔다 하고 있다. 뒤쪽에서는 아직 몇몇 여배우들이 옷을 갈아입고 있다.

라이터 우, 마지막으로 하는 말인데 자네가 찾는 로렐라이는 독일에 없어. 그런 여자는 여기 없다고!

치고이너 있어. 있을 거야!

라이터 없어. 없다니까. 저길 좀 봐! 저 여자들이 마지막 후보들이야. 저들 중에 에로틱하고 매력적인 여자는 하나도 없어. 촌스러운 보통 여자들…….

여배우들이 그를 쳐다본다.

치고이너 오스카, 나한테 말할 필요 없어. 나도 알고 있으니까. 저기 바보 같은 자네 부하들한테나 말하라고. 우리가 찾고 있는 게 뭔지!

겁을 먹은 조감독이 변명을 하려고 나선다.

조감독 저……그게…… 죄송합니다. 하지만 감독님, 저 여자들은 모두 경험이 많은 훌륭한 배우들인데요…….

라이터 (큰 소리로) 내 마음에 드는 배우는 하나도 없어!

치고이너 (똑같이 큰 소리로) 하나도 말이야! 흥, 좋은 여배우들 좋아하네……. 자네 지금 제정신으로 말하는 거야? 로렐라이는 어디서나 볼 수 있는 보통 여자가 아니야. 연기 좀 한다고 적당히 흉내 낼 수 있는 그런 여자가 아니라고! 그녀는 말이야…….

라이터 그녀는 신화이면서 비극이야!

치고이너 아니야, 오스카. 오히려 그 반대야……. 그녀는 동화이면서 희극이야.

라이터 그래? 아니야, 우. 내 생각에는…….

치고이너 그녀는…… 그녀는 영원히 계속되는 상징이야.

라이터 황홀경에 빠진…….

치고이너 그게 아니야, 오스카……. 그녀는 자신의 파멸을 동경하고……. 꿈꾸는 남자들을 위한 상징이야……. 또한 즐거운 마음으로……. (그가 숨을 헐떡인다.)

라이터 우, 그게 아니야, 기쁨이 아니라 황홀경이라니까. 황홀경에 빠져 육체적, 정신적, 성적 비극에 뛰어들 준비를 하고 있는 친구들 말이야. 정말 비극적이고 파우스트적이고 독일적이지!

스태프들이 서로의 얼굴을 쳐다보며 무슨 말인지 모르면서 그냥 고개를 끄덕인다. 치고이너가 고개를 젓는다.

치고이너 그게 아니야, 오스카. 어쨌든 저런 무 다리로는 안 돼. 칠리 바투스니크 같은 빨강 머리 여자들은 필요 없어…….

라이터 안 되고말고!

치고이너 금발에다 키도 크고 얼굴도 예쁜 젊은 여자가 필요해…….

라이터 성스러운 창녀!

치고이너 그래, 바로 그거야, 오스카. 천사이면서 마녀이고…… 성스러우면서도 세속적이고…… 순결하면서도 도발적이고…….

라이터가 미소를 지으며 고개를 끄덕인다.

라이터 이심전심이군. 우, 이 친구야.

라이터가 치고이너를 포옹한다.

치고이너 간단히 말해서 그녀는 우리 모두가 꿈꾸는 그런 여자야!

거리. 밖. 밤

(근접) 긴 금발의 예쁜 여자(백설공주)가 자전거를 타고 길모퉁이를 돈다. 모퉁이를 돈 그녀는 뒤로 보이는 레스토랑 〈로시니〉로 다가간다. 로시니는 전체를 다 촛불로 밝혀 놓았다.

레스토랑 〈로시니〉. 안. 밤

모든 테이블 위에 벌써 양초가 켜져 있다. 오스카 라이터의 테이블 밑에는 커다란 카펫이 깔려 있다. 로시니는 양손으로 뒷짐을 진 채 왔다 갔다 하고 있다. 정원 테라스 너머로 보이는 하늘에 구름이 잔뜩 끼어 있다. 로시니의 이마에 굵은 땀방울이 맺혀 있다.

미켈레 (이탈리아어로) 저…… 파올로 사장님. 저기 바깥 테라스에 테이블을 몇 개 내다 놓는 게 어떨까요?
로시니 (이탈리아어로) 난 감기에 걸렸어!

미켈레는 로시니에게 온도계를 내민다. (밖) 백설공주가 천천히 레스토랑 쪽으로 다가온다.

미켈레 (이탈리아어로) 그렇게 하시죠, 사장님……. 실내 온도가 32도나 되는데요.
로시니 (이탈리아어로) 그렇지만 테라스는 안 돼. 먹구름이 몰려오는 걸 보니 곧 비가 올 모양이야.

미켈레 뒤편 유리창에 백설공주의 얼굴이 보인다. 그녀는 호기심에 가득 찬 표정으로 식당 안을 들여다보고 있다. 로시니가 가슴을 한번 쭉 내민 후 그쪽으로 다가가 창문을 휙 밀어젖힌다.

레스토랑 〈로시니〉/인도. 실내/밖. 밤

로시니 (퉁명스러운 목소리로) 도대체 뭐 하는 거지? 왜 이 안을 뚫어지게 들여다보는 거야?

백설공주 (아주 수줍은 태도로) 죄송해요. 저는…… 저는 그냥 지나가다가…… 한번 들여다본 것뿐이에요……. 전에도 여러 번 여길 지나쳤지만 감히 다가갈 생각은 못 했었거든요…….

로시니 뭐 어쨌다고?

완전히 주눅이 든 백설공주는 아주 겸손하게 말한다.

백설공주 이렇게 가까이…… 다가올 생각은 못 해봤었어요. 전에는 항상 조명이 아주 환했거든요……. 제 말은요, 여기…… 이 사교 클럽 회원이 아닌 사람들한테는…… 들어오지 말라고 하는 것처럼요. 〈어떤 이들은 어둠 속에 서 있고, 어떤 이들은 불빛 속에 서 있네…….〉

시를 인용하면서 눈물을 글썽이는 그녀의 아름다움에 새삼 로시니가 놀란다.

백설공주 〈불빛 속에 있는 사람들만 보인다네. 어둠 속에 있는 사람들은 보이지 않네.〉

로시니와 백설공주는 이제 출입문을 사이에 두고 서 있다.

로시니 아가씨는…… 영화배우인가?

백설공주는 손등으로 눈물을 훔쳐 낸다.

백설공주 그런데…… 그런데 오늘은 촛불을 밝혀 놓았더군요. 따뜻하게 사람을 초대하는 것처럼요. 마치 마법에 걸린 것처럼요.

로시니가 의아한 눈길로 그녀를 쳐다보고 있다. 그녀의 어깨 너머로 촛불빛 아래 깨끗하게 정돈된 테이블들이 보인다. 갑자기 로시니도 식당 전체에 흐르는 마술에 빠진 것 같았다. 모든 것을 비밀스럽고 귀하게 보이게 만드는 마술 말이다. 로시니의 얼굴에 만족과 행복의 미소가 떠오른다.

로시니 응…… 그건 말이야. 조명을 한번 바꿔 본 거야. 너무 차가워서 사람들을 내쫓는 것 같은 그런 조명 말고 좀 더 따뜻하고 온화한 분위기가 감도는 조명으로 말이야.

그가 얼굴에서 땀을 훔쳐 낸다. 작은 천둥소리가 들린다.

백설공주 정말 멋진 생각을 하셨어요. 이렇게 바꾸면 정말 누구라도 이 식당에 들어가고 싶어질 거예요.

로시니 (부드러운 목소리로) 고마워, 아가씨. 아가씨는 얼굴만 예쁜 게 아니라 안목도 정말 높군.

백설공주 언젠가 제가 부자가 되고 유명해지면 여기 이 식당에 예약을 하고 싶어요. 저기 저 테라스에 있는 테이블로요. 그것도 오늘처럼 날씨가 아주 따뜻하고 온화한 여름 저녁에요. 그렇지만…….

로시니 음……. 사실 오늘 밤에는 테이블이 전부 예약이 되어 있기는 한데……. 그렇지만 아가씨, 아가씨를 위해서 내가 자리를 하나 마련할 수 있을 거야.

백설공주 (웃으면서) 전 이런 식당에서 식사를 할 처지가 못 돼요……. 아주 가난하거든요…….

로시니 내가 초대하려는 거야. 아가씨, 이름이 뭐지?

백설공주 백설공주예요!

로시니 뭐라고?

백설공주 네, 정말 백설공주예요. 동화 속 주인공 말이에요. 전 어린이 극장의 동화에 출연하거든요.

다시 천둥소리가 들린다.

로시니 (미소를 지으며) 그럼 아가씨는 진짜 여배우였군. 내 생각이 맞았어. 사실 난 연극을 엄청 좋아하는 열혈 팬이야. 유명한 배우와 감독…… 그리고 제작자들을 많이 알고 있지.

백설공주 그게 정말이에요?

로시니 그럼. 모두 나하고 잘 아는 사이야.

백설공주 정말이에요?

로시니 그렇고말고. 모두 아주 절친하고…… 가까운 친구들이야……. 오늘 저녁에 아가씨가 우리 식당에 오면 그 친구들한테 아가씨를 소개해 줄 수가 있을 거야. 어쩌면 그게 아가씨 경력에 약간 도움이 될 수 있을지도 모르겠군.

백설공주 경력이라고요? 당돌하다고 생각하지 않으신다면 제가 솔직하게 말씀드려도 될까요?

로시니 좋아……. 뭐든지…….

백설공주는 당돌한 표정으로 그의 눈을 지그시 들여다본다. 또다시 천둥이 치면서 빗방울이 떨어지기 시작한다.

백설공주 전 그런 사람들한테는 관심 없어요. 제가 관심을 갖는 것은 오직 당신뿐이에요……. 그런데…… 전 10시가 넘어야 올 수 있어요.

그녀가 방향을 돌려 재빨리 사라졌다. 로시니는 눈을 크게 뜨고 입을 벌린 채 식당 입구에 서서 그녀의 뒷모습을 멍하니 지켜본다. 천둥 번개가 치면서 소나기가 후드득 떨어진다. 로시니는 자전거를 타고 빗속으로 멀어져 가는 그녀에게 시선을 고정시킨 채, 몽유병자처럼 테라스 쪽으로 걸어간다. 그러고는 테라스 위에 있는 파라솔들을 차례로 펼친다. 식당 입구와 창문 근처에 모여 있던 종업원들이 어리둥절한 표정으로 쏟아지는 빗속에서 파라솔을 하나씩 펼치고 있는 로시니의 모습을 쳐다보고 있다.

로시니 (이탈리아어로) 빨리빨리 서둘러, 이 게으름뱅이들아! 테라스를 치워야지! 어서 몸을 움직이라고. 미켈레! 테이블들을 정돈해! 양초도 가져오고! 등잔불도!

미켈레 (이탈리아어로) 그렇지만…… 좀 전에는…….

로시니 (더할 나위 없이 행복한 표정으로) 오늘은 날씨가 좋고 따뜻한 마지막 여름밤이야! 우리 고객들은 밖에 앉고 싶어 할 게 틀림없어!

웨이터들이 테라스에 있는 테이블들을 정돈하기 위해 바삐 움직인다. 미켈레는 자신의 옆을 지나 식당 안으로 전화를 걸러 가는 로시니를 이상하다는 듯이 쳐다본다. 비에 흠뻑 젖은 옷을 갈아입지도 않은 채 로시니는 카운터에 기대서서 전화에다 대고 흥분한 목소리로 말한다.

로시니 (전화기에 대고) 아니야, 박사. 안정제는 필요 없어……. 아니, 그 반대야……. 그게 아니야, 박사. 여자를 위한 건 나중 문제고……. 남자 거 말이야……. 그 전에!

빈디슈의 집. 실내. 밤

(근접) 〈로렐라이 — 야코프 빈디슈 지음〉이라고 쓰인 수천 권의 책이 보인다.

빈디슈 (노래를 흥얼거리며) 세라피나, 세라피나…….

방 두 개짜리 좁은 아파트가 마치 서점처럼 보인다. 바닥에서 천장까지 『로렐라이』가 쌓여 있다. 빈디슈가 여러 나라 말로 번역된 자신의 책들을 꼼꼼히 살펴보고 있는 중이다. 책 표지는 전부 긴 금발의 여자가 옷을 벗은 채 등을 돌린 자세로 머리를 빗고 있는 모습이다. 면도도 안 한 얼굴로 목욕 가운만 걸치고 있는 빈디슈는 사다리 위에서 이탈리아어 번역본을 집어 든다. 그 책을 집어 든 빈디슈의 얼굴에 만족의 미소가 떠오른다.

빈디슈 (계속 혼자 노래를 흥얼거리며) 세라피나, 세라피나…….

그가 사다리에서 내려온다.

빈디슈의 집. 실내. 밤

면도를 하고 외출복으로 갈아입은 빈디슈가 책의 맨 앞 장을 펼쳐 놓고 책상 앞에 앉아 있다. 한 손에는 만년필이, 다른 한 손에는 전화기가 들려 있다. 그의 앞에는 백과사전들이 수북이 쌓여 있다.

빈디슈 (전화기에 대고) 그래 〈세라〉는…… 〈부오나 세라〉라고 할 때의 세라가 확실해. 그런데, 〈피나〉는 〈필하모니〉라고 할 때의 〈피Ph〉인지 아니면 〈파인게필〉이라고 할 때의 〈피F〉인지 잘 모르겠단 말이야…….

빈디슈와 치고이너의 전화 통화

빈디슈의 집/라이터의 리무진. 실내. 밤

치고이너가 자동차의 뒷좌석 라이터 옆에 앉아 빈디슈와 전화로 얘기하고 있다.

치고이너 이탈리아어에는 〈피에이치〉가 없어, 야코프. 〈피〉라고 소리 나는 것은 〈에프〉 하나뿐이야……. 전부 〈에프〉야. 필로조프…… 필란트로프…… 그리고 피지커…… 전부 말이야.

라이터 〈필름 계약〉이라고 할 때도 〈에프〉로 시작한다고 말해 줘.

빈디슈 그래, 그건 나도 알아. 그렇지만 사람의 이름은…… 확실치 않잖아……. 어쩌면 그녀의 부모님이 그리스 사람일지도 모르고…….

치고이너 무슨 헛소리를 하는 거야? 그리스 사람이라니! 그녀는 이탈리아 아브루치 지방 출신이야. 그냥 에프로써! 아니면…….

라이터 이제 제발 글쟁이한테 계약서에 사인 좀 하라고 해!

[**치고이너** 음, 내 말 좀 들어 봐, 야코프. 사업 얘기를 잠깐만…….]

빈디슈 자네 생각엔 에프란 말이지? 난 잘 모르겠어. 이 이름은 원래 히브리어에서 왔을지도 몰라……. 어쩌면 아람어에서 온 것 같기도 하고……. 잘 들어 봐! 아주 독특하다니까! 〈세라프, 복수 세라피움, 최고의 사랑의 불꽃을 전해 주는 여섯 개의 날개를 가진 천사.〉

치고이너 그래. 대단하군, 야코프. 사랑의 불꽃이라……. 기가 막히는군.

레스토랑 〈로시니〉. 별실. 실내. 밤

세라피나가 별실로 들어와 아주 정성스럽게 야코프 빈디슈를 위해 테이블을 정돈하고 있다.

빈디슈의 집. 실내. 밤

빈디슈가 낙담한 얼굴로 책상에 앉아 있다. 치고이너는 계약서와 수표를 손에 들고 그의 앞에 서 있다.

빈디슈 제발 좀 앉아. 그렇게 앞을 가로막고 있으니까 제대로 생각을 못하겠어.

치고이너가 책 더미 사이에 웅크리고 앉는다.

빈디슈 코르디알멘테? 아미칼멘테?[5] 난…… 난 독일어로 문체도 내용도 아주 근사하게 쓰고 싶어……. 〈우정과 사랑을 담아서〉나 〈진심으로 감사드리며〉 같은 진부한 말은 쓰고 싶지 않거든! 그런 상투적인 말은 결코 쓸 수 없어, 안 그래?

치고이너 그렇고말고.

치고이너가 화장실로 간다. 힘을 주는 그의 소리가 들린다.

빈디슈 어쩌면 중의적인 말이나…… 다의적인 말을 쓰는 게 더 나을지도 모르겠어.

치고이너 (소리로만) 그래, 그게 좋을 거야, 야코프…….

5 두 단어 모두 이탈리아어로 각각 〈경의를 표하며〉, 〈우정을 드리며〉라는 뜻이다.

빈디슈 말의 유희 같은 거 말이야. 우아하면서도…… 너무 음란하지는 않은 그런 말…….

치고이너 (소리로만) 음란하면 안 되고말고.

빈디슈 그렇지만 우리 말을 이해하지 못하는 여자한테 그게 무슨 의미가 있겠어…….

치고이너 (소리로만) 아무 의미도 없지…….

빈디슈 그렇다고 해도 그런 건 아무 문제도 안 돼. 그녀의 아름다운 육체와 행동이 바로 그 여자의 매력이니까…….

치고이너 그렇고말고, 전적으로 동감이야.

다시 화장실에서 나온 치고이너가 손가락으로 서명란을 가리키면서 빈디슈에게 계약서를 내민다. 빈디슈는 그 서류에는 전혀 관심을 보이지 않고, 머리를 두 손으로 감싸고 꿈꾸는 듯한 미소만 짓고 있다.]

빈디슈 그리고 그 미소…… 세라피나만이 지을 수 있는 그 미소는 정말 환상적이야……. 만약 내가 독일어로 그녀의 미소에 답하려고 하면 그녀는 그걸 이해하지 못할 거야. 그리고 이탈리아어로 그걸 표현할 수 없으니……. 정말 답답해 미칠 지경이야…….

치고이너 야코프, 진정하라고. 같이 머리를 맞대면 무슨 해결책이 나올 거야. 조용히…… 하나씩 하나씩 해결해 나가자고. 자 먼저 계약서에 서명부터 하고…….

그가 빈디슈의 코밑에 계약서를 들이민다.

치고이너 그리고 오스카가 준 1백만 마르크짜리 수표를 받는 거야…….

빈디슈가 천천히 고개를 든다.

빈디슈 나는 내 책을…… 영화로 만들고 싶지 않아.
치고이너 뭐라고?

빈디슈가 계약서와 수표를 밀어 낸다.

빈디슈 나는 내 책을 영화로 만들고 싶지 않다고 했어. 벌써 여러 번 말했잖아!
치고이너 뭐라고? 그 반대였어. 자넨 내 아내도 있는 자리에서 아주 분명하고 확실하게 그렇게 하겠다고 말했어…….
빈디슈 내가? 천만에!
치고이너 그렇게 하겠다고 말했어, 야코프!
빈디슈 아니야, 우. 난 결코 그런 말을 한 적이 없어!
치고이너 했어!
빈디슈 아니야, 내가 한 유일한 말은 이거야. 〈제발, 파니…….〉

프로방스의 별장. 테라스. 실외. 낮

빈디슈 이젠 더 이상 듣고 싶지 않아요. 당신들 잠자리의…… 그 은밀하고 시시콜콜한 사연들 말이오……. 정말 듣고 싶지 않아!

파니와 빈디슈가 테라스의 차양 밑에 놓여 있는 테이블에 앉아 점심을 먹고 있다. 테라스 문 앞에 빈디슈의 가방이 놓여 있다. 정원에서 전지가위로 나무를 손질하는 소리가 들린다. 몸에 흐르는 땀을 닦아 내는 정원사의 모습이 빈디슈의 시야에 들어온다.

빈디슈 음…… 어쨌든 나는 당신들한테 도움을 줄 수가…… 없어요.

파니 당신은 도와줄 수 있어요! 당신도 알다시피 위비[6]는 놀라운 비결을 갖고 있잖아요. 위비가 영화 이외의 다른 일로는 돈 버는 재주가 없지만 일단 영화를 만들었다 하면 항상 큰돈을 벌어들인다는 사실을요!

빈디슈 그래요……. 아주 좋은 일이지요. 그렇지만…….

빈디슈가 신음 소리를 낸다. 이 문제 때문에 계속 시달림을 받고 있음에 틀림없다. 파니가 두 손으로 빈디슈의 손을 부여잡는다.

파니 야코프, 제발 내 부탁 좀 들어줘요. 당신의 〈로렐라이〉

6 〈우 치고이너〉의 애칭.

는 정말 놀라운 영화예요.

빈디슈 아니. 그건 영화가 아니라 책이에요.

파니 (격분한 목소리로) 야코프, 당신은 우리의 결혼을 망치려는 거예요? 위비와 저의 이 멋진 결혼을? 정말 우리의…… 위대한 사랑을 깨뜨릴 생각이에요?

빈디슈 아니…… 물론 그건 아니에요…….

파니가 밝은 얼굴로 그를 쳐다본다.

파니 오, 야코프! 당신은 진짜 친구예요!

그녀는 자리에서 일어나 빈디슈의 무릎에 가 앉는다. 그러고는 그를 포옹한다. 우정을 넘어서는 행동이다. 빈디슈는 정원사가 있는 게 고통스럽다.

빈디슈 제발, 파니…… 여기선 안 돼……. 그리고 지금은 안 된다고 생각해요! 게다가 난 아직 식사 중이잖아요…….

파니 말해 줄 게 있어요. 그는 이제 발기도 제대로 안 된다고요.

빈디슈 그럴 리가? 끔찍하군……. 하지만 그가 언제라도 들어올 수 있잖아요.

파니 들어올 수 없어요. 그는 지금 위장약에다 진통제와 수면제까지 먹고…… 침대에 죽은 파리처럼 누워 있어요. 빨리! 빨리!

그녀는 그를 살롱 안으로 끌어들이려고 애쓴다. 빈디슈는 망설이고 있다.

파니 그럼 이제 당신은 친구예요. 그렇지요?

빈디슈의 집. 실내. 밤

치고이너가 흥분하며 빈디슈의 책상 위로 몸을 굽힌다.

치고이너 그래서 자넨 거기에 대해 뭐라고 대답했지?

빈디슈 음……. 난…… 그러니까…… 만약 그게 당신들의 행복한 결혼 생활을 유지하는 데 꼭 필요하다면…….

치고이너 맞아, 정확히 그렇게 말했어. 그러고 나서 자넨 내 아내와 잤어. 내가 위층 침대에서 끙끙 앓고 있는 동안에 말이야. 비열한 자식!

빈디슈 절대 그러지 않았어. 난 결코 자네 아내와 섹스를 하지 않았다고…….

치고이너 했어, 이 더러운 자식! 자넨 아주 교활한 친구야! 정말 대단해……. 가장 절친한 친구의 등에다 비수를 꽂는 것을 보면……. 이 배신자 같으니라고!

아주 극적인 몸짓으로 치고이너가 계약서를 집어 들어 찢는다. 그러고는 찢어진 계약서를 그의 책상 위에 뿌린다. 그는 수표도 똑같이 찢어 버린다.

치고이너 다시는 내 얼굴 볼 생각하지 마! 다시는!

그가 빨리 문으로 걸어간다.

빈디슈 우, 가지 마. 기다려, 우!

치고이너가 문을 쾅 하고 닫는다.

빈디슈의 집 앞. 라이터의 리무진. 밖. 밤

자동차가 출발한다.

라이터 뭐? 그가 그걸 찢어 버렸다고?

치고이너 그래 그랬어. 몇 가지 사소한 점에서 문제가 있다는 거야.

라이터 무슨 문제?

치고이너 응, 그게. 별로 큰일은 아니야. 아주 형식적이고 언어적이고 문법적인 거야……. 그러니까 표현상의 실수 같은 것 말이야.

라이터 그렇다고 계약서를 찢어 버려? 꼬투리를 잡겠다 이 거야?

치고이너 야코프가 좀 이상한 데가 있다는 건 자네도 알잖아. 문젠 아주 사소한 거야. 비교급을 잘못 썼다는 거지……. 비교급을 써야 할 데에 원급을 썼다는 걸 문제 삼아 그가 전부 찢어 버렸어. 내가 보기엔 그리 큰일이 아니야. 나중에 그가 〈로시니〉로 오면 새 계약서를 주겠다고 했더니 그때 사인을 해주겠다고 했어.

라이터 설마…… 수표는 받았겠지?

치고이너 아니, 유감스럽게도 수표도 찢어 버렸어. 아주 화가 많이 났었거든…….

라이터가 뭔가 의심스럽다는 듯이 치고이너를 쳐다보다가 수화기를 들고 누군가에게 전화를 건다.

라이터 (전화기에 대고) 어떻게 된 거야, 에드빈? 멍청한 자식. 도대체 뭐하느라고 야코프 빈디슈 같은 사람의 계약서에 비교급 하나도 제대로 못 쓰는 거야? 기가 막혀서! 자넨 철자법도 제대로 몰라? 다들 이해하지 못하니까 어렵게 쓰지 말라고 당부했잖아! 법을 한다면서 독일어도 제대로 모른단 말이야? 어쨌든 한 시간 내로 〈로시니〉로 와. 아주 매끄럽게 쓰인 완벽한 계약서를 갖고……. 한심한 자식!

로시니의 집. 침실. 실내. 밤

로시니가 베개를 하나 들고 침실로 들어온다. 완전히 새 옷으로 갈아입었다. 아주 세련돼 보이는 달걀색 여름 양복에 빨간 넥타이 차림이다. 그는 들고 온 베개를 침대 위 자신의 베개 옆에 놓고 침대 시트를 정돈한 후, 열쇠로 벽장문을 연다. 벽장문을 열자 안에 있는 전등이 켜진다. 일종의 가정용 제단(祭壇)이다. 위에는 성모상이 놓여 있다. 로시니는 성수 그릇에 손가락을 담갔다가 성호를 긋는다. 성호를 긋고 나서 그는 제단 안에서 성수 그릇과 성수채를 꺼낸 후 먼저 커다란 더블베드로 다가가 성수채에 성수를 묻혀 침대 위에 뿌린다. 그러고는 작은 성수 그릇을 아래에 내려놓고 다시 성수채에 성수를 묻힌다. 그러고는 할 수 있는 만큼 배를 쑥 들이밀고 왼손으로 허리띠를 약간 늦추어서 바지 속에 성수를 뿌린다.

로시니 (죄송하다는 표정으로 성모상을 쳐다보면서) 성모님, 용서해 주세요!

〈로시니〉 앞 길가. 밖. 밤

기분이 몹시 좋은 로시니가 가벼운 발걸음으로 길을 건너가고 있다.

〈로시니〉의 테라스. 밖. 밤

하얀 식탁보에 양초와 등잔불로 불을 밝힌 테라스의 테이블에는 대부분 손님들이 앉아 있다. 그중 한 테이블에 겔버 박사가 어떤 중년 부부(레더슈테거 부부)와 함께 앉아 있다. 로시니가 테라스를 지나가면서 양쪽 손님들에게 인사를 하며 겔버 박사의 시선을 끌려고 애쓴다.

로시니 박사! 잠깐만!

로시니를 본 겔버가 고개를 끄덕이면서 손가락으로 진료 가방을 가리킨다.

구시가지. 지하 극장의 뒤뜰. 밖. 밤

백설공주는 자전거를 타고 커다란 쓰레기통 옆의 웅덩이를 지나 어떤 건물의 더러운 뒷마당으로 들어간다. 뒷마당이 끝나는 곳에 지하실로 통하는 계단이 있다. 〈극장 입구〉라는 간판에 전등이 켜져 있다.

극장 겸 집. 실내. 밤

백설공주는 무대 뒤쪽으로 걸어 들어간다. 그곳은 한편으로는 주거 공간으로(바깥에 잠자리로 쓰이는 매트리스와 취사도구 등이 보인다), 한편으로는 소도구실이자 분장실이며 의상실로 이용되는 듯하다. 한쪽 벽에 무대와 객석으로 통하는 통로가 그냥 커튼으로 가려져 있다.

백설공주 칠리?

백설공주는 핸드백과 쇼핑백을 침대 위에 던진 후 무대로 통하는 통로로 걸어가 커튼을 한쪽으로 밀어젖힌다.

백설공주 어떻게 됐어? 오디션은 잘했어? 그 배역을 따낸 거야?

무대 위에는 칠리 바투스니크가 절망적인 표정으로 황금 의자에 앉아 있다. 그녀는 벌써 동화 속 왕자의 옷으로 갈아입었고 분장도 마쳤다. 손에는 술병이 들려 있다. 그녀는 적개심과 실망이 가득한 눈빛으로 백설공주를 힐끗 한번 쳐다본다.

백설공주 (팔을 벌리면서) 이런, 바투스니크, 불쌍하기도 하지. 오, 내 사랑 바투스니크!

칠리가 화를 내며 백설공주의 뺨을 후려친다.

칠리 어디 갔다 왔어? 이 더럽고 위선적인 여우야!

칠리가 백설공주한테 달려들어 머리를 쥐어뜯는다.

백설공주 아야! 놓아 줘. 술 마신 거야? 아프단 말이야!

칠리 그래, 아프겠지! 네가 나를 아프게 하니까 나도 너를 아프게 하는 거야! 냉정하고 감정도 없는 더러운 년!

백설공주가 큰 소리로 비명을 지른다. 객석 출입구로 중년 부인 두 명이 손자 세 명을 데리고 극장 안으로 들어온다.

첫 번째 부인 (쑥스러워하며) 아무도 없어요?

백설공주 그만해! 내 머리카락 다 빠지겠어!

키가 작은 칠리가 키도 자기보다 훨씬 크고 힘도 센 백설공주의 머리채를 무릎 위로 끌어당긴다.

칠리 그래! 네 이 머리카락! 너의 길고 아름다운 이 금발…….

두 명의 중년 부인과 세 명의 아이들이 눈이 휘둥그레져서 무대를 쳐다본다. 무대 위에서는 칠리가 비명을 지르는 백설공주의 어깨 밑에 발을 받치고 두 손으로 머리채를 쥐어뜯고 있다.

칠리 네년의 머리카락을 전부 뽑아 버릴 테야!

두 번째 부인 실례합니다. 여기서 동화 공연하는 거 맞지요?

백설공주가 칠리의 손에서 빠져나와 두 주먹으로 칠리를 때린다.

백설공주 더 이상 네 마음에 들려고 애쓰지 않겠어, 바투스니크! 넌 더 이상 날 괴롭힐 수 없어. 넌 사디스트 레즈비언이야……. 성도착증 환자라고!

한 노인이 어린 손녀딸을 데리고 들어온다.

노인 빨리 들어와라. 벌써 시작했나 보다!

백설공주 지난 몇 년 동안 난 뭐든 네 마음에 들려고 애써 왔어. 넌 나를 억누르고 무시했어. 난 작고 멍청한 금발 소녀였으니까. 그렇지만 섹스를 하거나…… 엉덩이를 핥아 주기에는 충분했지……. 난 네 영혼의 오물을 받아 담는 쓰레기봉투였어.

두 번째 부인 얘들아, 이리 나와……. 집에 가야겠다! 빨리 나가자!

백설공주 이젠 그것도 끝났어, 바투스니크! 내가 보기엔 넌 썩어 문드러질 때까지 여길 못 벗어날 거야. 이 지하실에서 말이야! 그렇지만 난 이제 내 자신의 길을 갈 거야. 너 같은 건 필요 없어!

칠리 (조롱하듯이) 너 같은 엉터리가 도대체 어디를 간다는 거야? 신분 상승의 엘리베이터를 타기 위해 이놈 저놈의 침대를 옮겨 다니며 창부 노릇이나 하면 몰라도!

노인이 호기심을 느끼면서 몸을 앞으로 숙인다.

백설공주 그래, 난 마음만 먹으면 그렇게 할 수 있어. 너는 못 하지만 난 그걸 할 수 있어.

칠리 나? 난 그럴 필요가 전혀 없으니까! 난 정식으로 연기를 배웠고, 춤도 출 수 있어. 또 노래도 부를 수 있고…….

백설공주 넌 정말 어리석어, 칠리 바투스니크! 어떻게 감히 너 같은 게 그 영화의 배역을 딸 거라는 생각을 할 수가 있지? 너의 그 짧은 다리로는 오디션 장에 백날 가봐야 소용없어. 그러니 배역을 못 따고 돌아온 것도 당연한 일이야! 네 자신을 좀 돌아봐, 네 모습이 어떤지를. 넌 작달막한 키에 머리카락도 빨간 쥐새끼야!

그녀가 칠리가 쓰고 있던 왕자 가발을 확 벗겨 낸다. 객석에 앉아 있던 어린 여자아이가 일어서서 할아버지의 팔을 잡아끈다.

[**작은 소녀** (울 듯한 표정으로) 할아버지, 이런 건 별로 재미없어요. 돌아가고 싶어요.

할아버지가 아쉬워하며 출구 쪽으로 끌려 나간다.]

백설공주 닳아빠진 너의 손톱, 뭉툭한 다리, 천박한 얼굴, 납작한 코, 술에 완전히 절어 버린, 타락하고 만취한 삼류 극장 냄새로는 어림도 없는 일이야. 어떤 남자가 너 같은 걸 보러 극장에 들어오겠어?

객석은 이제 텅 비어 있다. 칠리의 눈에는 분노와 절망의 눈물이 고여 있다.

칠리 (처음에는 작게, 그러다 점점 크게) 그래…… 백설공주. 넌 우리 나라에서 제일 예쁜 여자야……. 난 너처럼 예쁘지 않아……. 그렇지만 난 위대한 연극배우야! 아주 위대한 배우! 난 어떤 역이든 해낼 수 있어, 뭐든지!

백설공주 그렇지만 로렐라이는 안 될걸.

〈로시니〉 앞 길가. 밖. 밤

택시 한 대가 식당 앞에 와서 멈춘다. 검은 양복에 서류 가방을 든 세 명의 남자가 택시에서 내린다.

〈로시니〉의 테라스. 밖. 밤

세 명의 남자들(멜크 박사, 호프, 바이히)이 미리 예약해 놓은 테이블에 가서 앉는다.

〈로시니〉 앞 길가. 밖. 밤

라이터의 리무진이 도착한다. 라이터와 치고이너가 차에서 내린다. 라이터는 옷을 한번 매만진 후 촛불을 밝혀 놓은 레스토랑을 향해 걸어간다.

〈로시니〉의 테라스. 멜크 박사의 테이블. 밖. 밤

멜크 (누군가를 찾는 듯이 두리번거리며) 그 사람은 어디 있는 거지? 내 눈엔 안 보이는데. 난 약속 시간을 정확하게 지키는 사람이야. 만약 내가 그 사람처럼 어려운 곤경에 처해 있다면 15분 전에는 여기 와 있을 거야.

호프 그런데…… 그게…… 그 사람하고 직접…… 약속을 한 게 아니라서요, 박사님.

바이히 그렇지만 틀림없이 곧 나타날 겁니다. 그는 하루도 빠짐없이…… 저녁에는 이곳에 들르니까요…….

멜크 뭐라고? 무슨 소리 하는 거야? 약속을 안 했다고? 그럼 무작정 여기서 그를 기다려야 한다는 말이야? 도대체 일을 어떻게 처리하는 거야?

멜크가 바이히와 호프를 의심과 경멸의 표정으로 쳐다본다.

〈로시니〉 앞. 밖. 밤

만면에 승자의 미소를 가득 머금은 라이터가 오토바이를 타고 지금 막 도착해 헬멧을 벗고 있는 보도 크리크니츠한테 다가간다. 멀리서 마차의 말발굽 소리가 들린다.

크리크니츠 아니, 이게 뭐지? 이 촛불 장식, 이거 자네 머리에서 나온 거야?

라이터 (그를 포옹하며) 들어가지, 발터 폰데어포겔바이데[7]! 여자를 차지하기 위해 한바탕 싸움이라도 벌일 듯한 복장이군 그래.

크리크니츠 (비웃으면서) 예술과 석탄의 대결이지!

라이터 (마주 비웃으며) 보석과 아침의 대결이야!

그가 주머니에서 보석함을 꺼내 뚜껑을 연다. 커다란 다이아몬드 반지가 반짝거린다. 바로 그때 레스토랑 앞에 마차가 와서 멈춘다. 마부가 마부석에서 내려와 발레리를 위해 마차의 문을 열어 준다. 한 무더기의 장미꽃잎이 떨어진다. 라이터가 크리크니츠를 경멸의 눈길로 쳐다본다.

라이터 장미꽃잎이라! 〈장미꽃잎에 싸여 있는 아름다운 여인!〉 이건 정말 자네의 시만큼이나 유치하기 짝이 없군.

7 Walther von der Vogelweide(1170~1230). 중세 기사 문학 시대의 독일의 유명한 서정 시인으로 여성을 찬양하는 시를 많이 썼다.

발레리가 손을 흔든다. 그 손에는 크리크니츠의 시가 들려 있다.

크리크니츠 (경멸하듯이) 다이아몬드라! 아주 독특하군! 넝마주이 친구가 보석이라도 캐냈나 보지?
라이터 (비웃으면서) 그렇다면?

마차에서 내린 발레리가 환한 표정으로 두 사람한테 다가온다. 촛불을 밝힌 레스토랑을 쳐다보는 그녀의 얼굴이 황홀경에 빠진다.

발레리 이 양초가 전부 몇 개나 돼요? 나를 위해서…… 내 생일을 위해서 이렇게까지!

라이터가 그녀의 손가락에 다이아몬드 반지를 끼워 주면서 의기양양한 표정으로 크리크니츠를 쳐다본다. 발레리가 레스토랑의 창 쪽으로 다가가 따뜻한 촛불로 가득 찬 식당 안을 들여다본다.

라이터 자네 아직 내 카펫 못 봤지?
크리크니츠 내 시 아직 못 읽어 봤지?

〈로시니〉의 테라스. 밖. 밤

테이블에서 일어난 닥터 겔버가 로시니와 함께 빈 테이블로 다가가 주머니에서 약봉지 네 개를 꺼낸다.

겔버 (나지막한 목소리로) 이건 알약, 이건 가루약, 이건 물약이고 이건 좌약이야.

로시니 (깜짝 놀라면서) 좌약이라고?

겔버 (안심시키듯이) 새로 나온 복합 성분의 약제인데 약효가 아주 끝내주는 거야. 그런데 제일 중요한 것은 시간하고 순서를 제대로 맞추는 거야. 자네도 알겠지만…… 대강 말이야……. 그런데 정확하게 언제 발기가 돼야 하는 거야?

로시니가 미처 대답을 하기도 전에 뒤에서 다가오던 오스카 라이터가 겔버의 어깨를 툭 친다. 검은 양복 차림의 세 남자가 이쪽을 쳐다본다.

라이터 (자신감에 찬 목소리로) 발기? 지기, 자네 또다시 그 기적의 약을 주는 거야? 이 늙은 마술사. 자넨 정말 파라셀수스[8] 같군! 날 봐, 파올로. 난 약 같은 건 필요 없어. 난 항상 발기가 된다고!

세 남자의 시선이 서로 얽힌다. 로시니가 재빨리 네 가지 약을 전부 바지 주머니에 집어넣는다.

라이터 파올로, 이 친구야! 이 촛불 조명에 대해 뭐 할 말이

8 Philippus Aureolus Paracelsus(1493~1541). 인체를 화학적으로 파악하고, 무기물을 복용해서 병을 치료할 수 있다고 주장한 스위스의 의학자.

없어? 정말 대단한 아이디어 아닌가? 날씨가 너무 좋은 게 유감이군, 그렇지 않았으면 식당 안 새 카펫 위에서 식사를 할 수 있었을 텐데.

그가 로시니를 얼싸안으며 세 명의 남자들이 앉아 있는 테이블을 향해 가볍게 손을 흔든 후 낮은 목소리로 말을 이었다.

라이터 파올로, 좀 들어 봐. 난 말이야, 오늘 저기 저 테이블에서 자네한테 직접 서비스를 받고 싶어. 물론 가장 정중하게 말이야! 자네의 웨이터들은 안 돼! 그러니까 이제 자네가 직접 우리한테 샴페인을 좀 갖다 주면 좋겠어!

라이터와 로시니 뒤에 서 있던 겔버가 발레리에게 다가간다. 그가 발레리에게 정중하게 인사를 하고 그녀의 눈을 진지하게 쳐다본다.

겔버 발레리…… 당신한테 마음을 담은 선물을 하고 싶은데…….

크리크니츠가 호기심에 찬 눈길을 보내며 두 사람 쪽으로 걸어온다.

발레리 (웃으면서) 그렇지만 휠체어는 싫어요, 지기!
[**겔버** 발레리, 당신이 태어난 날을 기념해서 당신에게 선물

을 해도 되겠지?

라이터 이리로 와, 발레리. 도대체 뭐 하는 거야, 보도?

크리크니츠 꺼내 봐, 어서! 빨리 꺼내 놓으라고! 떠버리 의사 나리가 나의 여왕을 위해 도대체 뭘 준비했을까?

그는 마치 자기가 발레리의 주인이라도 된다는 듯이 그녀의 허리를 감싸 안는다. 겔버는 크리크니츠의 야유를 무시한다.

겔버 아주 작은 거야.]

그가 조끼 주머니에서 가느다란 금줄에 매달린 작은 열쇠를 꺼내서 발레리한테 내민다.

겔버 발레리, 이 작은 열쇠로…….

크리크니츠 내 작은 가슴을 열어 달라 이 말씀이겠지. 떠버리 박사의 작은 새가슴 말이야, 안 그래?

라이터가 겔버를 밀어제친다.

라이터 자, 이젠 우리 자리로 와! 목이 말라 미치겠어! 이제 축하를 해야지!

겔버 발레리, 이 열쇠에는 아주 특별한 사연이 있어…….

발레리 고마워요, 지기. 정말 고마워요!

그녀는 라이터와 크리크니츠랑 함께 자기 자리로 간다. 겔버가 발레리의 뒷모습을 지켜보면서 주머니를 뒤진다. 선글라스를 쓰고 겔버의 앞에 서 있던 샤를로테 잔더스가 이 광경을 보고 겔버에게 안됐다는 표정을 짓는다.

샤를로테 지기! 빨리 약 좀 줘요! 편두통 때문에 정말 미치겠어!

라이터의 테이블. 밖. 밤

발레리가 오스카 라이터와 크리크니츠 앞에 앉아 있다. 두 사람은 각자 한 손으로는 메뉴판을 들고, 다른 한 손은 발레리의 허벅지를 찾아서 자동적으로 테이블 밑으로 들어간다. 발레리는 두 손으로 메뉴판을 들고 훑어본 후 다시 테이블 위에 내려놓는다. 그리고는 두 손을 깍지 끼고 다이아몬드 반지를 만지작거린다.

[**발레리** 정말 모르겠네……. 오늘은 정말 선택하기가 어려워요. 뭘 먹는 게 좋은지 말 좀 해줘요!

그녀는 다리를 좀 더 넓게 벌릴 수 있도록 의자 깊숙이 몸을 낮추면서 뒤로 몸을 기댄다. 그러고는 두 남자에게 각각 은밀한 미소를 보낸다. 라이터가 의심의 눈길로 크리크니츠를 쳐다본다.

라이터 이봐, 보도. 자네 손 지금 어디 있는 거야?

크리크니츠 그렇게 말하는 자네의 손은?

라이터 (미소를 지으며) 내 손은 원하는 걸 하고 있는 중이야!

크리크니츠 내 손도 마찬가지야. 만약 자네가 지금 허튼수작을 하고 있는 거라면 내 주먹이 가만있지 않을 거야. 크게 한 방 먹일 거라고!

라이터 보도, 내가 셋을 셀 때까지 자네의 손을 모두 테이블 위에 올려놓도록 해. 안 그러면 나한테 터질 줄 알아! 하나…… 둘…….

라이터가 〈셋〉을 세기 전에 발레리가 두 사람의 손을 모두 테이블 위에 올려놓는다. 그러고는 두 손에 차례로 키스를 한 후 꼭 붙잡는다.

발레리 그럼 지금부터 내가 두 사람의 손을 잡고 있겠어요! 영원히 말이에요. 오늘은 정말 기분이 좋아요! 젊어진 것 같기도 하고…… 아름다워진 것 같기도 하고…… 아주 유쾌한 기분이에요. 이런 기분을 느낀 적은 한 번도 없었어요! 당신들은 안 그래요?

라이터 그렇고말고. 당신은…… 음…… 〈꽃처럼 귀엽고 아름답고 순수하고〉.

라이터가 크리크니츠를 자극하려는 듯이 비웃음을 짓는다.

라이터 하이네의 시구잖아!

크리크니츠가 얼굴을 찡그리며 비웃는다.

발레리 정말 기분이 좋아!] 정말 살맛 나는 날이에요! 이런 날은 아주 특별하고…… 아주 짜릿한 그런 걸 좀 느끼고 싶어요! 보도, 뭔가 짜릿한 말 좀 해줘요!

크리크니츠가 미소를 지으면서 발레리의 손을 입으로 가져가 손가락 끝에 키스한다. 그가 라이터와 발레리를 번갈아 쳐다보며 시를 읊는다.

크리크니츠 〈그녀는 아름다움, 그녀의 눈길에는 동경이 들어 있네. 강인하고 성숙한 남자, 살인도 마다하지 않는 그런 남자에 대한 동경이.〉

발레리 (눈을 감은 채) 유혹적인데요. 보도, 정말 유혹적이에요…….

라이터 대단하군, 보도. 다시 한번 자네의 장기를 발휘했어. 정말 훌륭한 솜씨야. 말솜씨로 치면 이 세상에서 자네를 따라올 사람이 없을 거야.

테라스. 멜크 박사의 테이블. 밖. 밤

세 남자의 테이블에 전채 요리가 나온다. 호프와 바이히가 이상하다는 듯이 서로를 쳐다본다.

호프 우릴 못 본 걸까?

바이히 불빛이 흐려서 잘 알아볼 수가 없을 거야.

멜크 (침착하게) 그는 틀림없이 우릴 봤어. 호프, 가서 그 사람을 데려와!

멜크가 식사를 시작한다.

호프 제가요? 제가 어떻게?

멜크 (냉정하게) 다 자네 때문에 생긴 일이잖아.

호프 잠깐만요! 결코 제 개인적으로 벌인 일이 아닌데요……. 전 항상 위에서 분명한 지시를 받고…….

그가 바이히를 쳐다본다.

멜크 그럼 자네가 가보지, 바이히!

바이히 잠깐만요, 박사님! 아시다시피 전 처음부터 회의적이었어요. 소극적이었다고 하는 편이 더 정확하겠죠. 그런데…… 그런데 박사님이 명령을 하셨잖습니까? 전 개인적으로…….

멜크 (냉정하게) 내가 서류로 지시를 내렸던가?

〈로시니〉의 테라스. 밖. 밤

옷을 갈아입은 치고이너가 자신의 테이블로 돌아간다. 샤를로테가 그의 테이블에 앉아 있다. 그녀 앞에는 물컵이 하나 놓여 있다. 물에서 약이 한 알 녹고 있는 중이다. 물컵 옆에는 그라파 술병과 또 다른 컵이 하나 놓여 있다. 치고이너가 갈아입은 옷을 새 옷 위에 올려놓는다.

[**치고이너** (선 채로) 이봐, 로티, 여긴 내 테이블이야! 당신 테이블은 저쪽이잖아…….
샤를로테 (화를 내며) 그래서요? 그래도 식사 전에 여기서 입가심으로 술 한잔 정도는 마실 수 있는 거 아니에요?
치고이너 그 정도라면…….

그는 자리에 앉아서 자신에게 온 우편물을 집어 든다. 테이블에는 4인분의 식사 준비가 되어 있다.

샤를로테 혹시 약속이 있는 거예요?
치고이너 (부인하면서) 아니.

이때 미켈레가 적포도주 한 병을 들고 와 치고이너의 잔에 포도주

를 천천히 따라 준다.]

미켈레 치고이너 씨. 조감독한테서 전화가 왔었어요. 모델 사진첩에서 아주 근사하고…… 신속한[9] 창녀들을 세 명 찾아냈다고요. 그래서 지금 곧 그 여자들을 여기로 보내겠다고 하던데요…….

치고이너 뭘 보낸다고? 신속한 창녀들?

샤를로테 약속이 있긴 있었군요…….

미켈레 네, 그 비슷하게 말했어요. 세 명의 도발적 처녀…… 악마 같은 천사…… 그 뭐라더라…… 무슨 말인지 아시지요?

치고이너 (신음 소리를 내며) 으으…….

샤를로테 아하, 세 명의 창녀들이라……. 그러니까 당신은 창녀들하고 해야 더 잘된다 이거로군!

치고이너 제발, 로티. 날 좀 내버려 둬! (미켈레에게) 지기한테 가서 내 위장약 좀 받아다 줘. 그리고 마카로니 한 접시 가져오고…… 아니, 마카로니 말고 수프나 한 그릇 가져와. 음…… 고기 수프로…… 계란 풀어서…….

미켈레 우선 스트라차텔라 아이스크림 하나 가져오겠습니다.

미켈레가 사라지자 로티가 치고이너의 손을 잡는다.

샤를로테 우, 알겠지만…… 전 그날 밤 이후로 당신한테 좀

9 *eilig*. 〈성스러운〉이라는 뜻의 독일어 〈*heilig*〉에서 〈h〉가 탈락된 단어.

실망하고 있었어요……. 그런데 이제야 깨달았어요. 당신도 알다시피…… 섹스는 우리 두 사람한테…… 그러니까 내 말은 우리 두 사람 사이에…… 그리 중요하지 않다는 걸 말이에요.

미켈레가 다시 돌아온다. 치고이너가 샤를로테에게서 손을 빼내 목을 긁적인다.

미켈레 죄송합니다만 혹시 달걀 때문에 선생님의 알레르기에 문제가 생기지 않을까 해서요. 달걀이 들어가도 괜찮을까요?
치고이너 야채수프는 신선해?
미켈레 아주 신선합니다. 그런데 거긴 완두콩이 들어가는데요.
치고이너 완두콩이라고? 그럼 완두콩은 빼버리면 되잖아!

위가 아픈지 그가 손으로 배를 움켜쥔다. 미켈레가 사라진다.

[**샤를로테** 아니에요, 우. 솔직히 말할게요. 난 당신이 내 몸에 전혀 손을 대지 않는다고 해도 기분 나빠 하지 않을 게요…….

미켈레가 다시 돌아온다.

미켈레 저…… 혹시 강낭콩도 들어가면 안 되나요?

샤를로테 내 생각에는 서로 다시 한번 해볼 수 있을 것 같아요.

치고이너 그럼 감자만 남기고 야채는 전부 빼버려……. 감자는 약간 으깨는 게 좋겠어.

미켈레 알겠습니다. 감자 수프요, 으깬 감자로. 위에 부담도 안 주고 건강에도 좋도록 아주 부드럽게……. 금방 가져오겠습니다.

미켈레가 사라진다. 치고이너가 주머니에서 담배를 찾는다.]

샤를로테 노력해도 안 되면 그땐 할 수 없는 거고요……. 우, 우린 그냥…… 함께 살 수 있어요. 당신이 내 집으로 오면 돼요. 서로 각자에게 자유를 주면서 가끔…… 외출하고 싶지 않을 때 둘이 함께 집에 있는 거예요……. 그럴 땐 내가 당신을 위해 요리를 하고…… 또…….

치고이너 미켈레! 내 담배 어디 있어? 그리고 내 목욕용 오일도 좀 갖다 줘!

미켈레 (다른 테이블의 시중을 들면서) 죄송하지만 우편물 속에는 아무것도 없었는데요.

샤를로테 그리고 함께 침대로 가는 거예요. 형제나 자매처럼 말이에요. 그리고…….

치고이너가 더 이상 참을 수 없다는 듯이 주먹으로 테이블을 내리친다.

치고이너 빌어먹을! 내 담배를 안 보냈단 말이야? 정말 그 여자 때문에 미쳐 버리겠군!

그가 벌떡 일어나서 식당 안으로 뛰어간다.

〈로시니〉 앞 길가. 밖. 밤

사람들의 눈길을 몹시 끄는 여자 세 명이 거리에서 테라스 쪽으로 걸어간다. 세 명 모두 긴 금발에 화장을 짙게 하고 있다. 로렐라이라기보다는 오히려 시골에서 상경한 처녀들처럼 보인다. 샤를로테가 세 여자에게 경멸의 눈길을 보내면서 그라파 술병을 들고 자기 테이블로 돌아간다. 미켈레가 금발의 세 여자를 치고이너의 테이블로 안내한다.

치고이너와 파니의 전화 통화
레스토랑 〈로시니〉/프로방스의 별장. 실내. 밤

치고이너가 카운터에서 전화기를 들고 있다. 파니는 응접실의 소파 위에 앉아 있다. 테라스로 통하는 문이 열려 있다. 그녀의 애인 장 뤽이 부엌에서 요리를 하면서 수시로 음식을 쟁반에 담아 테라스로 날라다 놓는다. 뒤로는 정원과 불이 켜진 수영장이 보인다.

치고이너 (전화기에 대고 화를 내며) 파니. 난 당신에게 매달 정확한 날짜에 엄청난 돈을 보내고 있어. 내 집에서 당신이 애인과 아무 걱정 없이 편안하게 살 수 있도록 말이야! 그런데도 당신은 담배와 목욕용 오일 하나 제날짜에 못 보내 주는 거야? 도대체 왜 못 보내는 거야? 당신 정말 계속 이런 식으로 나올 거야?

파니 위비, 멍청한 소리 좀 작작해요! 당신은 내가 이 커다란 별장에서 살아야만 행복할 수 있다고 생각하는 거예요? [난 작은 오두막에서 살아도 행복할 수 있어요……. 허름한 집에서도, 맨 땅바닥에서도……. 그리고 초원의 천막 속에서도 행복할 수 있다고요!] 그렇지만 당신은 그럴 수 없어요! 당신은 어디서도 행복할 수 없어요, 어디서도요! 그렇기 때문에 당신은 나한테 화를 내는 거예요! 당신의 그 빌어먹을 물건들은 〈로시니〉로 벌써 일주일 전에 보냈어요. 난 당신의 물건들을 매주 꼬박꼬박 보내고 있다고요, 알겠어요?

라이터의 테이블. 밖. 밤

호프가 뒤에서 라이터의 등을 가볍게 친다.

호프 오스카!

라이터가 돌아다보면서 놀란 척한다.

라이터 어, 루디! 자네가 여긴 어쩐 일이야? 혼자 온 거야? 여기 앉지 그래!

호프는 라이터가 그렇게 공개적으로 허물없이 나오는 것이 못마땅하다. 멜크가 이쪽을 쳐다보고 있다.

호프 (발레리와 보도에게) 실례하지만 호프라고 합니다……. 방해할 생각은 없지만…… 오스카, 자네와 급히 할 얘기가 좀 있는데…… 둘이서만.

라이터가 자리에서 일어나 호프와 약간 옆쪽으로 비켜선다.

호프 (낮은 목소리로) 오스카, 우리는…… 음…… 오늘 아주 우연히 여기 들렀어. 나와 바이히와 그리고 멜크 박사 말이야. 멜크 박사는 프랑크푸르트에서 온 간부야…….

라이터 아, 그랬군! 안녕들 하십니까?

라이터가 잠시 몸을 돌려 바이히와 멜크의 테이블 쪽으로 인사를 보낸다.

호프 (낮은 목소리로) 그런데 말이지…… 멜크 박사가…… 지금 「로렐라이」의 계약서를 좀 봤으면 하거든…….

라이터 보여 주고말고. 기꺼이 보여 주지. 언제든지 보여 줄게.

호프 (걱정스러운 말투로) 그게 아니고, 오스카. 언제든지가 아니라 당장 오늘 저녁에 말이야!

라이터 뭐, 오늘 저녁에? 도대체 무슨 소릴 하는 거야? 계약서는 전부 사무실 금고 속에 들어 있어! 난 금요일 저녁에 계약서 따위를 팬티 속에 넣고 산책하지는 않아!

호프 (이마에 땀을 흘리며) 이봐, 오스카. 그게 지금 어디에 있든 난 알 바 아니야. 사무실로 가서 금고 문을 열고 가져오도록 해. 즉시 말이야……. 안 그러면 그가, 멜크 박사 말이야, 자네의 대출금을 전부 회수하려고 들 거야!

라이터 (미소를 지으며) 도대체 왜 이러는 거야? 나처럼 좋은 친구에게 그런 짓을 할 수는 없어, 루디!

호프 오스카, 난 자네를 더 이상 봐줄 수 없어. 내 목이 위태로워. 떨어지기 직전이라고……. 더 이상 빠져나갈 구멍이 없어. 만약 우리가 후식을 다 먹기 전까지 계약서를 보여 주지 않으면, 어쩌면 내가 자넬 죽이게 될지도 몰라, 오스카.

겔버의 테이블. 실내. 밤

겔버가 연모의 눈길로 발레리를 쳐다보고 있다. 그녀는 크리크니츠와 시시덕거리면서 웃고 있다.

레더슈테거 박사님, 말씀 좀 해주세요……. 제 말 듣고 계시는 거예요, 박사님? 그러니까 박사님 말씀은 가슴도?

레더슈테거 부인 제발, 알프레드! 난 가슴이 아니라 코를 고치고 싶다니까요.

레더슈테거 가슴도 절벽이면서 왜 그래! 만약 당신이 비잔틴 사람처럼 코를 높이면 당신 얼굴이 어떻게 보일지 생각이나 해봤어? [그러니까 의사 선생님 말씀은…… 가슴을 아무 탈 없이 고칠 수 있다는 말씀이지요?]

겔버 (얼이 빠진 채) 가슴, 가슴이라…… 가슴 성형은 코 성형에 비하면 아무것도 아니지요.

레더슈테거 그럼…… 확대도 가능한가요? 제 말은…… 원하는 크기대로 만들 수 있냐는 겁니다.

레더슈테거 부인 알프레드, 난 내 코가 정말 싫어요. 어릴 때부터 코 때문에 내가 얼마나 불행했는지 알기나 해요? 난…….

레더슈테거 제발 의사 선생님하고 얘기 좀 하게 입 닥치고 있어! 그러니까 겔버 박사님, 제 말은요, 절벽같이 납작한 가슴도 무거운 해머처럼 만들 수가 있느냐고요. 음…… 돌리 파튼처럼 될 수가 있을까요?

〈로시니〉의 복도와 사무실. 실내. 밤

사무실은 주방 맞은편에 있다. 밝은 네온등이 켜져 있다. 치고이너가 서류, 빨랫감, 포도주 박스가 어지럽게 쌓여 있는 짐 속에서 자신의 우편물을 찾고 있는 중이다. 이때 사무실 문 앞에 로시니가 나타난다. 한 손에는 샴페인 통을, 다른 한 손에는 양초를 들고 있다.

로시니 (몽유병자처럼) 우, 오늘 난 한 여자를 알게 됐어…….

치고이너 (흥분하면서) 담배가 여기 숨어 있었군! 괜히 전화에다 대고 애꿎은 파니에게 욕을 했잖아. 그런데 담배가 어떻게 여기 자네 물건들 사이에 섞여 있는 거지? 도대체 왜 내 우편물을 이 쓰레기 더미 속에 처박아 놓은 거야?

로시니가 사무실 안으로 한 걸음 들어선다. 네온 불빛 속에 화장을 아주 짙게 한 그의 얼굴이 드러난다. 눈썹과 속눈썹 그리고 관자놀이와 수염이 검게 칠해져 있고, 입술은 이상할 정도로 빨갛다. 얼굴 주름과 목주름이 짙은 화장으로 감추어져 있다.

로시니 그 여잔 말이야, 정말 동화 속에 나오는 여자하고 똑같아!

치고이너가 로시니를 뚫어지게 쳐다본다.

치고이너 말해 봐, 파올로. 자네…… 설마…….

로시니가 팔꿈치로 사무실의 전깃불을 끈다.

로시니 젊은 여자야, 금발에 키가 크고 아주 아름다워……. 게다가 아주 날씬하고……. 자네도 그 여자를 한번 보면 안아 주지 않곤 못 배길 거야.

치고이너가 담배와 우편물을 집어 든다.

치고이너 (아무 감정도 없이) 그렇겠지. 그리고 또 같이 잠도 자고 싶어지겠지.

로시니 (격분하며) 그게 아니야, 우. 이 여자는 천사야……. 성스러운 천사. 내가 여자들을 싫어하는 거 자네도 알지. 그런데 이건 운명이야……. 운명이 내 인생에 기적을 일으킨 거야. 난 그 여자와 결혼할 거야…….

치고이너 파올로, 자네 지금 머리가 좀 어떻게 된 거 아니야?

로시니 난 말짱해. 우린 결혼할 거야……. 그녀는 내 아이들의 엄마가 되고…… 내 집을 지키고…… 내 눈의 기쁨이 되고…… 내 노년의 위안이 될 거야!

지하 극장. 욕실. 실내. 밤

백설공주가 칠리에 의해 욕실에 갇혀 있다. 외출복 차림으로 얼굴에 화장을 하고 있는 그녀가 분노에 가득 찬 표정으로 잠긴 욕실

문을 흔들어 댄다.

백설공주 (큰 소리로) 내보내 줘, 바투스니크! 넌 정말 더럽고 야비한 년이야! 어서 날 내보내 줘!

그녀가 온몸으로 문을 열려고 애써 보지만 문은 끄떡도 하지 않는다.

지하 극장의 뒤뜰. 밖. 밤

칠리가 계단을 재빨리 뛰어 올라간다. 그녀는 뭔가를 집어넣어 한껏 부풀린 가슴, 몸에 꼭 끼는 옷, 뒷굽이 높은 금빛 구두로 가능한 한 여성스럽게 치장했다. 머리에는 긴 금발의 가발을 쓰고 있다. 아래에서 갇혀 있는 백설공주의 비명 소리가 들린다.

백설공주 (목소리만) 바투스니크! 이 돼지 같은 년아, 날 내보내 줘!

칠리가 백설공주의 자전거를 타고 그곳을 떠난다.

〈로시니〉의 테라스. 치고이너의 테이블. 밖. 밤

치고이너는 자기의 테이블에서 세 명의 금발 아가씨들에게 둘러싸인 채 앉아 있다. 웨이터가 커다란 접시에 담긴 가자미 퀴레 요리를 내려놓고 빈 수프 접시를 가져간다.

첫 번째 금발 (심한 라인 지방 악센트로) 솔직히 말씀드리면요, 그러니까…… 이 배역은 저를 위해 만들어진 거나 다름없어요. 무슨 말인가 하면요, 제 고향이 바로 라인 근처의 바하라흐거든요. 그러니까 전 로렐라이 바위의 그늘 속에서 성장한 셈이에요. 비유적으로 말하면 라인강의 젖을 빨아 먹으면서 컸다는 말이지요. 로렐라이는 라인강의 처녀잖아요? 그러니까 생생한 라인강의 특색을 살려야 된다고 봐요……. 예를 들면 말투 같은 거 말이에요, 그래서 아무래도 제가…….

치고이너 뭐든 아가씨들 먹고 싶은 걸로 즐겁게 먹고 마시도록 해. 그렇지만…… 난 지금…….

두 번째 금발 (심한 바이에른 악센트로) 뭐, 라인강의 특색? 난 그렇게 생각하지 않아요. 왜냐하면 이건 작은 시민극장에서 상영할 게 아니니까요……. 이건 아주 위대한 독일 문학 작품을 영화화하는 거예요. 그러니까 제 생각엔 영어로 만들어야 할 것 같은데요. 그렇게 생각하지 않으세요, 치고이너 씨? 제 생각은 그런데요.

치고이너 그건 그렇다 치고…… 식사 좀 하게 제발 날 좀 내

버려 둬. 당신들과 이 영화에 대해서 별로 이야기하고 싶지 않으니까 말이야.

세 번째 금발 (심한 헝가리 악센트를 섞어서) 말! 도대체 말이란 게 뭐죠? 말은 이 영화에서 중요한 게 아니에요. 그것보다는 말이에요…….

〈로시니〉의 테라스. 라이터의 테이블. 밖. 밤

미켈레가 라이터를 향해 몸을 숙이고 있다.

라이터 우한테 좀 와달라고 해!

치고이너의 테이블. 밖. 밤

미켈레가 치고이너의 테이블로 간다. 헝가리 아가씨가 아직도 치고이너한테 뭔가 이의를 제기하고 있는 중이다.

세 번째 금발 그 영화에서는요, 관객에게…… 뭔가 저항할 수 없는 어떤 느낌을 주는 게 훨씬 더 중요하다고 봐요……. 뭔가 신비한…….

치고이너가 벌떡 일어나서 테이블을 떠난다.

라이터의 테이블. 밖. 밤

치고이너가 라이터 옆자리에 가서 앉는다.

라이터 우, 빈디슈한테 전화 좀 해봐. 일이 꼬여 가고 있어.

치고이너가 핸드폰을 꺼내 전화를 건다. 크리크니츠는 이 기회를 틈타 거리낌 없이 발레리를 애무한다. 발레리가 큰 소리로 웃는다.

빈디슈의 집. 실내. 밤.

빈디슈의 구형 전화기가 울린다. 깜깜하다. 아무도 전화를 받지 않는다.

〈로시니〉의 테라스. 멜크 박사의 테이블. 밖. 밤

호프 그가…… 지금 틀림없이…… 계약서를 갖고…… 우리 테이블로…… 올 겁니다.

멜크 (싸늘하게) 계약서는 없어. 무슨 말인 줄 알겠어? 『로렐라이』는 영화로 안 만들어진다고. 라이터는 물론 어느 누구에 의해서도 말이야.

호프와 바이히가 놀라서 서로를 쳐다본다.

호프 뭐라고요?

멜크가 서류 가방에서 『뉴욕 타임스』의 문예면을 꺼낸다.

라이터의 테이블. 밖. 밤

미켈레가 라이터의 테이블로 커다란 바닷가재 요리를 날라 온다.

미켈레 에코 라스티세 나왔습니다!
발레리 그게 도대체 무슨 요리죠?
로시니 바닷가재 요리야. 오스카, 당신이 주문했잖아.
발레리 난 바닷가재를 안 좋아해.
라이터 바닷가재라고? 도로 가져가!

미켈레가 어쩔 줄 몰라 하며 로시니를 쳐다본다. 로시니가 애써 화를 참으면서 바닷가재가 담긴 쟁반을 다시 가져간다.

치고이너 미안해, 오스카. 난 지금 내 가자미 요리를 먹으러 가야겠어. 수프가 벌써 다 식어 버렸다고.

치고이너가 일어나서 자신의 테이블로 돌아간다.

발레리 (라이터의 약을 올리면서) 보도가 지금 나한테 어떻게 했는지 알아요? 글쎄 그가 내 귓속에 혀를 집어넣었어요.

라이터는 걱정스런 눈길로 멜크 박사의 테이블을 쳐다본다.

멜크 박사의 테이블. 밖. 밤

세 명의 은행원이 후식을 먹는 동안 멜크가 동료들에게 『뉴욕 타임스』의 기사를 읽어 준다.

멜크 [『뉴욕 타임스』 지난 주말판 서평란이야. 집사람이 오려 보냈어.] (인용문) 〈빈디슈, 자신의 베스트셀러 소설의 영화화 거절하다……. 수백만 달러에 달하는 할리우드의 제안조차 그 베스트셀러 작가의 마음을 움직이지 못했다. 빈디슈는《내가 살아 있는 동안 내 책을 영화화하는 일은 없을 것》이라고 말했다. 심지어 자기 책의 출판인조차 만나기 힘든 이상한 그 작가는 스코틀랜드 늪지대에 은밀히 숨어 살고 있다. 수년 전부터 그는 공개적으로 모습을 드러낸 적이 없다. 사진조차 없다. 스코틀랜드의 한 양치기의 진술에 따라 컴퓨터로 합성한 유령의 모습이 야코프 빈디슈를 알려 주는 유일한 사진이다. 왼쪽 위를 보라.〉

멜크가 호프와 바이히의 코앞에 신문을 들이민다. 신문에는 방풍용 재킷을 입고 귀 가리개가 달린 챙 모자를 쓴 유령의 모습이 실려 있다.

바이히 (당황해 하며) 유령이라…….

호프가 신문에 실린 유령의 모습을 뚫어지게 쳐다보다가 라이터 쪽을 건너다본다.

지하 극장. 뒤뜰. 밖. 밤

유리창이 깨지는 소리가 들린다. 창문 위쪽의 창살이 뜯겨 나간다. 온몸이 만신창이가 된 백설공주가 밖으로 뛰어나간다. 더럽혀진 그녀의 옷은 너덜너덜 찢어져 있다.

레스토랑 〈로시니〉. 밖. 밤

로시니가 거리를 바라보며 문가에서 서성거리고 있다. 그는 시계를 들여다본다.

〈로시니〉의 테라스. 라이터의 테이블. 밖. 밤

벌써 약간 술에 취한 발레리가 소리 내어 웃는다.

발레리 우리 이제 결혼 놀이를 해봐요. 자, 두 사람 중 아무나 지금 내 손을 잡으세요. 보도, 당신이 해볼래요? 〈발레리, 내 아내가 되어 주겠소?〉라고.

크리크니츠 뭐? 도대체 무슨 헛소리를 하는 거야!

라이터 (비웃으면서) 내가 할까? 그까짓 것쯤이야. 발레리, 내 사랑, 당신은 내…….

호프 (목소리만) 라이터!

라이터가 자기 앞에 서 있는 호프를 돌아다본다. 호프는 분노에 벌벌 떨고 있다.

라이터 루디?

호프 (찢어지는 목소리로) 이 사기꾼 자식! 돼지 같은 녀석!

라이터 잠깐, 잠깐……. 미안해 발레리……. 루디?

라이터가 일어선다.

발레리 계속 성가시게 구는 저 사람은 도대체 누구지요?

크리크니츠 난들 알겠어? 사업상 아는 사이겠지. 오스카가 가는 곳마다 항상 사업이 따라다니잖아.

호프 (나지막하지만 날카롭게) 라이터, 우리가 자네에게 빌려 준 4천7백 50만 마르크를 즉시 회수하게 되었다는 것을 공식적으로 통고하겠어.

크리크니츠 (호프에게) 이봐, 사업가 양반! 우린 지금 여기서 사적인 모임을 갖고 있는 중이니까 꺼져 버려!

그가 손으로 비행기가 이륙하는 동작을 해보인다.

라이터 미안해……. 금방 다시 올게…….

발레리와 크리크니츠가 멜크 박사의 테이블 쪽으로 가고 있는 라이터의 모습을 지켜본다. 호프가 라이터의 뒤를 따라가고 있다. 치고이너가 걱정스럽게 그 모습을 지켜본다. 멜크 박사가 라이터에게 지나칠 정도로 깍듯하게 인사하는 것이 보인다. 그 상황을 눈치챈 샤를로테 잔더스가 호기심을 느끼며 라이터가 은행가들과 담판을 벌이고 있는 테이블을 쳐다본다.

멜크 박사의 테이블. 밖. 밤

멜크 박사는 호프와 바이히도 놀랄 정도로 깍듯한 태도로 말한다.

[**멜크** 존경하는 라이터 씨! 전 당신의 사업 수완을 항상 높이 평가해 왔습니다. 당신은 위대한 비전을 지닌, 타고

난…… 이상주의자이시지요. 아주 위대한…… 투자가이기도 하고요. 그러나 저희 은행은 규모가 작은 은행이라서요, 라이터 씨…….]

라이터 아, 작은 은행이라고요? 불쌍해서 눈물이 다 쏟아지려고 하는군요!

멜크 그럴 필요까지는 없습니다. 저희는 소규모 운영이 오히려 더 좋다고 생각하고 있으니까요. 그래서 말씀드리는 건데요, 저희 은행이 라이터 씨에게 대출해 드린 2천7백만 마르크를 오늘 날짜로 회수하게 되었음을 알려드립니다.

바이히 (수정해 준다) 4천7백 50만 마르크인데요, 박사님!

멜크 (재빨리) 네, 네, 나도 알고 있어요. 그런데 4천7백만 마르크 중에서 2천7백만 마르크만 회수할 생각입니다. 그리고 그 2천7백만 마르크를 당신 회사의 소유권으로 넘겨받겠습니다, 라이터 씨…….

라이터 그래……. 당신들은 그렇게 하고 싶겠지……. 그렇지만 나 없이 하도록 해!

멜크 네, 물론 당신 없이 하겠습니다. 당신은 그냥 회사에서 걸어 나가시기만 하면 됩니다. 나머지 2천 50만 마르크는 다시 돈을 벌었을 때 할부로 나누어 갚으세요. 당신은 틀림없이 앞으로 또다시 큰 사업을 성공적으로 펼치실 테니까요.

라이터가 냉소를 머금은 채 고개를 끄덕인다.

라이터 그렇고말고. 틀림없이 그렇게 할 거야. 그것도 오늘 저녁에 당장. 그렇지만 당신들은 끼워 주지 않겠어! 오늘 저녁 안으로 역사상 가장 위대한 베스트셀러 작가인 야코프 빈디슈의 『로렐라이』 영화 판권을 나 혼자서 사들일 테니까. 이제 몇 분만 지나면 거래가 성사될 거야, 야코프가 오기만 하면…….

멜크가 고개를 끄덕이며 비웃음을 짓는다.

멜크 (자기 기분에 도취되어) 직접 전용 비행기를 몰고 스코틀랜드의 늪지에서 나온다는…… 말인가요?

라이터 스코틀랜드의 늪지대가 아니야. 그는 콘라드가(街)에서 오는 거야. 자전거를 타고…….

멜크 자전거를 타고 온다고요, 라이터 씨? 베스트셀러 작가가 자전거를 타고 여기로 온다는 말씀인가요? 우리 같은 사람이 드나드는 이 식당으로요? 여기 있는 모든 사람 앞에 말이지요? 사람들하고 어울리는 걸 아주 좋아하는 대단히 사교적인 사람이라는 뜻인가요? 그래서 그가 어떤 희생을 치르더라도 자신의 소설을 팔아 버릴 거라는 말씀이지요?

라이터 그래, 바로 그 말이야. 그럼 난 내 영화를 만들 거야. 초대형 작품으로. 그렇지만 구두쇠 같은 당신들하고는 절대 안 해. 난 장부의 숫자나 따지는 사람보다는 통이 큰 사람이 필요하니까. 통이 크고, 멀리 내다볼 줄 아는 용기 있는 은행가 말이야. 세계적인 은행가가 필요해……. 자네들 같은 시골뜨기들은 필요 없어.

라이터가 일어나서 손가락질을 하며 말한다.

라이터 세계적으로 3억 명의 독자들이 읽은 책이야. 성경 다음으로 많이 읽혔어. 그런데도 당신들이 그 사업에 더 이상 참여할 생각이 없다니 단지 유감스러울 뿐이군. 자네들 같은 바보는 내 생전 처음이야! 정말 유감이군. 자, 좋은 밤 되기를 빌어 주지, 신사 양반들. 잘 가시게!

〈로시니〉의 테라스. 밖. 밤

라이터가 천천히 테라스를 지나 식당 안으로 걸어간다. 그가 이마의 땀을 훔치면서 치고이너의 테이블 옆을 지나간다.

치고이너 (걱정스러워하며) 무슨 일이야?
라이터 빌어먹을…….
치고이너 어디 가는 거야?
라이터 오줌 누러…….
치고이너 잠깐만, 나도 함께 가지.

그가 자리에서 일어나 라이터와 함께 안쪽으로 걸어간다.

레스토랑 〈로시니〉. 실내. 밤

라이터와 치고이너가 화장실로 들어간다. 로시니는 여전히 식당 문 앞에서 서성거리고 있다.

치고이너 (로시니 옆을 지나가면서) 야코프가 도착하는 대로 즉시 나한테 알려 줘!

〈로시니〉의 테라스. 라이터의 테이블. 밖. 밤

[크리크니츠가 발레리와 다투고 있다.

크리크니츠 (화가 나서) 왜 이렇게 싸구려처럼 구는 거야? 정말 우습군.

발레리 내가 우습단 말이에요? 뭐가?

크리크니츠 우습고말고. 당신의 그 바보 같은 장난 말이야. 흥, 결혼식 놀이라고?] 그럼 라이터하고 결혼해 버려! 자, 이제 당신의 주인님한테 가보지 그래. 비단 시트 위에서 섹스를 해줄 때마다 화대도 받을 수 있을 테니.

발레리 (도발적인 미소를 지으며) 그러면 안 되나요? 어쩌면 그게 제일 좋은 해결책이 될지도 모르겠군요. 라이터는 내 남편이 되고 당신은 내 애인으로 남아 있는 게.

크리크니츠가 발레리를 쳐다본다.

크리크니츠 도대체 무슨 소리를 하는 거야? 입 닥쳐! 그리고 내 시 도로 내놔!

그가 원고지를 빼앗아 찢어 버린다.

[**크리크니츠** 당신 결혼식 날에 새 시를 한 편 써주지. 이런 게 어떨까? 〈당신이 원하는 건 절대적인 쾌락〉 대신에 〈결혼한 창녀의 작은 행복에 관한 고상한 노래〉라고 말이야!

그가 원고지의 찢어진 조각들을 테이블에서 쓸어 내버린다.] 발레리가 그의 손을 막는다.

발레리 (미소를 지으며) 내가 정말 당신의 고통인가요? 말해줘요. 내가 당신의 고통이라고!

〈로시니〉의 화장실. 실내. 밤

라이터가 남자 화장실 한구석 타일 바닥에 웅크리고 앉아 있다. 셔츠가 배꼽까지 올라가 있다. 그가 한숨을 내쉬면서 왼쪽 가슴을 마사지하고 있는 중이다. 치고이너가 세면대에서 수건을 물에 적셔

와 라이터의 가슴을 닦아 준다.

치고이너 오스카, 아마 심근 경색인 것 같아. 지기를 불러와야겠어.

라이터 무슨 소리야, 심근 경색이라니! 내 윗옷에 있는 약이나 꺼내 줘!

치고이너가 라이터의 양복 주머니에서 혈액 순환제 약병을 꺼낸다.

라이터 난 영화를 만들 거야……. 그 영화를 꼭 만들고야 말겠어.

치고이너가 약병을 열고 라이터의 입안에 약을 몇 방울 떨어뜨린다.

치고이너 오스카, 지금은 영화를 생각할 때가 아니야! 자넨 지금 완전히 취했어. 잠시 드라이브나 하면서 좀 쉬도록 해. 그리고 영화 얘긴…… 자네가 다시 기운을 좀 회복할 때까지 미루는 게 좋겠어.

라이터가 약을 삼킨 후 일어서려고 한다.

[**라이터** 내 몸에 대해서는 자네가 걱정할 필요가 없어.

난…… 난 불사조란 말이야……. 난…… 난 내 앞에 닥치는 어떤…… 어떤 어려움도 헤쳐 나갈 수 있어…….]

라이터가 억지로 일어서려고 하다가 미끄러운 바닥에 미끄러지면서 도로 원래의 자리에 주저앉는다.

라이터 이 친구야, 영화는 전쟁이야! 우, 이 영화도 마찬가지라고……. 수백만 달러가 걸려 있는 전쟁이야. 그 전쟁에서 이기려면 강물이 온통 피로 물들어야 된다고. 그래도 나는 포기하지 않겠어. 벌써 게임은 시작되었으니까…….

라이터가 통증이 오는지 가슴을 움켜쥔다.

라이터 아아!

거리. 밖. 밤

기분이 좋은 야코프 빈디슈가 휘파람까지 불면서 자전거를 타고 레스토랑 쪽으로 다가온다. 방풍용 재킷에 귀 가리개가 달린 챙 모자를 쓰고 있다.

〈로시니〉의 테라스. 멜크 박사의 테이블. 밖. 밤

테이블 위에 팁을 올려놓은 멜크가 계산서를 주머니에 집어넣은 후 『로렐라이』를 집어 들고 자리에서 일어선다. 호프와 바이히도 일어선다. 멜크가 허리띠를 좀 치켜올리면서 안도의 한숨을 내쉰다. 그러다가 갑자기 동작을 멈추고 울타리 너머 작은 골목길을 쳐다본다. (멜크의 시점) 밖에서 빈디슈가 자전거를 타고 모퉁이를 돌아 뒤뜰로 들어선다. 울타리 위로 보이는 것은 단지 자전거를 타고 지나가고 있는 그의 머리뿐이다. 머리 위에 특징이 뚜렷한 챙 모자를 쓰고 있다. 멜크가 재빨리 『뉴욕 타임스』 문예면을 꺼내 들고 유령의 모습을 살펴본다. 귀 가리개가 달린 챙 모자를 쓰고 있는 모습이다. 그는 입을 멍하니 벌린 채 뒤뜰로 들어가는 빈디슈를 눈으로 좇고 있다. 호프와 바이히의 시선 역시 빈디슈의 뒤를 좇고 있다.

샤를로테의 테이블. 밖. 밤

샤를로테 잔더스 역시 빈디슈를 보았음이 틀림없다. 그녀는 안경을 벗고 잠시 빈디슈가 사라진 방향을 응시하고 있다. 샤를로테가 급히 자리에서 일어나 식당 문으로 다가간다.

식당 문. 밖. 밤

치고이너와 라이터가 막 화장실에서 나오는 중이다. 샤를로테가 지나가는 치고이너를 향해 야유를 보낸다.

샤를로테 당신이 나하고의 섹스를 거부한 건 좋아. 그렇지만 『로렐라이』가 영화화될 거라는 사실까지 숨긴 것은 참을 수가 없어! 누군가가 나보다 먼저 그 기사를 쓰면 그냥 가만히 안 있을 거야. 그땐 당신하고 완전히 끝장이라고! 이 고자 양반아.

멜크 박사의 테이블. 밖. 밤

호프 (이상하다는 듯이) 소화도 시킬 겸 술 한 잔씩만 하고 가지요, 박사님…….

바이히 소화를 위해서?

라이터가 치고이너의 부축을 받으며 자기 테이블로 돌아가는 것을 쳐다보던 멜크가 말없이 다시 자기 자리에 앉는다.

〈로시니〉. 별실 앞. 실내. 밤

샤를로테가 식당 내실과 부엌과 조리대로 통하는 2층 입구에 서 있다. 복도 왼쪽에 별실의 유리문이 보인다. 양쪽에 날개 달린 창문이 있다. 샤를로테가 방향을 바꿔 재빨리 별실 안으로 들어가 문을 잠근다.

레스토랑 〈로시니〉. 2층. 실내. 밤

세라피나가 조리대에 서서 에스프레소를 뽑고 있다. 식당 뒤쪽에 있는 철문에서 노크 소리가 들린다. 혹시 누군가가 자기를 훔쳐보고 있는 게 아닌지 뒤를 살핀 후 그녀가 재빨리 문을 연다.

세라피나 (기뻐하며) 어서 오세요, 빈디슈 씨! 안녕하세요? 기분은 좋으시지요?

빈디슈 (서툰 이탈리아어로) 좋고말고. 고마워. 기분이 아주 좋아, 시뇨라 세라피나!

세라피나 (애교를 부리며) 시뇨리나예요!

빈디슈 아! 시뇨리나! 좋고말고……. 잠깐만!

그가 자신의 가방에서 두 손으로 두꺼운 봉투를 꺼내 들고 열심히 연습해 온 연설을 시작한다.

빈디슈 친애하는 시뇨라 세라피나…….

세라피나 시뇨리나라니까요, 시뇨르 빈디슈!

빈디슈 그렇지, 시뇨리나…… 잠깐만. 시뇨라 세라피나…… 아니, 시뇨리나…… 세라피나, 좀 놀랄지 모르겠지만 허락한다면…… 당신한테 선물을 하나 하고 싶어.[10]

그가 그녀에게 봉투를 내민다. 눈을 반짝이며 그의 말에 귀를 기울이고 있던 세라피나가 봉투를 열고 화려한 겉표지의 책을 꺼낸다. (삽입) 표지에는 전설의 바위 위에 앉아 있는 로렐라이의 사진이 있다. 그 위에 대문자로 저자 〈야코프 빈디슈〉의 이름과 제목 〈로렐라이〉가 씌어 있고, 이탈리아어로 〈어느 마녀의 이야기〉라는 부제목이 달려 있다.

세라피나 아, 시뇨레! 이렇게까지 저를 생각해 주시다니! 『라 로렐라이』네요! 이탈리아어 번역본이군요!

그녀가 책을 펼쳐 빈디슈가 쓴 글을 읽는다.

세라피나 〈세라피나를 위해.〉 아, 시뇨레! 저를 위해서 이렇게까지! 〈애정을 드리며!〉 아아, 시뇨르 빈디슈! 너무너무 고마워요!

그녀가 갑자기 그의 목에 매달려 뺨에 키스를 한다. 그러고는 책을

10 이 모든 말을 빈디슈는 더듬거리면서 이탈리아어로 한다.

조리대 밑에 넣어 두고 에스프레소 잔을 쟁반에 담아 들고 나간다. 당황한 빈디슈가 어쩔 줄을 몰라 하며 잠시 세라피나의 뒷모습을 쳐다본다. 그가 자신의 가방을 든 채 별실 문을 열고 안으로 들어간다.

레스토랑 〈로시니〉. 별실. 실내. 밤

별실 문을 닫은 빈디슈가 잠시 생각에 잠겨 그대로 서 있다. 갑자기 기분이 몹시 유쾌해진 빈디슈가 춤과 콧노래를 흥얼거리면서 식사가 준비되어 있는 테이블로 간다.

빈디슈 (노래를 흥얼거리면서) 안녕하세요, 세라피나? 랄랄 랄랄, 랄랄랄랄……. 안녕하세요, 세라피나?

그는 감격한 표정으로 옷걸이를 향해 모자를 던진다. 카메라가 뒤로 빠지면서 빈디슈의 뒤쪽이 시야에 들어온다. 별실 한구석에서 샤를로테 잔더스가 빈디슈를 지켜보고 있다. 아무도 보는 사람이 없다고 생각하는 빈디슈는 기분이 너무 좋은 나머지 거리낌 없이 말을 하고 있다.

빈디슈 안녕, 달콤한 꿀벌? 뜨거운 비엔나소시지, 뜨거운 비엔나소시지…….

그는 점퍼를 벗어서 손목에 빙빙 감는다. 흥에 겨운 빈디슈는 손목에 감아 불룩해진 점퍼로 테이블을 내리친다. 그러고는 큰 소리로 그런 자기 자신을 억제시킨다.

빈디슈 빈디슈! 빈디슈…… 유치하게 굴지 마!

그러나 곧 다시 노래를 부르기 시작한다. 그 모습을 보고 몹시 감동한 샤를로테는 어쩔 줄 몰라 하며 그 자리에서 그대로 서 있다.

빈디슈 (노래를 흥얼거리면서) 단지 뺨에 키스 한 번 받은 것뿐인데……. 벌써 그곳이 빳빳해졌어. 랄랄랄랄, 밤에 브래지어까지 벗으면 어떻게 될까…….

노래를 부르면서 그가 리듬에 맞춰 다른 한 손으로 바지 위 불룩 솟아 나온 그곳을 툭 친다. 샤를로테는 지금이 바로 그의 앞에 나타날 때라고 생각한다.

샤를로테 (헛기침을 하면서) 저…… 빈디슈 씨…….

빈디슈가 벼락이라도 맞은 것처럼 깜짝 놀란다.

샤를로테 죄송합니다…….
빈디슈 (놀라면서) 누구시죠?
샤를로테 빈디슈 씨!
빈디슈 밖으로 나가요!

진정하라는 제스처를 보이며 샤를로테가 그에게 다가간다.

샤를로테 전 당신을 대단히 존경하는 여자랍니다……. 당신의 예술…… 당신의 책 말이에요. 그러니 저를 겁내실 필요가 없어요…….

빈디슈가 샤를로테를 보고 뒤로 한 걸음씩 물러선다.

샤를로테 당신한테 뭘 요구하는 게 아니에요. 방해하거나 괴롭히려는 것도 아니에요. 그저 당신한테 완전히 정복당하고 싶을 뿐이에요. 전 당신의 책을 잡자마자 펼쳐 들고 첫 문장을 읽었답니다. 〈달빛이 계곡을 완전히 혼란에 빠뜨렸다. 라인강의 매끄러운 물결 위로 벨벳처럼 부드러운 밤이 어둠의 양 날개를 퍼덕이며 내려앉았다…….〉

빈디슈가 구역질이 난다는 표정으로 한 발 더 뒤로 물러선다. [샤를로테가 한층 고조된 어조로 겁이 나서 뒷걸음치는 빈디슈를 향해 말한다.

샤를로테 그러고는 삼 일 낮, 삼 일 밤을 먹지도 자지도 못했어요. 그냥 계속해서 책을 읽고 또 읽었어요……. 완전히 책에 도취되어서요. 그때 난 마법의 주문에 걸린 거나 매한가지였어요. 완전히 넋이 나갔었죠. 벨벳으로 조각한 듯한 그 책의 언어에 완전히 빠져 버렸기 때문이에요……. 그 섬세하게…… 잘 짜인 아이러니……. 때로는 모자라고 때로는 넘치는 듯한 그 구성은 정말 대단해요. 정말 그 책의 구조는 철학적이고 정치적인 내용과 정말 잘 어울려요. 당신도 인정해야 될 거예요. 『로렐라이』가 〈유대인 마녀 로렐라이〉라는 독일의 속물적 민족주의를 한 방에 날려 버렸다는 사실을요……. 아, 당신은 당신이 무슨 일을 해냈는지 전혀 모르는 모양이군요!]

샤를로테가 이제 빈디슈를 완전히 방구석까지 몰았다. 더 이상 물러설 곳이 없는 그는 등을 벽에다 꼭 붙이고 서 있다.

빈디슈 (더듬거리는 목소리로) 뭐라고요? 제게 원하는 게 뭐지요? 자필 서명인가요?

샤를로테 (사무적인 말투로) 아니, 그게 아니에요. 난 인터뷰를 원해요. 난 『메트로폴리탄』의 기자 샤를로테예요. 우리 잡지는 한 주에 80만 부나 팔리는 주간지예요. 난 당신에 관한 기사를 쓰고 싶어요, 지금 어디서 영화가 제작되고 있는지. 또 당신의 책에 관해서도…….

빈디슈 내 책 중에 영화로 만들어진 건 없어요. 게다가 난…… 누구하고도 인터뷰 같은 건 안 하고요.

샤를로테 알고 있어요. 그렇지만 벌써 나하고 하고 있잖아요.

그녀가 그의 셔츠 주머니에 자신의 명함을 꽂아 준다.

빈디슈 안 돼요.

샤를로테 해야 돼요!

그가 벽을 따라 옆으로 피하려고 한다. 그렇지만 샤를로테가 두 팔로 양쪽을 막아 그를 그 자리에서 꼼짝하지 못하게 가두어 버린다.

샤를로테 기다려요, 야코프 빈디슈 씨. 난 호랑이라고요……. 일단 한번 발톱으로 움켜쥐었다 하면 결코 놓아주는 법이 없다고요!

그녀가 한 손을 벽에서 떼어 까만 매니큐어를 칠한 긴 손톱으로 그의 숱이 적은 머리칼을 만지려고 한다.

빈디슈 제발…… 나가 줘요. 그러지 않으면 사람을 부르겠어요!

그녀가 그의 머리를 두 손으로 잡는다.

샤를로테 (낮은 목소리로) 난 당신에게 나쁜 짓을 하려는 게 아니에요, 귀여운 사람…… 당신은 정말 미치도록…… 섹시하군!

그녀가 그의 셔츠 단추를 풀기 시작한다.

빈디슈 (공포에 질려) 제발…… 경고하겠는데……. 난 호신술을 배웠어요.

샤를로테 (웃으면서) 나 역시!

레스토랑 〈로시니〉 안. 실내. 밤

로시니가 대기실에서 서성거리며 거리를 내다보고 있다. 세라피나가 그에게 다가간다.

세라피나 시뇨레 빈디슈 씨가 도착하셨습니다.

레스토랑 〈로시니〉. 테라스. 라이터의 테이블. 밖. 밤

로시니가 오스카 라이터 옆에 앉아 있는 치고이너한테 다가가 몸을 굽히고 말한다.

로시니 드디어 그가 도착했어!

멜크 박사의 테이블. 밖. 밤

바이히 야코프 빈디슈가 이 식당에 온다는 사실을 만약 제

아내가 알게 되면 놀라 뒤로 자빠질 거예요. 나도 이 책을 읽고 깊은 감동을 받았는데…….

바이히가 자신의 서류 가방에서 『로렐라이』를 꺼낸다.

호프 그래요, 나도 그랬어요!

호프도 역시 자신의 가방에서 『로렐라이』를 꺼낸다.

바이히 내 아내도 그랬어요…….

멜크 (생각에 잠겨) 그래……. 여자들한테 이 책은 아주 신비스러운 영향력을 갖고 있어…….

바이히 여성 독자가 3천만 명이에요……. 전 세계적으로 여자들이 성서보다 이 책을 더 많이 읽었다니까요!

바이히가 책 표지를 부드럽게 문지른다.

멜크 그러니까…… 전 세계 여성 세 명 중 한 명 꼴로 이 영화를 보러 간다고…… 가정하면…….

〈로시니〉의 테라스. 밖. 밤

완벽한 금발의 요부로 변신한 칠리 바투스니크가 하이힐을 신고 테라스 쪽으로 걸어간다. 그녀는 마치 사교계의 여왕이라도 되는 것처럼 오만한 표정으로 걸어가다가 테라스 입구에서 잠시 멈춰 서서 누군가를 찾는 것처럼 두리번거린다. 아무도 자신에게 관심을 안 보이자, 그녀는 제일 가까운 테이블에 앉아 있는 로시니한테 다가가 손가락으로 그의 어깨를 툭 친다.

칠리 웨이터!

로시니가 놀라 돌아다본다.

로시니 누구시죠?
칠리 저와 약속을 한 사람이 안 보여서 그러는데요…….

로시니는 터질 듯이 불룩한 가슴의 이 이상한 여자를 어떻게 대해야 할지 잘 몰라 당황스러운 표정이다.

로시니 네……. 그런데…… 저…… 예약을 하셨습니까?
칠리 (오만하게) 〈예약〉이라니 무슨 말이에요? 전 우 치고이너 씨…… 그 유명한 감독 말이에요. 그분과 약속이 있다고요.

터질 듯한 칠리의 가슴에 머물러 있던 로시니의 시선이 칠리의 얼굴로 향한다. 그러고는 치고이너의 테이블에 앉아 있는 세 명의 금발 미녀들을 잠깐 쳐다본다.

로시니 아, 네. 그랬군요. 잠깐만요!

그가 그녀를 치고이너의 테이블로 안내한 후 의자 하나를 더 가져다준다. 세 명의 금발 미녀들은 거만한 태도로 치고이너의 자리에 앉아 담뱃불을 붙이는 칠리를 보자 기분이 몹시 상한 것 같다. 칠리가 세 여자한테 눈을 흘긴다.

칠리 너희들 정말 멍청하구나. 웨이터! 이 여자들은 나갈 거예요.!

그녀가 손으로 미켈레를 부른다.

두 번째 금발 뭐라고?
칠리 그 역은 벌써 임자가 따로 있어. 잘 가!

칠리가 담배 연기를 깊숙이 들이마신 후 금발 미녀들의 얼굴을 향해 내뿜는다.

라이터의 테이블. 밖. 밤

변호사 에드빈 타바티어가 한 손에는 작은 서류 가방을, 다른 한 손에는 계약서를 들고 급히 라이터의 테이블로 간다. 그 테이블엔 지금 치고이너가 앉아 있다. 그는 의자에 털썩 앉으면서 계약서를 테이블 위에 내려놓는다.

타바티어 자…… 모든 걸 자구(字句) 하나하나까지 꼼꼼히 따져서 완전히 새로 써 왔어요. 이제 완벽한 문장이니까…… 더 이상 꼬투리 잡을 게 없을 겁니다. 이제 더 이상 비교급 따위를 갖고 시비를 걸지 못할 겁니다.

크리크니츠 잊어버려! 오스카는 파산했어.

타바티어 뭐라고요? 파산했다고요?

라이터 무슨 소리야? 파산한 사람은 아무도 없어.

크리크니츠 제발. 아무 말도 하지 마, 오스카! 자넨 지금 얼굴이 백지장처럼 창백해. 저 녀석들한테 완전히 한 방 먹은 것 같은데 그래!

라이터 (반항적으로) 그래. 그래서 난 저 좀팽이 녀석들에게 그 빚을 몇 배로 갚아 줄 생각이야.

그가 엄지손가락으로 은행원들을 가리킨다.

타바티어 잠깐만요. 파산이라니 그게 도대체 무슨 말입니까? 도대체, 누가 어디서 어떻게 파산을 했다는 거지요? 설마…… 완전히 회복 불능의 위험에 빠졌다는 말은 아니시겠지요? 전 미리 그 점을 경고했습니다…….

라이터 위험. 그래, 바로 그거야! 내 인생은 항상 위험이 뒤따랐어. 사업이든 사랑이든…… 안 그래?

그가 오만한 태도로 발레리를 쳐다본다.

발레리 사업! 당신의 사업 얘긴 정말 지겨워요.

라이터 〈자신의 목숨을 걸지 않으면 아무것도 얻지 못하리라!〉 괴테의 말이야!

그가 동의를 구하듯이 크리크니츠를 쳐다본다.

크리크니츠 헛소리 좀 그만 해! 라이터, 자넨 어떻게 그렇게 하는 말마다 허튼소리뿐이야? 도대체 『로렐라이』를 영화로 만드는 데 무슨 큰 위험이 있다는 거야? 그 작품은 완벽한 흥행 보증 수표인데! 그 작품은 절대 실패할 리가 없잖아. 자네들같이 규모가 큰 예술 공장의 사장들이 하는 짓거리는 늘 똑같아. 누군가가 방향제를 잔뜩 뿌린 똥 같은 허섭스레기를 갖고 나타나, 독자들이 홀딱 반할 만한 위대한 작품이라고 너스레를 떨어 대지. 그러면 위대한 영화 제작자인 우리 오스카가 거품기를 들고 등장해서는 협잡꾼 야코프의 쓰레기를 모든 사람이 핥아 먹을 수 있는 설탕 과자로 만들어 내놓는 거지. 그러면 정작 은행원들이 그들 뒤에서 갈퀴로 돈을 쓸어 담고 있는 거 말이야.

라이터 그래, 맞아. 그렇지만 이번에는 은행이 아니라, 내 주머니로 들어갈 거야……. 아니, 우리 주머니지. 안 그래, 우?

그가 말을 하면서 치고이너의 어깨를 툭 친다.

크리크니츠 (경멸한다는 듯이) 『로렐라이』! 형편없는 작품이야!

라이터 그래, 보도. 자넨 시인이니까 문학을 좀 알겠군. 자, 우, 에드빈, 어서 그 녀석한테 가봐! 이제 본때를 보여 주라고. 그 고상한 문학가의 손에 펜을 쥐어 주고 〈읽고 동의함, 야코프 빈디슈〉라고 사인을 받아 오란 말이야. 승리는 우리 편이야!

은행가들이 이쪽에 귀를 기울이고 있다. 치고이너와 타바티어가 계약서를 들고 일어나 식당 안으로 사라진다. 식당 앞에는 칠리한테 쫓겨난 세 명의 금발 미녀들이 망설이며 서 있다.

첫 번째 금발 치고이너 씨!

타바티어 도대체 그 1백만 마르크짜리 수표는 어디 있습니까? 제가 가지고 있었나요? 아니면 당신이? 그것도 아니면 도대체 그 수표는 지금 누가 가지고 있지요?

세 명의 금발 미녀들이 치고이너와 타바티어를 따라 식당 안으로 들어간다.

두 번째 금발 치고이너 씨!

멜크 박사의 테이블. 밖. 밤

은행원들이 치고이너와 타바티어의 뒷모습을 쳐다본다.

레스토랑 〈로시니〉. 실내. 안. 밤

식당 안에서 전화벨이 울린다. 치고이너와 타바티어가 식당 안으로 들어간다. 계산대 앞에서 로시니가 치고이너를 불러 수화기를 건넨다.

로시니 자네 부인이야!

치고이너가 멈춰 서서 신음 소리를 내며 위를 움켜쥔다.

치고이너 (타바티어한테) 곧 갈 테니까 먼저 위층에 가 봐……. 그렇지만 그를 너무 몰아치지는 마……. 너무 가까이 다가가지도 말고. 접근하는 걸 싫어하니까 말이야!

치고이너가 수화기를 집어 든다. 타바티어는 별실로 통하는 계단을 올라간다. 계단 위에서 샤를로테 잔더스가 내려오고 있다. 그녀의 선글라스 알 하나가 깨져 있다. 머리는 헝클어져 있고, 블라우스는 엉망으로 흐트러져 있다.

치고이너 (전화기에 대고) 슬프다고? 왜, 무슨 일인데, 파니? 뭐 때문에 당신이 슬프다는 거지? 뭐? 당신이 뭐라고? 마녀란 말이야?

이 순간 헝클어진 차림새의 샤를로테가 치고이너 옆을 지나 여자 화장실로 들어간다. 치고이너가 그녀의 뒷모습을 쳐다본다. 세 명의 금발 여자들이 그를 향해 걸어온다.

세 번째 금발 치고이너 씨…….

치고이너가 그 세 여자를 향해 귀찮다는 표정으로 나가라는 손짓을 한다. 그러나 여자들은 물러나지 않고 전화를 걸고 있는 그를 둘러싼다.

치고이너 (전화기에 대고) 어째서 당신이 마녀라는 거야?

위층에서는 타바티어가 별실의 문을 열고 있다.

레스토랑 〈로시니〉. 별실. 안. 밤

별실의 테이블과 의자들이 넘어져 있다. 한바탕 큰 소동이 벌어졌던 흔적이 역력하다. 테이블 위에 있던 야코프 빈디슈가 당황하며 정신을 차려 일어선다.

타바티어 (놀라면서) 치고이너 씨, 치고이너 씨!

파니와 치고이너의 전화 통화

레스토랑 〈로시니〉/프로방스의 별장. 안/밖. 밤

치고이너가 뻔뻔스러운 금발 여자들한테 둘러싸여 전화를 걸고 있다. 파니는 정원의 기다란 안락의자 위에 누워 있다. 옆에는 애인 장 뤽이 꾸벅꾸벅 졸고 있다.

파니 그게 아니에요, 위비. 방금 꿈을 꿔서 그래요. 아주 무서운 악몽이었는데, 꿈에서 제가 마녀가 되어 있지 뭐예요. 사람들이 제가 결혼을 깨뜨렸다면서 저를 화형에 처했어요. 무서워 죽겠어요!

치고이너 그만둬, 파니. 무슨 헛소리를 하는 거야! 누구나 악몽을 꿀 때가 있어. 특히 식사 후에는 말이야.

별실 문을 열고 타바티어가 아래를 향해 소리친다.

타바티어 치고이너 씨!

파니 나의 사랑…… 당신 저랑 다시 결혼 안 하실 거예요?

치고이너 파니, 제발 날 좀 미치게 만들지 마……. 우린 벌써 결혼했잖아!

타바티어 치고이너 씨!

치고이너 (타바티어를 향해 짧게) 곧 갈게……. (전화기에 대고) 파니, 음…….

파니 위비, 지금 빨리 말해 줘요……. 제가 당신의 아내인지 아닌지 그리고 당신이 영원히 내 남편인지 아닌지를 말이에요…….

장 뤽이 몸을 돌려 파니를 부드럽게 애무한다.

치고이너 파니, 여기 사업상 아주 중요한 문제가 생겼어. 그래서…….

치고이너의 눈에 공포에 질린 빈디슈가 별실을 나와 뒷문 쪽으로 달려가는 게 보인다.

치고이너 (타바티어에게 큰 소리로) 그를 뒤쫓아! 에드빈, 그를 꼭 붙잡아야 돼! (전화기에 대고) 파니, 지금 가봐야겠어……. 내일 다시 전화하지.

치고이너가 수화기를 내려놓고 위층으로 달려가려고 한다. 세 명의 금발 여자들이 그를 가로막는다. 그는 낯선 사람을 대하듯이 그 여자들을 쳐다본다.

레스토랑 <로시니>. 테라스. 라이터의 테이블. 밖. 밤

발레리 내가 까다롭다고요? 당신들이 까다로운 거예요! 도대체 모든 걸 지금 이대로 유지하면 안 될 이유가 뭐죠? 도대체 왜 둘 중 하나를 선택해야 하는 거예요? 당신들 전에는 그렇게…… 쩨쩨하지 않았잖아요!

라이터 아하, 당신 자신이 원하는 게 뭔지 모른다고 해서 이제 우리한테 쩨쩨하다고 말하는 거야?

발레리 내가 뭘 모른다는 거예요? 난 내가 원하는 게 뭔지 잘 알고 있어요. 난 더 많은 걸 원해요! 알겠어요? 난 쾌락을 원해요……. 정신이 확 돌아 버릴 정도의 쾌락 말이에요……. 그리고 안정을 원해요. 또 열정을…… 미쳐 버리고 싶을 정도의 열정 말이에요……. 평화와 우정도…… 조화로운 우정이요……. 그리고…… 또 불꽃같은 사랑도 원해요.

라이터 그것뿐이야?

발레리 그 외엔 아무것도요, 오스카. 단지 그걸 원할 뿐이에요. 난 맨발로 삶을 살고 싶어요. 맨발로 불타오르는 석탄 위를 걷고 싶고, 아침 이슬에 젖은 초원을 걷고 싶다고요!

크리크니츠가 넋을 잃고 발레리를 쳐다보고 있다. 라이터가 넋이 나간 크리크니츠의 표정을 쳐다본다.

라이터 그래그래. 불타오르는 초원이라! 보도가 당신한테 그런 생각을 불어넣었나 보지? 그 생각도 언어의 연금술사 머리에서 나온 건가? 도대체 우리 두 사람 중 누가 불타오르는 석탄 위를 걸어갈 수 있을까, 맨발로 칼날 위를 걷고 또 밑에 그물을 쳐놓지 않고도 심연 속을 걸어갈 수 있는 사람이 누구지? 저 사람일까, 날까?

발레리가 잠시 크리크니츠를 쳐다보다가 아양을 부리며 라이터의 손을 잡는다.

발레리 바로 당신이에요, 오스카……. 당신은 강한 남자예요.

라이터가 발레리를 자신의 품으로 끌어당긴다.

라이터 이리 와서 키스해 줘. 당신은 아침 이슬이 맺힌 초원이야!

크리크니츠가 경멸하듯이 얼굴을 찡그린다. 그동안 뒤쪽에서 호프, 바이히, 멜크가 라이터의 테이블로 다가오고 있다. 라이터가 발레리에게 키스하려는 순간 호프가 라이터의 어깨를 툭 친다. 그러고는 책 『로렐라이』를 내민다.

호프 실례인 줄 알지만 물어볼 게 있어서 왔어, 오스카. 혹시 내 아내를 위해 빈디슈가 직접 손으로 쓴 사인을 얻어 줄 수 있을까 해서……. 〈한네 호프에게〉라는 사인 말이야.

발레리 아! 이 남자, 또 나타난 거예요?

그녀가 라이터에게서 떨어진다. 뒤를 돌아보니 호프 뒤에 바이히와 멜크도 손에 책을 한 권씩 들고 서 있다.

라이터 뭐라고? 아직도 원하는 게 남았어?

바이히 음…… 나한테도 사인을 하나만 얻어다가 줘! 〈앙겔리카에게〉 아니 〈앙기 바이히에게〉!

멜크 저도 하나 받아 주시면 고맙겠습니다! 음…… 〈세계 문학을 이해하는 소수의 애호가 중 한 사람이며, 또 진정으로 위대한 작가를 알아보는 안목을 지닌 기젤라 멜크 박사에게, 우정을 바치면서 야코프 빈디슈가.〉 아니면 그 비슷한 걸로 말입니다! 그렇게만 해주시면 제 아내는 정말 너무너무 행복해할 겁니다. 미칠 정도로요!

멜크를 쳐다보던 라이터가 그들 뒤 2인용 테이블에 앉아서 그들의 대화를 듣고 있던 프레디를 향해 몸을 돌린다.

라이터 이봐, 프레디. 저기 위층에 있는 빈디슈한테 가서 사인 좀 받아 와. 〈호프에게, 멜크에게 그리고 바이히에게!〉라고 말이야.

레스토랑 〈로시니〉 입구. 밖. 밤

흥분한 타바티어가 식당 출입문을 열더니 테라스를 향해 소리 친다.

타바티어 파올로 씨! 빨리빨리…… 지기 박사님!

그는 다시 식당 안으로 뛰어 들어간다. 로시니가 그 뒤를 따라간다. 프레디가 그 두 사람 뒤에서 은행원들이 준 『로렐라이』 책들을 손에 들고 안으로 들어간다.

레스토랑 〈로시니〉. 테라스. 겔버의 테이블. 밖. 밤

레더슈테거 부부와 이야기를 나누던 겔버가 그들을 힐끗 쳐다본다.

겔버 도대체 무슨 일일까?

자리에서 일어서려는 그를 레더슈테거가 붙잡는다.

레더슈테거 〈더 싸게〉는 안 될까요, 박사님? 〈좀 더 싸게〉 해 주시면…….

겔버가 다시 자리에 앉으면서 이야기를 계속한다.

겔버 더 싸게요? 물론 더 싸게 하는 것도 가능하지요……. 두 가지 수술을 한꺼번에 하면요……. 그러니까…….

레스토랑 〈로시니〉. 복도. 안. 밤

치고이너와 타바티어가 창백한 얼굴로 온몸을 사시나무처럼 떨고 있는 빈디슈를 억지로 다시 별실 안으로 밀어 넣고 있다. 빈디슈 이마에 있는 할퀸 상처에서 피가 흐르고 있다.

빈디슈 (더듬거리며) 싫어……. 제발…… 난 안에 들어가고 싶지 않아……. 나가고 싶어. 날 좀 나가게 해줘……. 집으로 보내 줘!

치고이너 좀 진정해, 야코프! 진정하라고……. 천천히 숨을 한번 내쉬어 봐! 아무 일도 없을 거야. 세라피나, 의자 가져와! 그리고 지금 당장 지기를 데려와야겠어!

타바티어 제가 그녀를 고소하겠어요……. 위자료도 청구해야겠어요. 물론 손해 배상 청구도요…….

빈디슈 안 돼, 안 돼. 아무것도 하지 마……. 의사도 안 돼……. 아무도 안 돼……. 난 집에 가고 싶어!

치고이너가 빈디슈를 의자에 눌러 앉힌다. 로시니가 주방 옆 사무실에서 구급약 상자를 가져온다.

로시니 구급차를 부를까?

치고이너 무슨 소리. 그라파나 한 잔 갖다 줘!

세라피나가 그라파를 따르는 동안, 로시니가 구급약 상자에서 솜과 소독약을 꺼내 빈디슈의 상처를 닦으려 한다.

빈디슈 그게 뭐지? 저리 치워!

로시니 야코프. 닦아 내야 돼! 상처를 소독해야 된다고.

빈디슈 어째서?

로시니 자네가 그런 여자들을 잘 몰라서 그래. 여자들의 손톱 밑에 세균이 얼마나 득실거리는지 몰라서 그래? 잘못되면 패혈증에 걸릴 수도 있어!

치고이너 그런 소리 마! 긁힌 정도를 가지고 뭘!

로시니 긁힌 상처라고 얕보면 안 돼! 이게 얼마나 무서운 일인지 알아? 나도 언젠가 한번 음경을 물린 적이 있었어……. 그때…….

세라피나 (이탈리아어로) 제발 그라파를 좀 마셔 보세요, 빈디슈 씨! 정신을 차리는 데는 그라파가 최고예요!

로시니 그때 감염됐었다고…….

치고이너 물렸어? 음경을 물렸단 말이야?

세라피나가 거의 정신을 잃고 있는 빈디슈를 밑에서 받치고 있다.

빈디슈 (희미한 목소리로) 응…….

로시니 어디, 바지를 벗어 봐!

빈디슈 안 돼! 그건 안 돼!

치고이너 벗으라니까!

치고이너가 빈디슈의 바지 지퍼를 내린다.

타바티어 (치고이너에게) 만약 그 여자가 음경도 물었다면……. 이런 경우에는…… 성기 부분이니까……. 아주 심각한 신체적 손상에 대한…… 배상을 받아 낼 수 있어요!

세 남자가 빈디슈의 바지 속을 들여다보려고 몸을 굽힌다. 호기심을 느끼는지 세라피나도 곁눈질을 한다. 이때 프레디가 세 권의 책을 들고 들어온다.

프레디 실례합니다. 저 라이터 씨가 간단한 서명을 좀 받아 오라고 해서…… 왔는데요…….

치고이너 뭐라고? 지금은 안 돼. 꺼져, 빨리 나가!

레스토랑 〈로시니〉. 식당. 안. 밤

프레디가 세 권의 『로렐라이』 책을 들고 다시 아래층으로 내려가 남자 화장실 안으로 사라진다.

〈로시니〉 앞 길가. 밖. 밤

택시 한 대가 식당 앞에 와서 멈춘다. 다 찢어져서 너덜거리는 옷을 걸친 백설공주가 지저분한 얼굴로 차에서 내린다. 택시에서 내린 그녀가 신을 질질 끌면서 걷기 시작하자 옷자락 일부가 바닥에 끌린다. 이때 세 명의 금발 여자들이 욕을 해대면서 백설공주 옆을 지나 길을 건넌다. 백설공주가 그들의 뒷모습을 쳐다보다가 갑자기 옷에서 너덜거리는 부분을 찢어 버린다.

레스토랑 〈로시니〉. 밖. 밤

백설공주가 택시를 세워 둔 채 테라스 쪽으로 걸어간다. (확대) 몹시 놀란 칠리의 눈이 휘둥그레진다. 백설공주는 칠리한테는 눈길도 주지 않고 미켈레를 향해 아주 달콤하고 순진한 표정으로 미소를 짓는다.

백설공주 로시니 씨의 저녁 식사 초대를 받고 왔는데요.

미켈레가 그녀를 비어 있는 2인용 테이블로 안내한다.

미켈레 여기 앉으세요. 성함이 어떻게 되시는지…….

백설공주 그런데 미안하지만 먼저 밖에 서 있는 택시의 요금을 좀 지불해 주시겠어요? 유감스럽게도 지금 잔돈이 없어서요……. 그리고 메뉴판 좀 갖다 주세요. 샴페인도 갖다 주시면 더 좋고요!

이때 세 명의 은행원들이 라이터를 에워싸고 백설공주 옆을 지나 자신들의 테이블로 돌아가 앉는다.

레스토랑 〈로시니〉. 테라스. 라이터의 테이블. 밖. 밤

테이블에는 발레리와 보도 두 사람만 남아 있다. 발레리가 라이터 쪽을 흘낏 쳐다본 후 보도 쪽으로 눈길을 돌린다. 그런데 그가 백설공주를 정신없이 쳐다보고 있는 것을 알고는 화난 표정으로 노려본다.

발레리 도대체 저 너저분한 금발 여자를 얼마나 오래 쳐다볼 작정이에요? 그 여자를 이쪽으로 데려다줄까요?

크리크니츠 (도발적으로) 그래…… 그래. 그렇게 해줘!

발레리 뭐라고요?

크리크니츠 (냉정하게) 그렇게 해달란 말이야. 저 여자를 데려다 달라니까! 정말 달콤하고…….

크리크니츠를 매섭게 노려보던 발레리가 자리에서 벌떡 일어나서 백설공주의 테이블을 향해 간다.

크리크니츠 이봐, 잠깐만!

그가 자리에서 벌떡 일어나 그녀를 뒤쫓아 가 붙잡는다.

크리크니츠 왜 이래. 사람 좀 놀라게 하지 마!
발레리 두 사람 다 나를 엿 먹일 심산이군요! 이 정도로 충분해요! 라이터는 저 은행원들하고 죽치고 앉아서 또 사업 얘기나 하고 있고 당신은 엉뚱하게 금발한테 한눈이나 팔겠다 이거지요! 좋아요. 그렇다면 내가 가서 그 여자를 데려다주면 될 거 아니에요. 그리고 난 사라져 줄게요!

그녀가 몸을 휙 돌려서 백설공주의 테이블로 걸어간다.

백설공주의 테이블. 밖. 밤

발레리 이봐. 나 좀 봐. 이 졸장부 같은 남자가 당신한테 반했다는 말을 할 용기가 없다는군…….

당황한 백설공주가 발레리를 올려다본다.

백설공주 뭐라고요?

보도가 발레리를 백설공주의 테이블에서 끌고 가려고 애쓴다.

크리크니츠 이리 와, 발레리! 어린애한테 왜 그러는 거야!

발레리 보도, 당신이 이쪽으로 와서 앉지 그래? 이 여자 옆자리에!

백설공주가 일어선다.

백설공주 죄송합니다만……. 여긴 제 테이블인데요. 전 여기서 약속이 있고요…….

발레리 자, 이 여자 옆에 앉으라니까요! 아직 젊고…… 멍청한 게 당신하고 아주 잘 맞겠어!

크리크니츠가 발레리에게 따귀를 한 대 올려 친다. 일순 손님들의 시선이 그들을 향한다. 겔버는 발레리를 보호하려고 벌떡 일어서고 라이터는 몸을 돌려 이쪽을 쳐다본다. 따귀를 얻어맞은 발레리 역시 크리크니츠의 따귀를 때린다. 그러고는 몸을 돌려 출구 쪽으로 걸어간다. 크리크니츠가 그녀의 뒤를 쫓아간다. 겔버가 크리크니츠의 뒤를 쫓아 나가려는 순간 세라피나가 그를 붙잡는다.

세라피나 빨리요, 박사님……. 급해요……. 빨리요! 빈디슈 씨가…….

그녀가 겔버를 식당 쪽으로 끌어당긴다. 겔버의 눈에 크리크니츠가 발레리를 붙잡아 뒤뜰로 끌고 가는 모습이 보인다. 세라피나가 그를 식당 안으로 끌고 들어간다.

세라피나 빨리요, 박사님……. 어서!

백설공주의 테이블. 밖. 밤

백설공주가 다시 자신의 자리에 앉자 칠리가 그녀의 테이블로 다가와 백설공주 앞에 선다.

칠리 여기 둘 다 올 필요가 없을 텐데.
백설공주 꺼져 버려, 바투스니크……. 안 그러면 이 샴페인 병으로 네 머리통을 날려 버리겠어.

그녀가 얼음 통에 들어 있는 샴페인 병에 손을 올려놓는다. 백설공주와 칠리가 서로 노려본다. 갑자기 칠리가 몸을 떨기 시작한다. 눈에 눈물이 가득 고인 칠리가 백설공주 앞에 무릎을 꿇고 흐느끼면서 무릎 사이로 고개를 떨군다. 백설공주가 부드러운 손길로 칠리의 머리를 만진다. 백설공주는 당연하다는 듯이 칠리의 머리에서 긴 금발 가발을 벗겨 내고 그녀의 머리를 쓰다듬는다.

백설공주 이리 와, 사랑스러운 바투스니크!

〈로시니〉의 뒤뜰. 밖. 밤

크리크니츠가 발레리를 벽 쪽으로 밀어붙인다. 그들 뒤로 오스카 라이터가 은행원들과 함께 테라스의 테이블에 앉아 있는 모습이 일부 보인다.

크리크니츠 (흥분해서) 어젯밤에는 어디 갔었지? 이 창녀 같은 년!

발레리 무슨 소리예요? 당신하고 있었잖아요?

크리크니츠 그래. 물론 3시까지는 나하고 있었지. 그런데 당신은 5시가 되어서야 집에 들어갔어. 3시에서 5시까지는 어디 갔었어?

발레리 무슨 바보 같은 질문을 하는 거예요?

크리크니츠 난 당신이 그 시간에 어디에 있었는지 알아!

뒤로 은행원들의 테이블에 앉아 있는 크게 웃고 있는 라이터의 모습이 보인다.

발레리 안다고요? 그럼 어디에 있었는지 말해 보지 그래요!

크리크니츠 그 녀석한테도 당신이 내 침대에서 오는 길이라는 걸 말해 줬나?

발레리 (웃으면서) 당신은 그 사람보다 훨씬 질투가 심하군요.

크리크니츠 그래, 그 녀석하고는…… 재미가 좋았어?

발레리 좋고말고요. 환상적이었어요. 당신하고 섹스를 끝낸 직후라서 그런지 내 몸은 벌써 만반의 준비가 되어 있었거든요. 따뜻하고…… 부드럽고…… 촉촉해져 있었다고요! 나는 그 사람한테…… 그 사람은 나한테 모든 걸 다 쏟아부었어요. 그건 정말…….

크리크니츠가 두 손으로 그녀의 목을 붙잡는다.

크리크니츠 한마디만 더 하면 당신 목을 졸라 버리겠어. 당신을 죽여 버릴 거라고!

발레리가 도발적인 표정으로 그의 눈을 들여다본다.

발레리 그래, 날 죽여 줘……. 죽도록 날 사랑해 줘. 당신은 내가 사랑하는 유일한 남자니까…….

그녀가 자신의 치마를 들어 올린다.

레스토랑 〈로시니〉. 사무실. 복도. 안. 밤

빈디슈가 깨끗하게 치워진 사무실 소파 위에 누워 있다. 이마 위에 젖은 수건이 놓여 있다. 맥박을 재어 보던 겔버가 빈디슈의 손목을 놓고 일어선다. 세라피나가 뇨키 요리 접시를 들고 들어선다. 타바티어가 로시니의 책상에 앉아서 자신의 노트북 컴퓨터로 작업을 하고 있다. 겔버가 문 옆에 서 있는 치고이너한테 다가가 손에 작은 약병을 쥐어 준다.

겔버 약간 쇼크를 받은 거야. 걱정할 필요는 없어. 이 약을 한 시간마다 세 방울씩 먹여. 그럼 안정이 될 거야. 마음도 가라앉고…….

치고이너 그래. 고마워, 지기!

그가 약병을 받아 든 후 겔버를 문 밖으로 내몬다. 세라피나가 빈디슈 옆에 무릎을 꿇고 앉아 뇨키를 먹여 주고 있다. 요리 한 숟갈에 진정제를 한 방울씩 섞어서 먹이는 중이다.

치고이너 (세라피나에게) 이제 이 약을 좀 먹여 봐! 의사가 30분마다 먹이라고 했어. 30분마다 먹이는 거 잊지 마! 30분이야, 세라피나, 30분!

빈디슈 난…… 난 영화는 정말 하고 싶지 않아. 더군다나 그 혐오스러운 오스카 라이터하고는. 난 그 자식하고 이야기하는 것도 싫어. 악수하는 것도…… 또…….

세라피나가 숟가락에 진정제를 떨어뜨려 먹인다.

치고이너 그래그래. 그럴 거야. 야코프……. 그럼 이렇게 하지. 에드빈, 계약서에다 써. 〈제작자는 저자 야코프 빈디슈를 어떤 식으로도 괴롭히지 않는다. 그리고 말로든 글로든 그와 접촉하지 않는다. 둘째, 제작자가 야코프와 내가 쓴 시나리오를 볼 수 있는 것은…….〉

빈디슈 절대 안 돼! 절대 보면 안 돼!

놀란 타바티이어가 컴퓨터에서 고개를 든다.

치고이너 좋아. 고쳐 써 에드빈. 〈제작자는 시나리오를 절대 볼 수 없다!〉

타바티어 그렇지만…….

치고이너 그렇게 쓰라니까, 에드빈! 〈셋째, 시나리오는 꼭 우 치고이너 감독이 영화화한다…….〉

빈디슈 애당초 시나리오가…… 없으면 어떻게…….

치고이너 좋아. 이렇게 써, 에드빈. 〈시나리오는 원래 없다. 만약 시나리오가 만들어지면 그때는 꼭 우 치고이너 감독이 영화화한다…….〉

고개를 끄덕이며 빈디슈가 눈을 감는다.

치고이너 (계속 불러 준다) 〈제작자는 촬영 장소에…….〉

빈디슈 결코…….

치고이너 〈결코 나타나서는 안 되고 다 완성된 영화를…….〉

빈디슈 안 돼……. 절대…….

치고이너 〈절대 볼 수 없다. 공개 시사회에서야 비로소…….〉

빈디슈 그것도 안 돼…….

타바티어가 놀라서 치고이너를 쳐다본다.

타바티어 그렇지만…….

치고이너 〈넷째, 제작자 오스카 라이터는 저자 야코프 빈디슈에게…….〉

빈디슈 안 돼…….

치고이너 〈1백만 마르크를…….〉

빈디슈 안 돼…….

치고이너 〈2백만 마르크…….〉

빈디슈 (작게) 안 돼…….

치고이너 좋아, 〈3백만〉이라고 써, 에드빈! 〈3백만 마르크!〉

타바티어가 돌처럼 굳어진 얼굴로 치고이너를 응시한다.

치고이너 그렇게 써, 에드빈. 그렇지 않으면 야코프는 절대 서명을 안 할 거야!

마지막 남은 힘을 다해 빈디슈가 고개를 젓는다.

레스토랑 〈로시니〉. 로시니의 사무실. 실내. 밤

(근접) 치고이너가 완전히 정신을 잃은 빈디슈의 배 위에 계약서를 올려놓는다. 타바티어가 빈디슈의 윗몸을 일으키고, 치고이너는 세라피나의 손에 볼펜을 쥐어 준다.

세라피나 사인을 하세요, 빈디슈 선생님!

세라피나가 빈디슈의 손을 잡아 준다. 빈디슈가 미소를 지으며 세라피나의 팔에 기댄다.

빈디슈 그래. 서명을 할게……. 모두…… 서명을 하겠어……. 시뇨리나…… 세라피나를…… 위해…… 사랑과 함께…….

레스토랑 〈로시니〉. 테라스. 밖. 밤

멜크 박사의 테이블. 세 명의 은행원 손에 사인이 담긴 책이 들려 있다. 프레디가 그들 뒤에 서 있다.

호프 (소리 내어 읽는다) 〈진정한 친구 한네 호프에게, 야코프 빈디슈가. 추신: 내 절친한 친구 오스카 라이터가 이 책을 영화로 만들어 세계적 성공을 거둘 거라고 확신하며.〉

라이터가 놀라서 무표정한 얼굴의 프레디를 힐끗 쳐다본 후 만면에 웃음이 가득한 은행원들을 바라본다.

라이터 그렇고말고, 야코프……. 이 친구가 정말 벌써…….

바이히 잠깐만! 여기 또 있어요. 〈앙기 바이히에게 사랑을 보내며. 당신의 야코프! 추신: 내 오랜 친구 오스카 라이터가 나의 책을 성공적으로 영화화해 수백만 명의 독자를 수백만 명의 관객으로 연결시킬 것을 확신하며.〉 그렇게 되면 정말 환상적일 거예요…….

라이터는 자신의 귀가 의심스러운지 자꾸 의심에 가득 찬 눈초리로 프레디를 쳐다본다.

멜크 잠깐! 내 건 더 멋있어요! 〈세계 문학을 가장 잘 이해하는 당신에게 진정으로 놀라움을 표시하며, 기젤라 멜크에게. 당신에게 반한 야코프 빈디슈가…….〉 기젤라가……. 내 생각에는 기젤라가 완전히…….

프레디가 몸을 앞으로 숙인다.

프레디 추신이 있을 텐데요.

멜크 네 있어요! 있고말고요! 〈추신: 존경하는 박사님, 걱정하지 마세요. 우리 두 사람은 진정한 문학을 영화로 만드는 일이 얼마나 어려운지 잘 알고 있어요. 그렇지만 내 작품 『로렐라이』를 충실한 감각과 타오르는 열정으로 영화화해 위대한 성공을 거둘 수 있는 사람이 있다면, 그건 바로 내 오랜 친구이자 동반자인 오스카 라이터뿐입니다!〉

호프 브라보!

멜크와 바이히 브라보!

세 은행원이 박수를 친다. 다른 테이블의 손님들이 그들을 쳐다본다. (근접) 오스카 라이터가 감격에 겨워 흘러내리는 눈물을 닦아낸다.

〈로시니〉 앞 거리. 밖. 밤

프레디가 라이터의 리무진 문을 연다. 라이터가 세 은행원과 작별 인사를 나누고 있다.

라이터 잘 가요 멜크, 이 너구리 같은 친구!

오스카 라이터가 멜크를 포옹한다.

멜크 오스카 씨, 오늘은 정말 기분이 좋군요!

라이터가 호프를 포옹한다.

라이터 잘 가게, 호프! 이 구두쇠 같은 친구야!

호프 오스카, 「로렐라이」를 만드는 데 우리 함께 힘을 모으는 거지? 그러면…….

라이터 그렇고말고. 당연한 일이잖아! 잘 가게 바이히. (라이터가 바이히의 팔을 잡는다.)

바이히 오스카, 우리가 함께 힘을 모으면 말이야, 정말 공전의 대히트작을 만들어 낼 수가 있을 거야…….

라이터 할리우드 녀석들을 한 방에 날려 버리는 거지.

라이터가 숨을 들이쉬었다가 바이히의 얼굴을 향해 훅 하고 내뿜는다.

라이터 전 세계 영화계에 한 방 먹이는 거야!

멜크 (차에 올라타면서) 이제 우리 독일인들이 미국인들에게 뭔가를 확실히 보여 줄 때가 됐지요!

라이터 그렇고말고요, 멜크 씨! 브란덴부르크에서 우리를 점령하고 있던 모든 적들한테요!

멜크 정말 기분이 좋군요, 오스카 씨. 정말 기분이 좋습니다!

프레디가 문을 닫고 차를 출발시킨다. 라이터가 떠나가는 차 뒤에다 손을 흔들어 준다.

라이터 잘 가라……. 이 돈줄들아!

라이터가 떨리는 손으로 이마에서 땀을 훔쳐 내며 테라스로 돌아온다. 테라스 앞에는 벌써 초조해 어쩔 줄 모르는 타바티어가 계약서를 들고 기다리고 있다.

라이터 (기분이 좋아서) 에드빈, 자네 정말 멋진 장면을 놓쳤어……. 일생에 한 번 볼까 말까 한 장면이었는데 말이야. 그 돼지 같은 놈들이 굽실대는 모습을 좀 봤어야 되는데. 그건 그렇고 야코프는 언제나…… 결정적 순간에는 아주 충실한 동료란 말이야. 그러고 보면 야코프는 아주 교활한 사람이야!

타바티어 (초조해 하며) 네, 네…… 저도 압니다. 그렇지만 너무 흥분하지 마십시오.

그가 라이터에게 계약서를 건넨다. 라이터는 타바티어와 함께 테이블로 천천히 걸어가면서 계약서를 읽는다. (근접) 계약서를 읽는 라이터의 눈이 점점 커진다…….

라이터 (소리를 버럭 지르면서) 그 녀석은 진짜 사기꾼이야! 이건 정말…… 순 억지야…….

식사를 하던 다른 손님들이 놀라서 고개를 든다.

라이터 더럽고 비열하고 돼지 같은 사기꾼 녀석!

라이터가 신음 소리와 함께 가슴을 움켜쥐면서 자신의 의자에 털썩 주저앉는다.

타바티어 (걱정을 하며) 오스카 씨, 제발. 너무 글자 그대로만 해석할 필요는 없습니다……. 이건 그냥 계약서에 불과하니까요!

라이터가 타바티어의 말에 아무런 대꾸도 하지 않는다. 그는 머리를 손으로 받친 채 마냥 허공을 응시하고 있다.

라이터 (혼잣말로 나지막하게) 그들이 왜 나한테 이런 짓들을 하는 거지? 난 그들의 친구야……. 그들 역시 내 친구고……. 우하고 나…… 우는 내 가장 절친한 친구고…… 유일한 친구라고. 도대체 내가 야코프한테 뭘 어쨌다는 거야! 난 정말 야코프를 좋아해……. 야코프는 정말 위대한 예술가니까…….

눈에 눈물을 글썽이며 절망스러운 표정으로 라이터가 타바티어를 올려다본다.

라이터 야코프는 나한테는…… 형제나 다름없어. 정신적으로 말이야……. 난 결코 사업 때문에 이러는 게 아니야……. 그저 영화를 만들고 싶을 뿐이라고……. 친구들과 함께…… 예술적인 영화를 만들고 싶을 뿐이야. 난 쓰레기 같은 제작자들하고는 달라……. 나 역시…… 예술가야……. 진짜 예술가란 말이야…….

타바티어 (열성을 다해) 그렇고말고요, 오스카 씨. 그걸 모르는 사람이 어디 있습니까? 그들도 잘 알고 있어요. 바이올린 말인데요……. 만약 당신이 전문적으로 바이올린을 계속했다면 오늘날 세계적으로 유명한…… 루빈스타인이나…… 호로비츠처럼 말이에요.[11] 바이올린 연주자가 되었을 겁니다. 맹세해도 좋아요.

라이터가 경멸하는 표정으로 타바티어를 쳐다본다.

라이터 도대체 자네가 음악에 대해 뭘 안다는 거야? 빌어먹을…… 바이올린이라고?

라이터가 타바티어의 넥타이를 잡아서 자기 쪽으로 휙 끌어당긴다.

라이터 (격분한 목소리로) 제멋대로 똥구멍이나 닦으라고 예술가 녀석들에게 수백만 마르크를 내놓을 수는 없어! 그럴 수는 없고말고. 그 자식들이 날 숙맥으로 보고 한 방 먹였다 이거지!

11 루빈스타인은 폴란드 태생의 피아니스트이고, 호로비츠는 러시아 출신의 피아니스트이다.

발레리와 크리크니츠가 뒤뜰에서 테라스로 돌아온다. 발레리가 흐트러진 옷매무새를 고친다.

라이터 (큰 소리로) 아직 난 살아 있어. 그 쥐새끼 같은 놈들이 내 뒤통수를 치도록 내버려 둘 수는 없어!

다른 테이블의 손님들이 소리 지르는 라이터를 쳐다본다. 불쾌한 표정을 짓는 사람도 있고 재미있어 하는 사람도 있다.

라이터 그까짓 영화, 박살을 내버리고 말 거야!

테라스로 나온 로시니가 진정시키려 애쓰지만 라이터는 흥분이 가라앉지 않는지 계속 소리를 질러 댄다.

[**크리크니츠** (안됐다는 듯이) 불쌍한 오스카! 계속 패배만 하는군. 오늘은 영 일진이 안 좋아.]

로시니 오스카…… 제발…… 오스카…… 좀 진정하라고…….

라이터 (타바티어에게) 자네가 지금 무슨 짓을 했는지 알기나 해, 이 빌어먹을 엉터리 변호사 자식아! 지금 당장 빈디슈한테 가서 그 쥐새끼 같은 놈한테…….

레더슈테거 부인이 화가 나서 자신의 남편을 쳐다본다.

라이터 (부분적으로 목소리만) 가서 그 자식한테 빌어먹을

『로렐라이』로 자기 밑이나 닦으라고 해.

레더슈테거 부인이 테이블로 돌아오고 있는 겔버 쪽으로 몸을 돌린다.

레더슈테거 부인 박사님, 도대체 저렇게 큰 소리로 야코프 빈디슈를 상스럽게 욕해 대는 사람이 누구죠?

겔버가 대답 없이 발레리와 크리크니츠 쪽을 건너다본다.

라이터 창녀 로렐라이한테 오줌이나 갈기라고 해.

백설공주와 칠리가 놀란 표정으로 바라본다.

레더슈테거 오줌? 창녀 로렐라이? 주인 양반, 도대체 왜 저런 사람을 그냥 내버려 두는 거요!

로시니 그럼 어떻게?

라이터 (부분적으로 목소리만) 이 멍청한 법률가야, 도대체 어떻게 내 계약서에 이 따위 내용들을 담을 수가 있어! 자넨 도대체 누구 변호사야? 기생충 같은 자식. 그 휴지 조각 이리 내. 이 겁쟁이 녀석!

그가 타바티어의 손에 둘둘 말려 있던 계약서를 빼앗는다. 레더슈테거가 벌떡 일어나 로시니 앞으로 다가간다.

레더슈테거 로렐라이를 모욕하는 놈은 독일을 모욕하는 거야!

로시니 뭐라고요? 독일?

레더슈테거 (경멸하는 말투로) 외국인인 당신은 알 수 없을 거야.

로시니 뭐라고요?

로시니는 속에서 분노가 치솟아 오르는지 한판 붙자는 듯 가슴을 젖히면서 양복 소매를 걷어붙인다.

라이터 지금 당장 올라가서 담판을 지어야겠어! 하룻강아지 범 무서운 줄 모른다더니! 아직 내가 누군지 모르는 모양인데, 내 본때를 보여 주고 말겠어. 이 좀팽이 녀석!

그가 식당 문을 향해 걸어간다.

레더슈테거 (로시니한테) 뭐야? 대들겠다는 거야? 이탈리아 녀석이?

레더슈테거 부인 알프레트!

그녀가 남편을 의자에 눌러 앉힌다. 라이터가 2층에서 막 내려오고 있는 치고이너와 식당 입구에서 부딪친다.

라이터 이 돼지 새끼같이 더러운 자식! 자넨 도대체 누구 편이야? 나야 아니면 빈디슈야?

치고이너 (달래면서) 오스카. 우린 전부 친구잖아. 빈디슈가 좀 이상하다는 건…… 자네도 알잖아.

라이터 내 앞에서 빈디슈 얘긴 꺼내지도 마! 전부 자네가 뒤에서 조정하는 거지! 그렇지만 한 가지만 알려 주지, 이 모사꾼 자식아! 자넨 이제 나하고 영원히 끝장이야, 이 배신자 녀석! 자넨 「로렐라이」를 감독 못 해!

백설공주와 칠리가 흥미진진하게 듣고 있다. 라이터가 계약서를 찢어서 치고이너의 얼굴에 던진다.

치고이너 그럼 자네 역시 못 만드는 거야!

라이터 두고 보면 알 거야! 야코프 그 음흉한 녀석을 당장 요절내 버리겠어.

백설공주가 치고이너를 옆으로 밀치고 식당 안으로 뛰어가는 라이터의 뒷모습을 지켜본다. 치고이너가 그의 뒤를 쫓아간다. 화가 난 레더슈테거 부부가 테라스를 떠난다.

레더슈테거 부인 (로시니한테) 이제 다시는 당신 식당에 안 오겠어요.! (겔버에게) 그리고 가슴 수술도 없었던 일로 하지요, 박사님!

미켈레와 웨이터 살바토레가 후식과 커피 네 잔을 들고 레더슈테거 부인의 옆을 지나가는 중이다.

미켈레 마스카포네를 친 산딸기 네 개 나왔습니다.

레더슈테거가 웨이터들을 옆으로 휙 밀치면서 걸어간다. 미켈레가 들고 있던 후식 접시가 바닥에 떨어지고 살바토레의 커피 잔이 쏟아진다. 로시니의 깨끗한 여름 양복에 에스프레소 커피가 쏟아진다.

로시니 조심해야지!

레스토랑 〈로시니〉. 사무실 앞 복도. 실내. 밤

[치고이너가 문이 열려 있는 텅 빈 별실 앞을 지나 사무실로 뛰어간다. 라이터가 막 문을 열고 있다. 사무실 안에는 아무도 없다.] 라이터 뒤에서 치고이너가 나타난다.

라이터 그 쥐새끼 같은 놈 어디 갔어?
치고이너 모르겠는데……. 방금 전까지는 여기 있었는데.

레스토랑 〈로시니〉. 뒤뜰. 밖. 밤

레더슈테거 부부가 자동차로 간다. 레더슈테거가 가던 걸음을 멈춰 서서 뒤뜰을 가리킨다.

레더슈테거 부인 그 사람이 저기 있어요……. 그 사람 맞지요?

그 자리에 선 두 사람이 빈디슈를 쳐다본다. 빈디슈는 마치 줄이 끊어진 인형처럼 맥없이 건물 벽에 몸을 기대고 있다. 세라피나가 자신의 소형차를 몰고 와 빈디슈 앞에 세운다. 세라피나는 운전자 옆자리의 문을 열어 놓고 차에서 내린다. 그녀가 거의 혼수상태인 빈디슈를 미처 자동차에 태우기도 전에 레더슈테거 부부가 빈디슈 앞에 다가와 선다.

레더슈테거 빈디슈 씨, 당신께 감사드립니다!

그가 빈디슈의 손을 꼭 부여잡는다. 빈디슈가 낯선 남자를 넋이 나간 표정으로 쳐다본다. 레더슈테거 부인이 환하게 미소 짓는다.

레더슈테거 독일 문학은 선생님을 통해 다시 한번 세계적인 명성을 얻게 됐습니다. 우리는 당신의 이름을 더럽히는 것을 용서할 수가 없습니다. 로렐라이는 우리에게 성스러운 존재입니다.

빈디슈 (도움을 구하듯이) 세라…… 피나…….

레더슈테거 제 앞에서 안 그런 척하실 필요 없습니다! 제 아내와 저, 우리는 당신이 그걸 어떻게 생각하는지 잘 알고 있습니다. 정말 겸손하십니다! 우리 역시 겸손한 사람들입니다. 당신을 존경합니다! 그리고 지극한 찬사를 보냅니다!

그가 전혀 그럴 생각이 없는 빈디슈의 손을 힘차게 흔든다. 세라피나가 그 사이에 끼어든다.

세라피나 죄송합니다……. 죄송하지만…… 그만…….

그녀가 빈디슈를 부축하고 자동차로 데려간다.

세라피나 자, 이쪽으로 타세요. 내 사랑!

그녀가 빈디슈를 옆자리에 앉힌 후 문을 닫고 차를 출발한다.

레스토랑 〈로시니〉. 테라스. 밖. 밤

식당 문 옆에서 로시니가 한 다리는 미켈레에게 맡기고 다른 한 다리로만 균형을 잡고 벽에 기대 서 있다. 미켈레가 그의 바지에 소금을 뿌리면서 냅킨으로 심한 얼룩을 지우려고 애쓰는 중이다. 미켈레가 로시니의 얼룩진 윗옷을 벗기자 유행이 지난 바지 멜빵이 보인다. 로시니가 얼룩을 빼는 것을 쳐다보며 욕을 내뱉는다.

미켈레 (큰 소리로) 세라피나? 도대체 이 멍청한 여자는 어디 있는 거야?

로시니가 테라스 쪽을 건너다보며 자기를 쳐다보는 사람이 없는지 확인한다. 그때 꼭 껴안고 있는 두 여자의 모습이 보인다. 그게 백설공주임을 알아챈 로시니가 당황한다. 칠리가 백설공주의 무릎에 앉아 있다. 로시니의 눈이 휘둥그레진다. 자신의 더럽혀진 옷을 다 잊어버린 로시니가 미켈레를 옆으로 밀친다.

백설공주의 테이블. 밖. 밤

칠리와 백설공주가 올려다본다. 그들 앞에 로시니가 서 있다. 백설공주는 지극히 매력적인 미소를 짓는다.

백설공주 로시니 씨!

로시니가 누더기를 걸친 백설공주를 내려다본다.

로시니 아, 백설공주 양. 나한테…… 아무도…… 아가씨가 벌써 도착했다는 얘길…… 안 해주는 바람에…….

백설공주 네……. 오늘은 공연이…… 아주 빨리 끝났거든요……. 전보다 훨씬…… 더 빨리요. 그런데 옷을 갈아입지를 못해서……. 신데렐라 차림으로 그냥 왔어요. 혹시…… 혹시…… 당신을 다시 못 볼지도 모른다는 불길한 생각이 들어서요. 이쪽은 우리 극장의 총감독인 바투스니크 양이에요.

칠리 안녕하세요!

로시니는 금발 가발을 벗은 칠리를 알아보지 못한다. 어쨌든 그의 눈에는 그녀가 굉장한 유명 인사처럼 보인다. 그는 조금 전에 칠리가 앉아 있던 치고이너의 테이블을 흘낏 쳐다본다.

로시니 음…….

백설공주 바투스니크 양은 저랑 아주 절친하답니다. 친자매나 같아요. 그래서…… 그녀한테 모든 걸 이야기했어요. 당신이…… 도저히 빠져들지 않을 수 없는 매력적인…… 신사라고 말이에요!

칠리 (경멸적인 어조로) 네……. 대단한 멋쟁이시네요……. 이렇게…… 멋진 멜빵을 하신 걸 보니!

로시니 (의심스러워하며) 글쎄……. 그렇게 세련된 건 아니지만……. 매우 실용적이기는 해요. 나처럼 많이 걸어 다니면서 일하는 사람한테는…….

백설공주 저도 멜빵이…… 아주 근사해 보여요. 어, 그런데 넥타이에 불이 붙었어요!

로시니가 고개를 숙여 보니 촛불에 닿은 넥타이 끝에 불이 붙었다. 그가 불을 끈다.

로시니 금방 다시 돌아올게! 옷 좀 갈아입고!

로시니가 테라스에서 아주 빠른 걸음으로 길 건너 자신의 집으로 향한다.

부엌. 조리대와 별실 앞 복도. 실내. 밤

웨이터 살바토레가 칼집에서 긴 식칼을 꺼내 쟁반 위에 올려놓는다. 그러고는 조리대로 가서 샴페인 잔 하나를 쟁반 위 칼 옆에 놓고, 그 옆에 냅킨도 두 개 올려놓는다. 그 술잔에 샴페인을 따른 후 쟁반을 들고 별실로 가서 문을 연다.

별실. 실내. 밤

어지러운 방 한가운데에 라이터와 치고이너가 테이블을 가운데 놓고 마주 앉아 있다. 살바토레가 조심스럽게 다가가 칼과 샴페인 잔과 냅킨이 놓인 쟁반을 두 사람 사이에 내려놓는다. 살바토레가 불안한 눈길로 치고이너와 라이터를 쳐다본다. 라이터가 살바토레에게 나가라는 손짓을 한다. 살바토레가 불안한 눈길로 뒷걸음치며 별실을 나와 문을 닫는다.

라이터 자네, 내 친구 맞지?

치고이너 물론 친구고말고.
라이터 그리고 난 또 자네의 친구고.

라이터가 일어나서 소매를 높이 걷어붙인다. 치고이너도 똑같이 소매를 바짝 걷어 올린다. 라이터가 치고이너에게 손을 내민다.

라이터 그리고 우린 함께 「로렐라이」를 만드는 거지?

치고이너가 라이터의 손을 지그시 잡는다.

치고이너 물론 「로렐라이」를 만들고말고.
[**라이터** 그리고 함께 힘을 모아 어떤 압력도 꿋꿋이 막아 내는 거지? 파도를 막아 내는 바위처럼…….
치고이너 물론이지, 오스카…….
라이터 우린 헤어지지 않는 거지? 좋을 때나 싫을 때나…….
치고이너 그래, 물론이야…….]
라이터 그리고 우리의 앞길을 가로막는 그 어떤 것도 물리칠 거지. 쥐새끼 무리들을 말이야……. 남자답게…….
치고이너 그래그래……. 모든 쥐새끼들을…….
라이터 남자답게. 우린 피로 맺은 형제야!

라이터가 쟁반에서 칼을 집어 들고 치고이너에게 내민다.

라이터 자, 자네가 감독이야!

치고이너가 마지못해 칼을 집는다.

치고이너 고마워……. 그렇지만…… 원한다면…… 자네가 먼저 시작해도 돼. 자넨 제작자니까…….

라이터 아니! 자네가 나보다 나이가 많잖아.

치고이너 아니야, 자네가 먼저 해……. 이건 자네 아이디어니까! 자네가 먼저 하는 게 좋겠어……. 난 그동안 딴 곳을 쳐다볼게. 형제로서 솔직하게 말하면…… 난 피를 못 봐, 피를 보면 금방 구역질이 나거든!

라이터 좋아, 이리 줘. 이 늙은 겁쟁이!

치고이너 조심해. 이 칼은 정말 잘 드는 거야!

라이터가 과감하게 칼집에서 칼을 꺼내 자신의 손목을 푹 찌른다.

라이터 (큰 소리로) 아야!

라이터가 칼의 무게와 예리함을 과소평가하고 생각보다 더 깊이 찌른 게 틀림없다. 팔에서 피가 콸콸 쏟아진다.

치고이너 우우…… 빌어먹을.

라이터 빨리 술잔을 줘! 잔을 갖다 대라고!

그가 상처를 샴페인 잔에 갖다 대고 피를 받는다.

치고이너 꼭 눌러야 돼, 멍청하긴! 자넨 정맥을 건드렸어!

로시니의 집. 실내. 밤

로시니가 셔츠와 속옷 바람으로 침실에 서 있다. 탁자 위에는 물과 약이 준비되어 있다. 그가 급히 약봉지들을 찢는다. 가루약, 알약, 물약 그리고 좌약도. 그가 기억을 되살리려는 듯 혼자 중얼거린다.

로시니 봉지에 든 가루약을 병에 든 물약보다 먼저, 통에 든 알약은 병에 든 좌약 다음에…….

그가 다른 약들을 물컵에 털어 넣은 후 작은 플라스틱 병의 뚜껑을 연다. 병 안에는 좌약이 들어 있다. 가운뎃손가락으로 좌약을 꺼낸 로시니가 잠시 망설이다가 재빨리 삽입한다. 다른 한 손으로는 가루약과 알약 그리고 물약이 섞여 있는 물컵을 들어 단숨에 마신다.

레스토랑 〈로시니〉. 테라스. 밖. 밤

살바토레가 테라스 쪽으로 가서 큰 소리로 외친다.

살바토레 빨리요, 의사 선생님. 빨리 오세요. 그분이 지금 죽어 가요! 빨리요!

겔버 뭐?

발레리 누가?

살바토레 라이터 씨요. 그분이 피를 흘리고 있어요!

발레리가 벌떡 일어선다.

발레리 오스카가…… 하느님 맙소사…….

크리크니츠가 어쩔 줄 몰라 하는 발레리의 얼굴을 쳐다본다. 겔버가 진료 가방을 집어 든다.

겔버 어디 있어?

살바토레 위층…… 별실에요……. 치고이너 씨와 함께 있어요. 치고이너 씨가 부엌칼로 그를 찔렀어요.

샤를로테 이럴 수가? 자살을 한 거야…….

겔버가 식당 안으로 뛰어 들어가고, 샤를로테가 그 뒤를 따라간다.

발레리 (떨리는 목소리로) 안 돼요……. 오스카!

그녀 역시 식당 안으로 뛰어가려고 한다. 크리크니츠가 그녀의 팔을 붙잡는다.

크리크니츠 찔렀으면 어때? 그 녀석들은 싸움질밖에 몰라. 그런데 당신이 왜 이렇게 흥분하는 거지?

발레리 놓아 줘요. 난 그이한테 가봐야겠어요!

크리크니츠가 그녀를 꽉 잡아 자기 앞으로 끌어당긴다.

크리크니츠 당신…… 그 녀석을 사랑하고 있군! 그를 사랑하는 거야. 내가 아니야!

발레리가 크리크니츠를 뿌리치고 뛰어간다.

[**백설공주** (칠리에게) 바투스니크, 네 화장품 좀 줘!

그녀가 자리에서 일어선다.]

별실. 실내. 밤

라이터가 치고이너에게 피로 가득 찬 샴페인 잔을 내민다.

라이터 자, 마시라고, 피를 나눈 형제여!

치고이너가 구역질을 하며 오른손으로 잔을 받는다. 그의 가운뎃손가락 끝에 반창고가 감겨 있다.

치고이너 이거야 원…….
라이터 마시라니까!

치고이너가 억지로 살짝 한 모금 넘긴다. 문에 발레리와 샤를로테가 나타난다. 라이터가 치고이너의 손에서 잔을 뺏는다.

라이터 겁쟁이!

술잔을 든 그가 방금 겔버가 붕대로 묶어 준 왼팔을 아래로 내린다.

겔버 올려! 계속 치켜들고 있어야 돼!
라이터 건배, 형제여!

그가 잔을 단숨에 비우고 뒤로 던져 버린다.

라이터 (발레리에게) 키스해 줘, 내 사랑!

발레리가 앉아 있는 라이터를 향해 몸을 숙인다.

발레리 (연극이라도 하듯이 애교를 담뿍 담아서) 정말 무서워요. 꼭 죽는 줄 알았어요…….

발레리가 거칠고 열정적으로 피 묻은 라이터의 입에 키스를 퍼붓는다. 자신이 사랑하는 여자가 라이터의 품에 안겨 있는 것을 본 겔버의 가슴속에서 한순간 억누를 수 없는 질투가 솟구친다. 그가 발레리를 붙잡아 라이터한테서 떼어 내려고 한다.

겔버 그만둬, 창녀처럼 이게 뭐하는 짓이야! 나……나는……. 당신이 내 눈앞에서 이런…… 이런 자식의 품에 뛰어드는 걸 참을 수 없어!

발레리가 겔버의 눈을 냉정하게 쏘아본다.

발레리 지기, 난 당신을 좋아하지 않아요. 당신은 내 관심 밖이라고요. 만약 누군가가 당신을 내 배 위에 묶어 놓는다고 해도 난 당신을 사랑할 수 없어요!

놀란 겔버의 얼굴이 창백해진다. 라이터가 아주 큰 소리로 웃기 시작한다.

라이터 하하하하! 우리 지기 박사가 오셀로보다 더한 질투의 화신인 걸 그동안 아무도 몰랐었군!

겔버가 몸을 돌려 밖으로 나가 버린다.

라이터 자, 이제 됐어! 키스해 줘. 내 사랑!

치고이너가 두 사람한테 눈을 흘긴다. 그는 손수건으로 입술을 닦으면서 샤를로테가 서 있는 문 쪽으로 걸어간다.

샤를로테 남자들은 다 개자식들이야.

치고이너 그래, 로티…….

샤를로테 (공격적으로) 당신네 남자들은 모두 개자식들이라고!

치고이너 그래그래……. 부인 안 하겠어. 우린 모두 개자식들이야.

샤를로테가 남의 시선을 의식하지 않고 라이터 위에 몸을 던지고 있는 발레리를 흘겨본다.

샤를로테 그리고 우리 여자들 역시 모두 창녀들이야!

그녀가 그냥 지나치려고 하는 치고이너를 붙잡는다.

치고이너 그래그래, 당신 말이 다 맞아. 모두…….

샤를로테 남자와 여자 사이에 사랑 같은 건 없어…….

치고이너 나도 알아, 로티…….

샤를로테 단지 섹스가 있을 뿐이야. 그리고 섹스는 똥 같은 거야.

치고이너 그렇고말고…….

별실에서는 아주 대담해진 발레리가 라이터를 바닥으로 끌어내린다. 식당에서 전화벨 소리가 들린다.

식당 안. 실내. 밤

미켈레가 카운터에서 위층으로 소리친다.

미켈레 치고이너 씨, 전화 왔어요! 부인이에요!

〈로시니〉 앞 길가. 테라스. 밖. 밤

편안한 여름 양복으로 갈아입은 로시니가 가벼운 걸음걸이로 길을 건너 백설공주의 테이블로 달려간다. 그런데 테이블에는 칠리 혼자 앉아 있다.

로시니 (실망한 목소리로) 어디? 백설공주는 어디 있지요?
칠리 곧 올 거예요. 당신을 위해서…… 화장을 좀 고치러 갔으니까요.

로시니가 표정이 다시 밝아지면서 자리에 앉는다.

로시니 난…… 오늘…… 정말 행복하답니다!

그가 칠리를 환한 얼굴로 쳐다본다.

로시니 당신도?

치고이너와 파니의 전화

레스토랑 〈로시니〉/니차의 공항 앞. 실내/실외/밤

치고이너 (피곤한 목소리로 전화에 대고) 파니…… 온종일 일과 스트레스에 시달려 짜증이 날 지경이야. 지금 속이 쓰려 미칠 지경이라고. 게다가 온종일 아무것도 못 먹었어. 제발 날 좀 내버려 둬…….

파니가 공항 주차장에 있는 어느 공중전화 부스에 서 있다. 공중전화 부스 앞에는 파니의 자동차가 서 있고, 차에는 그녀의 애인 장뤽이 담배를 피우면서 그녀를 기다리고 있다.

파니 안 돼요, 위비. 지금 얘기해 줘요, 지금 당장, 이 순간에 꼭 말해 줘야만 돼요. 〈내 사랑 파니, 당신을 사랑해, 그리고 당신 없이는 살 수 없어. 당신은 내 생애의 유일하고 위대한 사랑이야!〉라고 말이에요! 지금, 빨리요!

파니가 시계를 쳐다본다. 치고이너가 손으로 쓰린 위를 움켜쥔다.

치고이너 (녹초가 되어) 그래, 파니…… 그래…… 그렇게 하지. 당신을…… 사랑해……. 내 사랑…….

이때 여자 화장실에서 막 나오는 백설공주가 치고이너의 시야에 들어온다. 그가 그녀를 응시한다. 백설공주 역시 마주 서서 치고이너를 뚫어지게 쳐다본다. 너덜너덜한 옷을 걸친 긴 금발의 여자에 넋이 나간 치고이너가 할 말을 잊는다.

파니 (목소리만으로 치고이너가 할 말을 불러 준다) 당신은 내 생애의…….

파니의 말을 그대로 따라하는 치고이너의 시선은 천천히 자신을 향해 다가오는 백설공주에게 못 박혀 있다.

치고이너 당신은…… 내 생애의…….
파니 (목소리만) 유일한 사랑…….
치고이너 유일한 사랑…….
파니 (목소리만) 내 일생 동안…….
치고이너 내 일생 동안…….

(확대) 천천히 치고이너를 향해 다가가고 있는 백설공주.

파니 (목소리만) 당신 말고 다른 여자는 사랑하지 않을 거야!

(확대) 시선을 백설공주한테 고정시킨 치고이너.

치고이너 당신 말고 다른 여자는 사랑하지 않을 거야!

파니가 수화기를 천천히 내려놓는다. 백설공주는 이제 치고이너 바로 코앞까지 다가와 있다. 치고이너도 똑같이 수화기를 제자리에 내려놓는다. 두 사람이 서로의 눈을 깊이 들여다본다. 치고이너의 손이 백설공주의 뺨을 지나 그녀의 머리카락을 쓰다듬는다.

치고이너 당신은…… 누구지?

백설공주는 치고이너의 품에 안긴다. 두 사람은 열정적으로 키스한다. 크리크니츠가 테라스에서 식당 안으로 들어온다.

크리크니츠 오스카? 발레리? 오스카?

치고이너와 백설공주가 너무 격렬하게 키스를 하느라고 크리크니츠를 보지 못한다. 별실에서 라이터의 커다란 신음 소리가 들린다.

라이터 (목소리만) 아아아아! 안으로 집어넣어, 내 사랑!

그 소리에 놀란 크리크니츠가 천천히 치고이너와 백설공주의 옆을 지나 이동식 쟁반에 놓여 있던 커다란 올리브 병을 집어 들고 별실로 올라간다.

라이터 (목소리만) 아아아아!

레스토랑 〈로시니〉. 테라스. 백설공주의 테이블. 밖. 밤

라이터의 신음 소리가 테라스까지 들린다. 로시니와 칠리가 올려다본다. (로시니와 칠리의 시선) 두 사람이 식당 창문 안을 들여다본다. 치고이너와 백설공주가 서로 꼭 껴안고 키스를 하고 있다. (확대) 칠리와 로시니가 놀란 표정으로 서로를 쳐다본다.

별실. 실내. 밤

크리크니츠가 별실의 문을 연다. 라이터가 팔을 높이 치켜든 채 바닥에 거꾸로 누워 있고, 그 위에는 발레리가 옷을 반쯤 벗은 상태로 누워 있다. 발레리는 크리크니츠한테 등을 돌리고 있다.

발레리 사랑해 줘요……. 당신은 내가 사랑하는 유일한 남자예요…….

크리크니츠가 올리브 병 바닥을 테이블 모서리에 부딪쳐 깨뜨린다. 라이터와 발레리가 고개를 든다.

크리크니츠 오케이. 나도 유일한 남자고, 자네도 유일한 남자로군. 그럼 앞으로 어떻게 되는 거지? 저 여자를 나누어 가질까? 하루는 당신이, 하루는 내가. 어떻게 할까?

라이터 뭐라고? 무슨 말이야?!

크리크니츠 일어서!

발레리는 라이터한테서 몸을 뗄 생각을 안 한다. 그녀는 크리크니츠의 얼굴에 향해 비웃음을 보낸다.

발레리 나눈다고! 당신의 질투심이 고작 그 정도였어? 자 나를 때려 봐! 나를 그렇게 열정적으로 사랑한다면 나를 이 사람한테서 떼어 내봐.

별로 기분이 안 좋아진 라이터가 일어나려고 한다.

라이터 자…… 그만해……. 이제 내려가……. 소용없어…….

발레리가 라이터를 다시 바닥에 눕힌다.

발레리 어째서? 저 사람한테 보여 줘야지!

라이터 그게 글쎄…….

발레리 그럼 그가 우리를 방해했으니 당신이 그를 해치워 버려. (크리크니츠를 향해) 아니면 당신이 해볼 테야? 그 병으로 이 사람의 머리통을 날려 버리지 그래! 도대체 무슨 남자들이 이래?

그녀가 일어나서 다시 라이터 쪽으로 몸을 돌린다.

발레리 일어서서 그를 묵사발 내버려! 30분 전에 이 남자가 뒤뜰에서 날 어떻게 했는지 알기나 해? 당신은 그래도 괜찮아?

라이터가 일어난다.

라이터 그가 뭘 어쨌다고? 당신이 어쨌다고?

크리크니츠 (여전히 손에 병을 든 채) 솔직하게 말해 봐, 오스카. 그녀가 어젯밤 3시에서 5시까지 당신 집에 있었나?

라이터 그래, 그런데? 그거랑 우리 우정이랑 무슨 상관이 있지, 보도?

크리크니츠 그럼 자네는 저 여자가 자네한테 가기 전에 계속 나하고 있었어도 아무렇지도 않겠군.

라이터가 당황함을 감추려고 애쓴다.

라이터 아, 그래, 정말이야? 그런 생각이 들긴 했어……. 왜냐하면 별로 만족하지 못한 것 같은 느낌이 들었거든.

크리크니츠 헤이, 헤이! 자넨 아직도 솔직하게 말을 하지 않는군. 나한테 만족하지 못한 여자는 없었어. (발레리한테) 말해 봐. 내가 만족시켜 줬는지 아닌지? 라이터한테 말을 하라고!

발레리가 두 사람을 쳐다본다.

발레리 당신들을 증오해! 둘 다! 아니 증오하는 게 아니라 경멸해, 오스카 라이터 그리고 당신, 보도 크리크니츠! 〈당신이 원하는 건 절대적 쾌락〉이라고 했던가? 당신들은 속물들이야, 특히 당신! 자칭 정열의 대가라는 당신……. 사랑의 고통, 남자의 땀 그리고 여자의 쾌락에 대해서는 모르는 게 없다는 당신 말이야. 몇 번이라도 계속할 수 있는 큼지막한 페니스를 자랑하는 당신 꼴이라니…….

그녀는 경멸에 찬 표정으로 뭔가 무거운 걸 손에 들고 있다가 뒤로 던져 버리는 것 같은 동작을 한다.

발레리 당신들은 종이 호랑이야! 두 사람 모두 큰소리만 뻥뻥 치는 허풍쟁이라고!

라이터 잠깐…… 아마 보도를 말하는 거겠지, 난…….

발레리 당신? 당신은 어린아이야! 성장이 멈춰진 어린아이! 당신은 남자인 척하는 어린아이에 불과해……. 아직도 사춘기 소년의 권력욕에 사로잡혀 있지. 인생은 전쟁이다, 영화는 전쟁이다, 그리고 사랑도 전쟁이다! 도대체 당신이 사랑에 대해 알긴 뭘 알아? 페니스를 찔러 넣고, 사정만 하면 그게 사랑인 줄 아나 보지? 상대방을 쓰러뜨리기만 하면 사랑의 전쟁터에서 승리를 낚았다고 생각하는 거야? 당신들 두 사람은 정말로 나한테 관심을 갖고 있는 게 아니야! 당신들은 그냥 유희를 즐기고 있는 거야. 누가 더 큰가, 누가 더 센가, 누가 더 자주, 누가 더 오래 섹스를 하는가. 그런 당신들이 나한테 선택을 요구해? 당신들을 만난 후 난 변비에 걸렸어. 이제 전처럼 다시 자유롭게 배설을 하고 싶어. 난 열일곱 살이 아니야. 이제 나한테는 당신들의 유치한 장난을 함께해 줄 마음도 시간도 없어. (그녀의 눈에 눈물이 가득 고인다.) 더 이상 당신들의 어린아이 같은 유치한 장난에 장단을 맞추지 않겠어!

그녀가 몸을 돌려 밖으로 나간다. 남겨진 두 남자가 아무 말없이 서로를 쳐다본다. 라이터는 마치 발레리의 비난이 잘못되었다는 듯이 말없이 고개를 젓는다. 그가 다치지 않은 손으로 자신의 바지 지퍼를 올린다.

라이터 (머리를 흔들면서) 어린아이 같은 장난이라…….

크리크니츠가 허리를 굽혀 발레리의 옷에서 떨어진 단추를 집어 넣는다.

라이터 여자는 남자의 지옥이야!

테라스. 샤를로테의 테이블. 밖. 밤

샤를로테가 몸을 앞으로 숙인 채 풀이 죽어 앉아 있는 지기 겔버의 머리카락을 손으로 부드럽게 쓰다듬고 있다.

샤를로테 우리 지금부터 서로에게 30분만 시간을 내주는 게 어때요? 그때까지도 더 진전이 없으면…….

발레리 (목소리만) 지기!

겔버가 고개를 든다. 식당 문 앞에 발레리가 서 있다.

발레리 (큰 소리로) 지기! 집에 데려다줘요!

샤를로테 (낮은 소리로 애원하면서) 제발 앉아 있어요, 지기!

겔버가 고개를 끄덕인다.

샤를로테 넘어가면 안 돼요! 강해져야 돼요!

겔버가 고개를 끄덕인다.

발레리 지기!

샤를로테 앉아 있어요!

겔버 안 되겠어……. 난 그녀를 사랑해…….

그가 자리에서 일어나 발레리한테로 급히 걸어간다.

백설공주의 테이블. 밖. 밤

(확대) 로시니와 칠리가 휘둥그레진 눈으로 식당 문을 쳐다보고 있다. 치고이너와 백설공주가 마치 방금 사랑에 빠진 연인처럼 손을 꼭 잡고 밖으로 나온다. 배경으로는 겔버와 발레리가 겔버의 자동차에 올라타는 모습이 보인다. 두 사람은 로시니와 칠리가 있는 테이블로 다가와 선다. 로시니가 벌떡 일어선다.

치고이너 자네 집 열쇠 좀 빌려 줘!
로시니 뭐…… 뭐라고? 뭘 달라고?
치고이너 자네 집 열쇠 말이야……. 뭘 그렇게 쳐다보는 거야?

로시니가 벼락이라도 맞은 듯 황당한 표정이다. 그는 백설공주 쪽으로 시선도 돌리지 않고 주머니에서 열쇠를 꺼낸다.

로시니 그런데…… 집을 치워 놓지 않았는데…….
칠리 도대체 이 사람 집에서…… 뭘 하려는 거지?

백설공주가 천진난만한 미소를 짓는다.

백설공주 연기력을 보여 주려고……. 난 연극배우잖아…….

로시니가 냉정함을 잃지 않으려 애쓴다.

로시니 아…… 그게…… 그러니까…….

그가 치고이너한테 열쇠를 건넨다. 치고이너가 백설공주의 손을 잡고 길을 건너 로시니의 집으로 향한다. 로시니와 칠리가 천천히 다시 의자에 주저앉는다. 로시니가 두 사람의 뒷모습을 쳐다보면서 마음의 평정을 유지하려고 애쓴다.

로시니 영화…… 난 영화의 열렬한 팬이야……. 그리고 우는 내 가장 오랜 친구이자 가장 절친한 친구고. 영화를 만들 때마다 그는 자주 나한테 자문을 구하지……. 그럴 때면 난 항상 충고를 하곤 했어. 〈들어 봐, 우. 내가 극장에서 어떤 배우를 봤는데 말이야, 정말 훌륭한 배우야……. 자네도 한번 만나 보는 게 좋겠어!〉 그러면 그는 내 말을 전적으로 따라 주었어. 내가 자기의 진정한 친구라는 걸 알고 있기 때문이지……. 그리고 확실한 나의 본능적 감각, 엄마 배 속에서부터 타고난…….

칠리가 슬픈 표정으로 로시니를 쳐다본다.

로시니 창자에서부터 나오는……. 음…… 하체에서…… 그리고 페니스에서…… 나오는…….

로시니가 갑자기 칠리의 옷가슴을 욕망이 가득 찬 눈길로 바라본다. 그의 몸이 의자에서 휘청거린다. 당황한 칠리가 로시니를 쳐다본다.

칠리 몸이 안 좋으신가 봐요? 뭘 드셨어요?

로시니가 칠리의 손을 잡아 자기 무릎 위에 올려놓는다.

로시니 뭘 먹었느냐고? 아니, 아무것도 안 먹었어. 난…… 난 말이야……. 당신…… 당신 정말 대단히 매력적이군. 아름다워……. 내 마음에 꼭 드는데…… 당신이 …… 내 피를 끓게 하는군, 칠리!

칠리가 경계하는 표정으로 손을 잡아 뺀다.

칠리 정말 유감이에요, 로시니 씨! 그렇지만 난 남자들하고는 할 수가 없어요.

그녀가 핸드백을 들고 일어선다.

로시니 안 된다고? 아직 제대로 된 남자를 만나지 못해서 그럴 거야……. 난 강한 남자라고……. 힘이 넘치는…….

호랑이라고!

칠리가 거리로 나간다. 실망한 로시니가 그녀의 뒷모습을 쳐다본다.

레스토랑 〈로시니〉. 테라스/식당 안. 실내/밖. 밤

로시니가 칠리의 금발 가발을 들고 천천히 식당 안으로 들어간다. 라이터와 크리크니츠가 다시 테라스로 나온다. 테라스에는 이제 마지막 단골손님인 프레디와 샤를로테와 타바티어뿐이다. 타바티어는 조각 맞추기를 하듯이 찢어진 「로렐라이」 계약서를 짜 맞추고 있는 중이다. 로시니는 기진맥진한 사람처럼 칠리의 금발 가발을 손에 들고 의자에 주저앉는다. 라이터와 크리크니츠가 자신들의 자리로 돌아간다. 크리크니츠가 발레리의 단추를 만지작거린다.

라이터 아니, 아니야, 보도. 그녀는 자넬 사랑해.
크리크니츠 아니, 아니야. 자네야!
라이터 무슨 소리, 자네라니까! 나하고 침대에 누워 있으면서도 실수로 나를 〈보도〉라고 부른 게 한두 번인 줄 알아?
크리크니츠 나하고 섹스가 잘 안 될 때는 항상 〈오스카〉라고 불렀어!
[**라이터** 어쩌면 그녀 말이 맞을지도 몰라……. 난 정말 개자

식이야…….

크리크니츠 아니야 오스카. 자넨 괜찮아. 내가 멍청이지.

라이터 그런데 발레리 말이야……. 발레리도 좀 이상한 것 같지 않아?

크리크니츠 그냥 이상한 정도가 아니야……. 완전히 병적이야…….

라이터 그녀는 지속적인 걸 정말 못 견뎌 했어.

크리크니츠 그녀는 정말…… 혐오스러워……. 그녀는 오랫동안 자네한테 달걀 프라이를 만들어 달라고 했잖아……. 그렇지만 난 그녀를 사랑했어…….

라이터 나도 그래. 정말 미치도록 그녀를 사랑했어…….

로시니의 집 앞 거리. 밖. 밤

자전거를 몰고 가던 칠리가 로시니의 집 앞에 멈추어 선다. 자전거를 세운 채 칠리가 불이 켜진 창을 올려다본다. 칠리의 눈에서 눈물이 흘러내린다.

칠리 안녕, 내 사랑!]

로시니의 침실. 실내. 밤

로시니의 침대 위에서 여러 번의 정사로 녹초가 된 백설공주와 치고이너가 서로 떨어져서 숨을 헐떡거리며 누워 있다.

치고이너 사랑해……. 내 사랑…….

백설공주 행복해요……. 지금까지 살아오면서 이렇게 행복한 적은…… 한 번도, 한 번도 없었어요!

치고이너 나도 마찬가지야……. 이건 기적이야. 기적이 일어난 거야.

그가 사랑이 가득 담긴 눈길로 그녀의 긴 금발을 쓰다듬는다. 침대에서 몸을 일으킨 백설공주가 아주 진지하고 슬픈 눈길로 그를 쳐다보면서 고개를 젓는다.

백설공주 화내지 않으신다면 말씀드릴 게 있어요. 오늘 난 우연히 식당에 들른 게 아니에요……. 모든 게 다 계획적이었어요. 난 더러운 거짓말쟁이예요……. 난 당신을 만나려고 여기 온 거예요!

치고이너 그래? 그래서? 그거 정말 놀라운 일인데 그래!

백설공주 아니에요! 사실은 난 당신을 만나려고 온 게 아니에요. 그 배역을 얻으려고 온 거예요. 그 배역을 얻을 수만 있다면 난 어느 누구하고도 자러 왔을 거예요. 누구하고라도요, 아시겠어요? 땀 냄새에 찌든, 돼지같이 뚱뚱한 부스럼투성이 성도착증 환자라도 말이에요! 그 배역을 딸 수만 있다면 누구한테라도 내 엉덩이와 젖꼭지를 갖다 댈 준비가 되어 있었다고요! 난 모든 걸 준비하고 왔어요. 모든 걸 계산에 넣었다고요. 단 한 가지 고려하지 않은 것은…… 당신과 사랑에 빠지게 된 거예요…….

치고이너의 눈을 깊이 들여다보던 백설공주가 그의 품에 안긴다. 치고이너가 잠시 그녀를 토닥거리다 생각에 잠겨 허공을 응시한다. 테라스에서 손님들의 목소리가 들려온다. 치고이너가 백설공주한테서 빠져나와 담배를 들고 침대에서 일어난다. 그러고는 천천히 창가로 다가가 길 건너편 식당을 바라본다. 아래층 테라스에 라이터가 두리번거리며 서 있다.

라이터 (큰 소리로) 도대체 여기서 무슨 일이 있었던 거야? 마실 게 하나도 없잖아? 파올로! 미켈레! 시중을 들어야지!

(근접) 창가에 서 있는 치고이너.

치고이너 「로렐라이」, 끔찍한 일이야! 수백만 마르크의 돈벼락을 맞겠지만…… 위장병이 더 악화될 거야……. 하루에 담배를 1백 50개비는 피우게 되겠지. 두드러기가 심해질 거고……. 온몸이 간지러워 미쳐 버릴지도 몰라.

어쩌면 두 다리를 자르게 될지도 모르지……. 그럼 휠체어 신세를 지게 되겠지……. 비극적이고 파우스트적이고 독일적인 것! [생각만 해도 끔찍해! 그런 걸 어떻게 만들 수 있겠어! 난 가볍고…… 우아하고…… 유희적인 게 좋은데…….

그의 얼굴에 근심이 가득하다.

치고이너 향기롭고 공기처럼 가볍고 경쾌한 그런 거…….]

그가 몸을 웅크린 채 트림을 하면서 쓰려 오는 배를 움켜쥐고 침대 가장자리에 걸터앉는다.

치고이너 모든 게 너무 끔찍한 일이야……. 끔찍해……. 거기에서 살아남는다고 해도 아마 난 정신적, 육체적, 예술적으로 불구가 될 게 틀림없어…….

백설공주가 그를 애무한다.

백설공주 정말 끔찍하네요!

치고이너 그래. 그리고 그건 너한테도 끔찍한 일이 될 거야. 넌…… 넌 하룻밤 사이에 유명해지겠지……. 아주 유명한 스타…… 위대한 스타가 될 테니까……. 그러면 넌 밀려드는 출연 신청에서 헤어나질 못할 거야…….

백설공주 그건…… 정말…… 끔찍한데요!

치고이너 그렇게 되면…… 넌 나를 떠나갈 게 틀림없어.

백설공주 아니에요! 결코 당신을 떠나지 않을 거예요. 내 사랑!

백설공주가 치고이너의 머리를 두 손으로 받쳐 들고 그의 눈을 빤히 쳐다본다.

치고이너 그렇다면…… 그렇다면…… 우리 함께 떠나자. 오늘 당장!

백설공주 떠난다고요? 어디로?

치고이너 어디든지…… 그래서 모든 걸 새로 시작하는 거야……. 모든 걸 잊고 말이야…….

백설공주 당신이 원하는 곳이라면 어디든지 당신을 따라가겠어요, 내 사랑…… 지구 끝이라도. 그렇지만…… 당신이…… 당신이 나 때문에 영화를…… 떠나서는 안 돼요……. 영화는 당신의 인생이잖아요!

치고이너 영화 같은 건 아무래도 좋아! 난 더 이상 영화가 필요 없어! 네가 내 인생이야!

백설공주가 그의 눈을 들여다보면서 달콤한 미소를 보낸다.

발레리의 집 앞. 밖. 밤

발레리가 현관문을 열고 있는 중이다. 집으로 함께 들어가자는 말을 듣지 못한 겔버는 현관문으로 통하는 계단에서 몇 걸음 떨어져 서 있다. 그가 그녀한테 작은 흑단 나무 상자를 내민다.

겔버 (애원하는 목소리로) 제발, 발레리! 부탁이야! 이걸 열어 봐! 지금 당장!

발레리가 한숨을 내쉬며 반쯤 열었던 문을 다시 닫고 핸드백을 뒤져 금줄에 달린 작은 열쇠를 꺼낸다. 그녀가 겔버를 향해 몇 계단 내려가서 열쇠로 보석함을 연다. (근접) 상자 속에는 한 다발의 서류와 증명서들이 들어 있다.

발레리 (놀란 표정으로) 뭐죠? 도대체 이게 무슨 서류들이에요?

겔버 은행 잔고 증명서…… 유가 증권…… 토지 권리증…….

발레리 뭐라고요?

겔버 내…… 내 전 재산이야.

[**발레리** 그래서요? 도대체 무슨 말을 하고 싶은 거예요?

겔버 내…… 내가 하고 싶은 말은…… 난 그렇게 형편없는 남자가 아니라는 거야……. 난 당신하고 그 모든 걸 함께 나누고 싶어……. 똑같이 말이야, 발레리……. 만약 당신이 …… 나를 선택해 준다면…….]

발레리 당신은 날…….

겔버 아니, 아니. 당신을 돈으로 사려는 게 아니야……. 난 당신과 결혼을 하고 싶어……. 그래서 내가 당신 곁에 머물고 당신이 내 곁에 머물기를 바라는 것뿐이야…….

발레리가 혐오의 눈길로 겔버를 쳐다본다.

겔버 그리고…… 당신한테 약속할게. 결혼을 한다고 해서 당신을 나한테만 꼭 붙잡아 둘 생각은 없다는 걸 말이야. 원한다면 공증해 줄 수도 있어.

발레리가 슬픈 표정으로 겔버를 쳐다본다.

겔버 (애원하면서) 제발…….

발레리 좋아요, 지기! 생각을 좀 해볼게요.

그녀가 갑자기 단호한 태도로 상자를 받아 들고 몸을 돌려 현관문을 연다.

겔버 (그녀의 뒤에 대고 큰 소리로) 언제까지?

발레리 내일…… 저녁까지…….

겔버 (기뻐하며) 〈로시니〉에서?

발레리 〈로시니〉에서.

겔버가 발레리의 뒷모습을 쳐다본다. 건물의 계단에 불이 켜졌다가 다시 꺼진다.

〈로시니〉의 테라스. 라이터의 테이블. 식당 안. 밖/안. 밤

라이터 (큰 소리로) 사랑과 우정을 위해! 건배!

어두운 식당 안에서는 넋이 나간 로시니가 테이블에 앉아 테라스 쪽을 쳐다보고 있다. 라이터, 크리크니츠, 타바티어 그리고 프레디가 웨이터들이 가득 채워 준 술잔을 높이 드는 모습이 보인다.

라이터 (호령하듯이) 한 번에 마시는 거야!

모두가 자신들의 술잔을 단숨에 들이켠다.

라이터 던져!

모두가 자신들의 술잔을 어깨 뒤로 던져 버린다. 술잔이 테라스 바닥에 부딪치면서 깨진다.

라이터 새 잔 가져와! 파올로, 새 잔이 필요해! 도대체 파올로는 어디 있는 거야?

식당 입구에 미켈레가 서 있다.

미켈레 세라피나! 새 잔 가져와! 도대체 이 멍청한 여자가 지금 어디 있는 거야?

빈디슈의 집. 실내. 밤

혼미한 상태로 옷을 벗은 빈디슈가 침대에 앉아 있다. 세라피나가 부드러운 손길로 빈디슈에게 베개를 괴어 주고 이불을 덮어 준다. 그러고는 마지막으로 빈디슈의 양말을 벗겨 준다. 빈디슈는 눈을 감는다.

빈디슈 정말 고마워…… 시뇨리나. 잘 가…….

그러나 세라피나는 갈 생각이 없는지 자신의 옷도 벗기 시작한다. 그녀의 옷이 바스락거리는 소리에 빈디슈가 눈을 뜬다. 세라피나가 옷과 양말을 벗는 모습이 보인다. 깜짝 놀란 빈디슈가 침대에서 일어난다.

빈디슈 잠깐…… 도대체 뭐하는 거지? 세라피나…… 멈춰……. 그만두란 말이야……. 그건 천천히!

그녀는 몸을 돌려 블라우스의 단추를 푼다.

세라피나 나를 좋아하지 않나요?

빈디슈 좋아해……. 그렇지만…… 난…….

세라피나 (미소를 지으며) 멋진 밤을 보내게 해드릴 게요…….

빈디슈 뭐? 무슨 밤이라고?

세라피나 멋진 밤을…… 체험하시게 될 거예요!

빈디슈 (겁먹은 목소리로) 체험? 난 아무것도 체험하고 싶지 않아! 난 작가야! 그러니까 난 글을 쓸 뿐…… 체험 같은 건 안 해…….

세라피나 (부드러운 목소리로) 내 사랑, 날 좀 봐요. 그리고 내 말 좀 들어 봐요!

그녀가 블라우스를 벗고 노래를 부르면서 브래지어 끈을 푼다.

빈디슈 안 돼, 안 돼, 제발…… 그만둬. 이러지 마……. 세라피나! 난 체험을 원치 않아……. 난 보고 싶지도…… 듣고 싶지도 않아…….

세라피나 아하! 알겠어요!

그녀가 웃으면서 전등불을 끈다.

레스토랑 〈로시니〉. 실내. 밤

텅 빈 식당 테이블에 넋이 나간 사람처럼 앉아 있는 로시니 앞에 치고이너와 백설공주가 서 있다.

로시니 내…… 내 집? 무슨 집 말이야?

치고이너 엘바에 있는 집 말이야. 거긴 아무도 안 살잖아. 그거 지금 비어 있지?

로시니 응. 그래…….

치고이너 그래서 부탁인데 말이야. 파올로, 그 집 열쇠 좀 줘. 우린 오늘 저녁에 떠날 생각이야.

로시니가 주머니에서 열쇠 꾸러미를 꺼낸다.

백설공주 정말 기뻐요!

치고이너 한 가지만 더. 자네 큰 자동차 좀 빌려 줄 수 있지? 자넨 시내에서 쓰는 소형차가 하나 더 있으니까…….

로시니가 아무 말없이 치고이너가 달라고 하는 열쇠들을 건네준다.

백설공주 정말 친절하시군요, 파올로 씨……. 당신은 정말 좋은 분이에요!

그녀가 로시니의 이마에 입을 맞춘다. 로시니가 당황한 표정으로 쳐다본다.

〈로시니〉의 테라스. 밖. 밤

치고이너가 백설공주와 손을 잡은 채 오스카 라이터 앞에 서 있다. 라이터는 몹시 흥분한 상태이다.

라이터 지금 무슨 말을 하는 거야? 머리가 어떻게 된 거 아니야, 아니면 어떻게 그럴 수가?

치고이너 오스카, 자넨 내 가장 절친한 친구고 앞으로도 그럴 거야. 그러나 이건 내 인생이 걸린 문제야. 인생은 어떤 영화보다도 중요한 거야.

라이터가 어리둥절한 표정으로 그를 쳐다본다.

라이터 그래? 언제부터?

치고이너 〈오늘 저녁부터.〉 잘 있게 친구! 항상 자네에게 행운이 함께하길 빌겠어.

치고이너가 당황해 하는 라이터를 포옹하며 키스한다. 그러고는 다시 백설공주의 손을 잡고 그녀와 함께 나가려 한다.

치고이너 자, 나가지!

백설공주 가서 자동차를 가져오세요. 그동안 전 빨리 부엌에 가서 가는 길에…… 당신이…… 먹을 걸 좀 가져올게요……. 통 제대로 먹지를 못했잖아요, 내 사랑.

치고이너 그래, 귀여운 것. 정말 고마워!

치고이너가 뒤뜰로 간다.

라이터 우! 바보 같은 짓 하지 마! 거기 서!

백설공주 (낮은 소리로) 내버려 둬요!

라이터 뭐?

백설공주 가게 내버려 두라고요. 저 사람은 완전히 녹초가 됐어요. 그러니 더 이상 영화를 만들 수 없어요.

라이터가 힘이 빠져 그녀를 쳐다본다.

라이터 뭐라고? 도대체 지금 무슨 말을 하는 거야? 도대체 내 친구한테 무슨 짓을 한 거지? 당신은 도대체 누구야?

백설공주가 이미 로시니와 치고이너를 유혹할 때 이용한 그 미소를 라이터에게 보낸다.

백설공주 난 로렐라이예요.

라이터 뭐? 누구라고?

백설공주 (달콤한 미소를 지으며) 날 잘 보세요! 당신이 항상 찾고 있던 그 로렐라이라니까요. 그걸 모르겠어요?

그녀가 라이터 쪽으로 다가간다.

라이터 (히죽 웃으면서) 헤이, 헤이…… 당신은 정말…….

그녀가 그를 끌어당겨 열정적인 키스를 퍼붓는다. 두 사람 뒤에서 모자와 코트를 든 로시니가 식당에서 나온다. 그러나 로시니는 그들을 알아보지 못한 채 넋이 나간 사람처럼 길을 건너 자기 집으로 간다.

뒤뜰/테라스. 밖. 밤

치고이너가 로시니의 검은색 마세라티 자동차를 뒤뜰에서 몰고 나온다. 그는 차를 테라스 근처로 옮겨 놓고 시동을 걸어 둔 채 애인을 찾으러 서둘러 식당 안으로 들어간다.

식당 안. 실내. 밤

치고이너가 촛불이 거의 다 꺼져 어둠침침한 식당 안에서 두리번거린다. 식당 안은 텅 비어 있다.

치고이너 백설공주!

테라스 쪽에서 사람들이 웃고 떠드는 소리가 들린다.

라이터 (목소리만) 보도, 내 여자를 위해 자네가 멋진 시를 한 편 써보지.

(확대) 놀란 표정의 치고이너가 소리 나는 쪽으로 천천히 몸을 돌린다.

테라스. 밖. 밤

(치고이너의 시점) 라이터의 테이블, 라이터와 크리크니츠에 사이에 백설공주가 환한 표정으로 앉아 있다. 그녀는 두 사람과 웃고 떠들면서 시시덕거리는 중이다. 치고이너가 느린 걸음으로 걸어가다가 출입문과 테라스 사이에 멈춰 서서 백설공주를 쳐다본다. 치고이너가 서 있는 모습을 백설공주가 바라본다. 두 사람의 시선이 부딪치자 서로 말없이 쳐다보고만 있다.

치고이너 (낮은 소리로) 자, 나가지!

백설공주가 치고이너를 향해 슬픈 표정으로 고개를 젓는다. 그때 라이터가 치고이너를 발견한다. 치고이너가 몇 걸음 테이블 쪽으로 다가간다. 라이터가 치고이너에게 다가와 그의 어깨에 팔을 올려놓는다.

라이터 우, 이 친구야, 진정해! 자넨 지금 너무 지쳤어. 자네한테 휴식이 좀 필요한 것 같아……. 그러니 어디 가서 휴양을 좀 하고 와. 한동안 쉬면 원기를 회복할 거야.

치고이너가 크리크니츠와 시시덕거리고 있는 백설공주의 모습을 다시 한번 쳐다본다.

치고이너 (경고하듯이) 오스카…… 저 여자는…… 마녀야!

라이터 무슨 소리, 이제 드디어 월척을 낚았는데, 난 저 여자와 내일 시험 촬영에 들어갈 작정이야.

치고이너 오스카, 자넨 그럴 권리가 없어…….

라이터 무슨 소리. 흥, 권리! 〈로렐라이〉는 독일 민족의 자유로운 유산이야. 그러니까 애당초 빈디슈의 소설 따윈 필요 없었다고……. 난 아주 오래된 옛날 동화를 만들어 낼 작정이야, 알겠어? 시나리오는 보도가 내일 하루면 써줄 거야……. 난 바보가 아니야, 그러니 야코프 빈디슈 같은 녀석한테 수백만 마르크를 낭비할 생각이 추호도 없어. 흥, 소설의 대가 좋아하네. 그 녀석은 히스테리 환자야! 목소리만 봐도 완전히 계집애라니까.

치고이너 오스카…….「로렐라이」는 내 영화야…….

라이터 무슨 말이야, 우.「로렐라이」는 자네한테 어울리는 영화가 아니야! 자넨 그렇게 무겁고…… 드라마틱한 비극에는 전혀 맞지가 않아. 자네한테는. 우아한 풍자와 조소가 더 어울려……. 자넨 경쾌함을 잘 요리하지! 잘 가게, 친구. 피를 나눈 형제여, 난 자넬 사랑해! 잘 가게!

그가 치고이너를 자동차에 밀어 넣고 문을 닫는다.

라이터 잘 가게!

(확대) 백설공주는 떠나가는 자동차를 쳐다본다. 그녀의 눈에 눈물이 고인다.

라이터 (큰 소리로) 도대체 여기 왜 이렇게 어둠침침한 거야? 양초 좀 가져와! 이제 드디어 낭만의 밤이 시작됐다고! 프레디, 바이올린!

겔버의 병원. 실내. 밤

(음악) 라이터의 바이올린 연주.
겔버 박사가 파자마 차림으로 침대 가장자리에 걸터앉아 부드러운 목소리로 전화를 걸고 있다.

겔버 (전화기에 대고) 지금쯤 당신은 벌써 잠들었겠지, 발레리. 그렇지만 내일 아침 자동 응답기를 켜면 알게 될 거야……. 이 세상에서 제일 행복한 사람이 당신한테 전화했다는 걸 말이야. 당신이 그 자리에서 당장 거절하지 않아서 정말 너무 행복해……. 희망이 있으니까 말이야……. 온 세상을 품에 안은 기분이야……. 기뻐서 어쩔 줄을 모르겠어……. 기분이 아주 좋아……. 이런 행복감은 정말 오랜만에 느끼는 거야…….

발레리의 집. 침실/목욕탕/실내. 밤

음악이 계속 흐른다.

침대 옆 탁자 위에 놓여 있는 자동 응답 전화기의 스피커가 계속 돌아가고 있다.

겔버 (목소리만) 내 목숨은 당신한테 달렸어……. 그렇지만 난 당신이 현명한 결정을 내리리라고 믿고 있겠어…….

목욕탕으로 통하는 문이 열려 있다. 죽은 발레리가 물이 가득 찬 욕조 안에 누워 있다. 그녀의 얼굴은 아름답고 평화스럽다. 입술 위에는 미소가 흐르고 있다. 욕조의 물이 피로 빨갛게 물들어 있다.

겔버 (목소리만) <로시니>에서 내일 저녁에 만날 일을 생각하니 벌써부터 가슴이 뛰는군. 잘 자, 내 사랑 발레리. 그리고 달콤한 꿈을 꾸길 바라……. 앞으로는 모든 일이 잘 풀릴 거야!

치고이너의 집 앞 거리. 밖. 해 뜰 무렵

화면에 천천히 로시니의 찌그러진 마세라티 자동차가 천천히 나타난다. 크게 부서진 자동차 안에서 부상당한 우 치고이너가 얼굴을 찡그리면서 내린다. 붕대를 감은 팔을 자신의 캐시미어 숄로 목에 걸고 있다. 얼굴에는 긁힌 상처 자국이 있다.

치고이너의 집. 실내. 해 뜰 무렵

현관문이 열린다. 만신창이가 된 치고이너가 완전히 녹초가 되어 비틀거리면서 집 안으로 들어선다. 서로 연결된 세 개의 방에 있는 커다란 유리창을 통해 새벽 햇살이 비치고 있다. 가운데 방으로 들어가던 치고이너가 놀라 멈춰 선다. 그의 앞에, 유일한 가구인 소파에 파니가 앉아 있다. 소파 옆에는 큰 트렁크가 두 개 놓여 있다. 소파 탁자 위에는 담뱃갑들이, 그 옆에는 작은 병들이 쭉 늘어서 있다. 두 사람은 한참 동안 서로를 쳐다본다.

파니 당신 담배를 가져왔어요. 위비. 그리고 목욕용 오일도요.

치고이너 정말…… 고마워, 파니.

파니 안 좋아 보이네요, 위비?

치고이너 괜찮아, 괜찮아……. 아주 잘 지내고 있어……. 우리 집은 어때?

파니 점점 더 아름다워지고 있어요. 놀라울 정도로요……. 올리브 나무를 세 그루나 새로…….

치고이너 (흥미를 느끼듯이) 아, 그래?

파니 그리고 실측백나무도 두 그루 심었어요. 모두 사진을 찍어 두었어요. 한번 볼래요?

그녀가 핸드백에서 사진을 꺼내는 동안 치고이너가 비틀거리면서 그녀한테로 다가온다. 그가 신음 소리를 내면서 옆에 앉는다. 두 사람은 함께 사진을 보기 시작한다.

치고이너 아름답군. 실측백나무가…… 아주 큰데 그래! 도대체 누가 심은 거지?

파니 그건…… 그건…….

그녀가 눈물을 참으려고 애쓴다.

파니 그건…… 장 뤽이…….

치고이너 장 뤽?

파니 네, 장 뤽.

그녀가 흐느끼기 시작한다. 그가 그녀를 안고 등을 두드려 준다.

크리크니츠의 목소리 (시를 낭송하듯이) 〈고뇌와 사랑의 거대한 산맥에서 남은 것은 우스꽝스러움뿐, 위대함은 모두 사라지고, 이리저리 흩날리는 모래뿐이라네. 가장 저질스러운 코미디처럼.〉

레스토랑 〈로시니〉의 오버랩. 밖. 밤

밖에서 바라본 식당 전체의 모습. 여름이 지나갔다. 정원은 닫혀 있고 마지막 나뭇잎이 바람에 떨어진다. 밝은 조명 아래 빈자리가 하나도 없이 꽉 찬 레스토랑이 보인다. 유리창에 빗줄기가 쏟아진다.

크리크니츠의 목소리 〈오래된 악취? 뜻대로 되는 일은 없는 법. 그리고 누가 누구와 잠을 잤느냐 하는 잔인한 문제는 만족스럽게 해결된다.〉

레스토랑 〈로시니〉. 별실. 실내. 밤

(근접) 세라피나가 거친 태도로 야코프 빈디슈 앞에 말없이 뇨키 요리를 내려놓는다. 빈디슈가 움찔한다.

빈디슈 (신음 소리로) 아아…….

우 치고이너가 빈디슈 맞은편에 앉아서 테이블 위로 몸을 숙인다.

치고이너 좀 들어 봐, 야코프. 아주 사소한 사업상 이야긴데 말이야…….

세라피나가 문을 쾅 소리 나게 닫고 나간다. 빈디슈가 다시 한번 움찔한다.

치고이너 보도가 좀 긴 서정시를 한 편 썼는데 말이야……. 「발레리를 위한 레퀴엠」이라는 거야……. 오스카는 그걸 나더러 영화로 만들어 달라는 거야…….

빈디슈 (구역질을 하며) 뭐? 그녀는 죽었잖아? 비열한 짓거리야! 그 일이라면 난 상관하고 싶지 않아!

레스토랑 〈로시니〉. 라이터의 테이블. 실내. 밤

샤를로테 잔더스가 라이터의 테이블에 혼자 앉아 있는 크리크니츠를 향해 몸을 숙인다.

샤를로테 뭐? 빈디슈와 우가 함께 시나리오를 쓴다고?

크리크니츠 아니, 아니, 로티. 시나리오는 내가 직접 쓰고 있어. 그러니까 그걸 다시 손볼 필요는 없어. 그건 사랑과 고뇌와 죽음에…… 대한 시나리오야…….

레스토랑 〈로시니〉. 실내. 밤

라이터와 치고이너가 화장실에서 나와 식당을 가로질러 자신들의 자리로 돌아간다.

라이터 그래. 그러니까 결론은 그녀가 죽는 걸로 끝나는 게 나을까? 아니면…….

치고이너 물론 그녀가 욕조에 누워 죽어 있는 걸로 끝나야겠지!

라이터 무슨 소리야, 우! 그건 끝이 아니야!

치고이너 어째서? 아주 아름답고 강렬하고 비극적인 결말인데…….

라이터 뭐가 비극적이란 말이야! 사람들은 인생이 어떻게 계속되는지를 보고 싶어 한다고. 어쨌든 인생은 이어지는 거니까. 죽은 사람은 안됐지만 말이야. 그렇지만 죽은 사람은 인생을 계속할 수가 없잖아…….

두 사람이 겔버의 테이블을 지나간다. 겔버가 테이블에 혼자 앉아 있다. 라이터가 그의 어깨를 툭 친다.

라이터 (큰 소리로) 지기? 자넨 어떻게 생각해? 자네도 그녀를 사랑했잖아!

라이터의 테이블. 실내. 밤

그사이에 도착한 백설공주가 라이터의 테이블에서 샤를로테와 크리크니츠 사이에 앉아 있다. 그녀는 예전의 발레리처럼 빨간색 드레스를 입고 있다.

샤를로테 그런데…… 누가 발레리 역을 하지?

크리크니츠가 머리로 백설공주를 가리킨다.

크리크니츠 백설공주!

샤를로테 뭐? 저 여자? 이 여자는 금발이잖아!

백설공주가 오만한 태도로 샤를로테를 쳐다본다.

백설공주 그게 어때서요? 그건 영화잖아요. 영화 속에서는 뭐든지 가능하다고요, 안 그래요?

(엔딩 크레디트[12] 시작)

〈로시니〉. 실내. 밤

샤를로테가 2층 카운터에 기대서서 스파게티를 먹고 있는 로시니한테 다가온다.

샤를로테 알아요, 파올로? 내가 전부터 당신한테 하고 싶은 이야기가 있다는 걸 알아요? 그건 당신이…… 전혀 내 타입이 아니라는 거예요.

스파게티를 먹던 로시니가 고개를 든다.

로시니 그건 당신도 마찬가지야, 로티!

샤를로테 그렇다면…… 우린 한 가지 점에서는 일치를 본 셈

12 영화가 끝나면서 올라가는 자막. 영화 제작 전반에 관련된 사항이 나열된다.

이네요. 어쩌면 우리 거기서부터 시작을 할 수 있을지도 몰라요……. 안 그래요?

그녀가 손으로 그의 머리카락을 만진다. 로시니가 생각에 잠긴 표정으로 샤를로테를 쳐다본다. 그러고는 식당을 내려다본다. (로시니의 시점) 식당에는 빈자리가 하나도 없다. 그리고 웨이터들이 바삐 움직이고 있다.

(끝)

영화 속 장면들

ZUM
THEATER

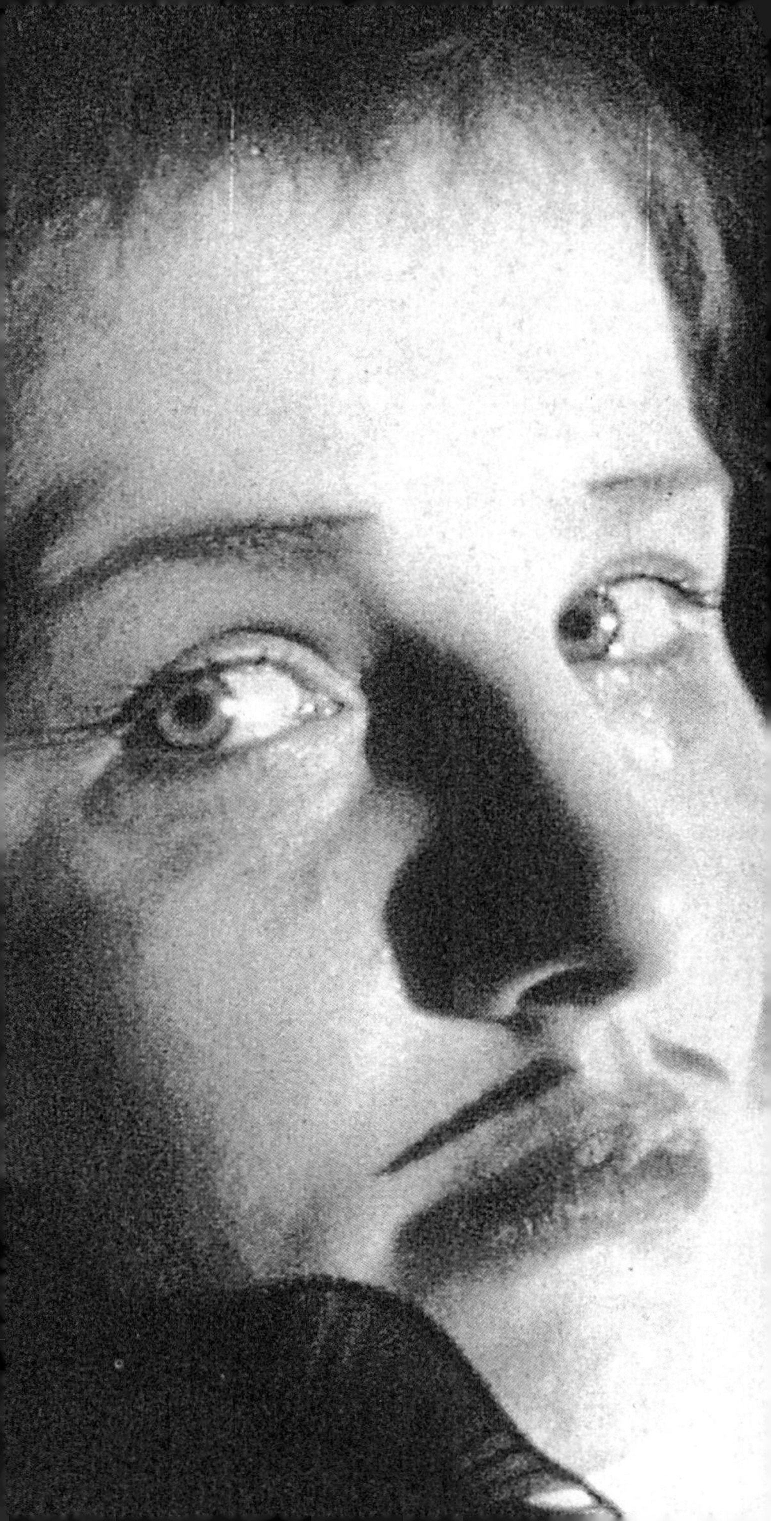

M HT 186

France Telecom

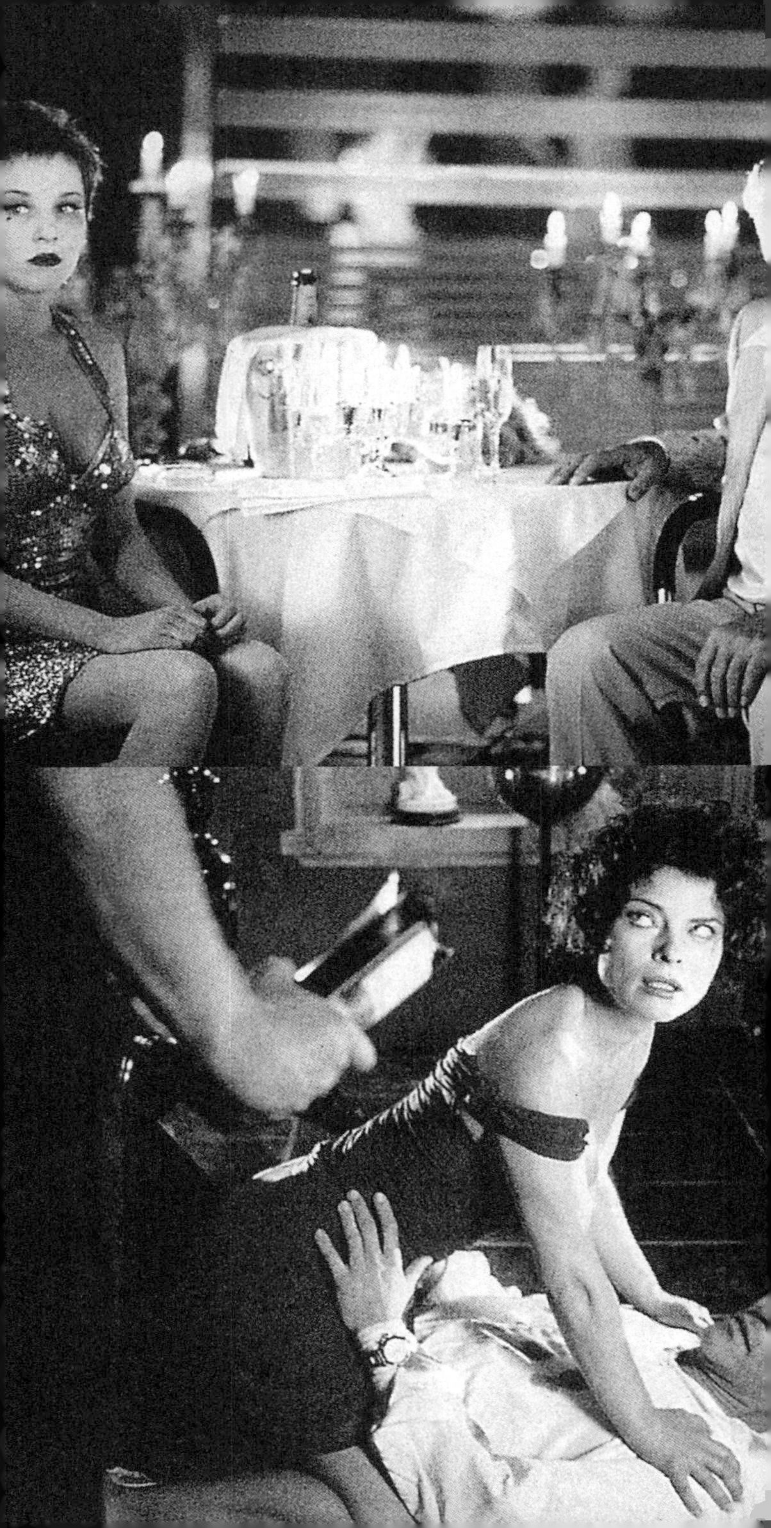

BOSS

Rossini

출연진과 제작진

「로시니
혹은 누가 누구와 잤는가 하는 잔인한 문제」

배역

우 치고이너　괴츠 게오르게

파올로 로시니　마리오 아도르프

오스카 라이터　하이너 라우터바흐

발레리　구트룬 란트그레베

백설공주　베로니카 페레스

야코프 빈디슈　요아힘 크롤

샤를로테 잔더스　한넬로레 호거

닥터 지기 겔버　아르민 로데

보도 크리크니츠　얀 요제프 리퍼스

세라피나　마르티나 게데크

칠리 바투스니크　메레트 베커

파니 치고이너　힐데 반 미겜

에드빈 타바티어　부르크하르트 클라우스너

멜크　에드가 젤게

호프　에리히 할후버

바이히　크리스티안 베르켈

레더슈테거 부인　카롤라 레그니어

레더슈테거　악셀 밀베르크

프레디　마르쿠스 마요프스키

미켈레　줄리오 리차렐리

첫 번째 웨이터　엔초 아울리시오

두 번째 웨이터　안젤로 몬티

첫 번째 금발　페트라 베른트

두 번째 금발　이레네 린제

세 번째 금발　산드라 슈테플

여자(손님)　가브리엘레 도시

남자(손님)　헤르만 반 울첸

슈바르첸베르크　페터 프리케

지배인 칼　티모 디어케스

첫 번째 부인　린다 캐롤

두 번째 부인　에바잉게보르크 숄츠

극장의 노인　한네스 케트너

장 뤽　마르크 로테문트

젠프텐베르크 부인　라이사 가이히만

젠프텐베르크 부인의 동행자　하워드 파인

치고이너의 조감독　페터 돌링거

첫 번째 일꾼　아르투르 알브레히트

두 번째 일꾼　슈테판 루츠

스태프

감독　헬무트 디틀

시나리오　헬무트 디틀

파트리크 쥐스킨트

(헬무트 디틀의 아이디어를 바탕으로 함)

촬영　게르노트 롤

편집　이네츠 레그니어

음악　다리오 파리나

제작 디자인　알브레히트 콘라트

의상　베른트 슈토킹어

음향　크리스 프라이스

분장　하이디 모저노이마이어

볼프강 뵈게

브리기테 데틀링

게르하르트 네메츠

캐스팅　안 도로테 브라커

보조 출연　엑터스 앤 아츠

제1조감독　마르크 로테문트

제2조감독　니나 라이히

콘티　그레틀 차일링거

촬영 보조　슈테판 슈프레어

장치 보조　벤야민 하젠클레버

음향 보조　귄터 루크데셸

편집 보조　크리스 얀

바베트 퀴어브링어

무대 촬영　디터 베어

스틸 사진　위르겐 올치크

세트 장식　카차 슈미트

소품　헬무트 리프만

세트 설치　프란츠 바움가르트너

음식　파브리치오 체레기니(로마냐 안티카 레스토랑)

미하엘 야노슈(일 보콘치노 레스토랑)

의상 보조　나네 코르넬리우스

의상실　리시 하우트만

에블린 스트라울리노

니나 트라우트만

조명　하랄트 하우쉴트

음향 편집　솔베이크 보레스

동시 편집　실비아 바르치 - 마이어

믹싱　막스 람믈러

편곡　게오프 바스토

오케스트라　뮌헨 심포니 연주자들

촬영 업무 진행　우시 슐리퍼

제작 코디네이션　야스미나 마이트

촬영 지휘　앤디 랑

제작 업무 진행　베른하르트 튀어

제작자　헬무트 디틀

노르베르트 프로이스

제작　디아나 영화사
(바 영화사, 바라리아 영화사,
파네스 영화사 공동 제작)

이 영화는 바이에른 영상 재단, 영화 진흥 위원회, 함부르크 영화 진흥회 그리고 연방 내무부의 지원에 의해 제작되었다.

시네마스코프
돌비 디지털
상영 시간　약 110분

독일 연방 공화국 1996년
1997년 1월 23일 개봉
콘스탄틴 영화사 배급

파트리크 쥐스킨트

친구여, 영화는 전쟁이다!

시나리오 쓰기의 몇 가지 어려움에 대하여

1996년 5월 21일, 「로시니」의 시나리오 작업에 착수한 지 3년 반이 넘은 어제 드디어 돌이킬 수 없는 일이 발생했다(난 그 자리에 없었다). 드디어 영화 촬영이 시작된 것이다. 촬영 장소는 예전에 연방 철도국 차량 보수 기지가 있던 뮌헨의 성문 앞에 세워진 1만 제곱미터가 넘는 거대한 스튜디오였다. 지난 몇 달 동안 그곳은 다리, 건물의 전면, 가로수들, 정원과 테라스가 딸린 진짜 레스토랑까지 갖춘 뮌헨의 거리 세트로 변해 있었다. 아침 7시부터 10여 명의 영화배우와 50여 명의 엑스트라들이 탈의실에서 옷을 갈아입고 분장을 했다. 요리사들은 나중에 제공될 음식물을 만들었으며 조명 기사들은 조명으로 밤을 연출하고 있었다. 또 효과 담당자들은 비와 바람과 차량과 인파를 만들어 내느라 정신이 없었다. 거의 10시가 넘어서야, 어쩌면 11시쯤이었는지도 모르겠는데, 드디어 첫 장면 〈레스토랑 《로시니》. 실내. 밤〉의 촬영이 시작되었다. 모든 준비가 완료되자 감독의 외침과 함께 카메라가 돌아가기 시작했다. 그리고 몇 분이 지나자 드디어 시나리오의 우울한 첫 문장들이 신비로운 생명을 얻어 다시 탄생되었다. 〈궂은비가 내리는 어느 여름날 저녁. 9시에서 10시 사이. 식당 테이블은 손님들로 거의 빈자리가 없다. 종업원들이 바삐 움직이고 있다.〉

그건 정말 엄청난 소모였다! 1년 후 관객들한테 고작 두 시간짜리 영화를 보여 주기 위해 투입된 시간, 재능, 특별 작업, 인력, 기술, 트릭과 돈은 믿을 수 없을 정도로 엄청났다! 1백 50여 명의 사람들이 꼬박 8주 동안 파김치가 되도록 그 일에 매달려야 했으며 1천만 마르크가 넘는 돈이 투입되었다. 하지만 그런 영화가 과연 성공할 것인가, 관객들이 그런 영화를 보고 싶어 할 것인가에 대해서는 아무런 확신도 없었다. 도대체 저녁마다 이탈리아 식당에 모여드는 극단적인 인물들에 관한 영화에 관심을 가질 사람이 있을까? 경험에 비추어 보면 오스카 라이터의 말처럼 〈그럴 사람은 아무도 없다〉.

이 모든 일은 1992년 여름에 아주 쉽게 시작되었다. 〈우리 다시 한번 공동 작업을 해보는 게 어떨까? 규모가 작고, 우아하면서도 인간적인 영화를 만들어 보는 거야. 배우들의 영화 말이야. 좀 유쾌한 것으로. 올 가을에 몇 주 정도만 시간을 내면 될 거야! 어쩌면 크리스마스 전까지 초고를 완성할 수 있을지도 몰라…….〉

우리 두 사람 다 오랫동안의 고통스러운 체험을 통해 이 작업이 의도하는 유쾌함이라는 것이 그렇게 멀리 있는 게 아닐 수도 있다는 사실을 알고 있었다. 물론 몇 주라는 시간이 몇 달이 될 수도 있다는 것도 알고 있었다. 우리 둘 모두에게 말이다. 그렇지만 그 계획으로 인해 어떤 달갑지 않은 어려움을 겪게 될지 그 당시에는 확실하게 몰랐다. 〈식당에 오는 사람들〉, 〈단골손님들〉, 아니면 그냥 머리에 떠오르는 막연한 아이디어 그대로 〈서로에 대해 어느 정도 알고 있고, 사업이나 애정 문제 혹은 식도락 취미 등으로 서로 얽혀 있는 사람들〉에 대한 작은 이야기가 도대체 뭐 그리 어려울 게 있을까. 그것도 이미 풍부한 체험이 바탕이 되어 있는데 말이다.

1992년 11월 2일 우리 두 사람은 책상을 사이에 두고 마주 앉았다. 열흘이 지났을 때 드디어 우린 몇 줄의 문장을 쓰기 시작했다. 1993년 7월 29일 나는 달력에 자랑스럽게 〈제1장 완료(약 26페이지)〉라고 기록해 놓았다. 그러나 이것은 우리가 그 여덟 달 동안 고작 26페이지밖에 안 썼다는 뜻은 아니다. 사실 우리는 그동안 수백 페이지 넘게 시나리오를 썼다. 열 번 넘게 구상을 했고, 그 구상에 따라 어렵사리 초고를 만들어 냈으며, 그 후에는 그 원고를 수정하고 새로운 구상을 덧붙이는 과정을 거쳤다. 그러니까 앞에서 말한 26페이지는 진짜 확실하게 영화로 구성될 수 있다고 결론이 난 것만을 의미한다. 우린 그걸 바탕으로 해서 그 이후의 작업을 훨씬 빨리 진행시킬 수 있을 것 같았다. 하지만 유감스럽게도 그건 단지 그렇게 보인 것뿐이었다. 그 원고 역시 최종적인 것이 될 수 없다는 사실이 입증되었고, 결국 그 원고를 포기해 버렸다. 우리가 다시 시나리오 초고를 타이핑할 수 있게 된 것은 그로부터 다시 1년 2개월이 더 지나서였다.

1995년에 우리는 두 번째, 세 번째, 네 번째 원고를 써 내려 갔다. 그때부터는 더 이상 몇 번째 원고인지 셀 생각도 하지 않았다. 이 책에 최종적으로 실린 원고는 1995년 11월에 완성된 것으로서, 여덟 번째 원고이다. 물론 그게 확실한지는 모르겠고, 높다랗게 쌓여 있는 원고 더미에서 더 이상 그걸 확인할 길도 없다. 그러나 한 가지 확실한 것은 우리가 이 마지막 원고에도 결코 만족할 수 없었다는 점이다. 예전에 시나리오 작업을 끝냈을 때 느끼곤 했던 성취감이나 안정을 이번에는 전혀 느낄 수가 없었다. 시나리오를 끝내고 나서도 계속 찜찜한 기분이 남아 있었다. 이 시나리오로는 근사한 영화도 또 형편없는 영화도 만들 수 있을 것만 같았다.

확실한 것은 하나도 없었다. 어쩌면 1년 정도 더 시나리오 작업에 매달려야 하는 게 아닐까 하는 생각도 들었다. 그렇지만 그렇게 한다고 해도 확실한 시나리오를 만들어 낼 거라는 확신이 들지 않았다. 이런 소재나 이런 식의 진행 방식으로는 시나리오의 내용과 영화로 나타나는 내용, 글로 된 대화와 말로 이루어지는 대화 그리고 시나리오를 읽는 시간과 영화 속 시간 사이에 큰 차이가 생길 수밖에 없었다. 그러므로 어떤 장면이 너무 긴 것은 아닌지, 그 장면이 정말 필요한 것인지, 혹은 그 장면을 너무 강조한 것은 아닌지, 그 장면이 참을 수 없을 정도로 감상적인 것은 아닌지 하는 점들, 즉 이 시나리오의 전체적 구상이 영화에 적합한지를 미리 예측하는 것이 불가능했다. 그것은 실험을 해보아야만 알 수 있는 문제였다. 즉 영화로 만들어 보기 전에는 알 수가 없는 것이었다. 게다가 이미 이 일에 필요한 재정적이고 기술적인 준비들이 진행되고 있었고 스태프와 배역의 캐스팅도 상당히 진척된 상황이었기 때문에 시나리오 작업을 연기하는 것은 꿈도 꿀 수 없었다. 오스카 라이터라면 뭐라고 했을까? 〈주사위는 던져졌어!〉

그 밖의 어려움들

사람이란 원하는 것은 많고 할 수 있는 것은 별로 없는 존재다. 이 평범한 진리는 글을 쓸 때 정확하게 들어맞는다. 특히 시나리오를 쓸 때 그렇다. 우린 지난 몇 년 동안, 그리고 지난 몇 십 년 동안 사람들이 체험한 것, 본 것, 파악한 것, 그리고 만들려고 했던 모든 것을 이 영화 속에 집어넣으려고 했다. 그런데 이 영화에 대해서는 아직 확정된 것이 하나도 없었다. 아직 존재하지 않은 것은 물론, 이름도 없었다. 그리고 그 최종적 형태조차 아직은 너무나 모호한 상태였기 때문에 〈이념〉이나 〈개념〉 혹은 〈구름 같은 표상〉이라고 말하는 것도 너무 미화된 표현이라고 할 수 있을 정도였다. 알고 있는 것이라고는 단지 그 영화가 레스토랑을 무대로 한 사람들에 대한 영화라는 것뿐이었다.

「그렇다고 그 영화가 〈꼭〉 레스토랑 안에서만 이루어질 필요는 없어.」[13]

13 이 에세이에 나오는 대화들은 파트리크 쥐스킨트와 헬무트 디틀 사이

「그렇고말고. 레스토랑 앞, 뒤, 옆 어디든지 괜찮아. 중요한 것은 이 영화가 긴장감을 유지하면서도 어느 정도 코믹하고…….」

「그래도 위트는 없는 게 더 좋겠어. 진부한 농담도 이번에는 피해야 돼. 그리고 절대로 지루하게 장광설을 늘어놓아서도 안 되고 말이야.」

「인간적인 코미디를 만드는 거야…….」

「바탕에는 비극성을 깔고.」

「그 빌어먹을 리얼리즘도 안 돼. 경쾌하면서도 우아하고 동화적인 내용이어야 해…….」

「신랄하면서도 감동적이어야겠지. 그리고 이 영화에선 음악이 아주 중요해.」

「조명도 중요하지. 그리고 그 무엇보다 중요한 것은 그냥 장면과 장면을 나열해 놓은 영화가 아니라 올트먼[14] 식의 영화로 만들어야 한다는 거야.」

「그래. 그리고 부뉴엘[15] 영화처럼.」

「맞아. 우디 앨런[16]의 방식도 좀 이용해야겠지.」

「그래. 거기다가 펠리니[17]의 성격을 약간 가미하는 거야.

에 오간 말들이다.

14 Robert Altman(1925~2006). 미국의 영화감독. 미국 사회에 대한 독특하고 냉소적인 견해를 보여 준다는 평을 받았다.

15 Luis Buñuel(1900~1983). 에스파냐의 영화감독. 파리에서 초현실적인 환상과 현실이 융합된 전위 영화를 만들었다.

16 Woody Allen(1935~). 미국의 희극 영화감독. 유대인의 사고방식과 정신 분석에 의거한 유머 감각을 보여 주는 것으로 유명하다.

17 Federico Fellini(1920~1993). 이탈리아의 영화감독. 대체로 네오리얼리즘 계열에 속하는 작품들을 만들었다.

지나치지 않을 정도로 말이야. 어쨌든 이 시나리오는 완전히 자유로우면서도 느슨하게, 그리고 또 세세한 점까지 다 고려한 영화로 만들어야 해. 아주 세련된 영화 말이야.」

「그래도 결코 지적인 영화는 안 돼. 너무 스타일만 고집해서도 안 되고! 효과들을 우선적으로 고려해야 될 거야. 언젠가 꼭 착륙할 수 없게 된 비행기에서 벌어지는 이야기를 영화로 만들어 보고 싶었어. 그런데 얼마 전에 이런 꿈을 꾸었어. 모든 사람이 착륙을 원하고 있어. 조종사와 승객들은 물론 관제탑까지도 말이야. 그런데도 비행기가 착륙을 원하지 않는 거야. 기름이 전부 다 떨어졌는데도 불구하고 비행기는 계속 하늘을 날고 있어. 그런데도 착륙은 불가능하고 그런 상태에서 비행기가 몇 시간 동안 계속해서 레스토랑 상공을 선회하는 거 말이야.」

「동화 같은 이야기군! 난 레스토랑 밑에 있는 하수구에서 일어나는 일을 영화로 만들고 싶어. 지하 세계 말이야. 어떤 벼락부자의 아내가 다이아몬드 팔찌를 화장실 변기 속에 떨어뜨렸는데, 그만 실수로 물을 내려 버린 거야. 그 여자는 남편을 졸라 함께 하수구 속으로 내려가서 둘이서 다이아몬드를 찾아 그 똥물 속을 뒤지는 거지. 물론 턱시도와 이브닝드레스를 입고서 말이야. 그런데 그걸 찾는 동안에 두 사람 사이에 치열한 말다툼이 벌어지는 거야.」

「동화적이군! 좋아. 무슨 일이 있어도 그런 영화를 만들기로 해. 그리고 난 기적에 대한 이야기를 만들고 싶어. 진짜 기적 말이야. 젊어서는 상당한 미인이었던 쭈글쭈글한 노파가 하룻밤만이라도 다시 젊은 아가씨가 되기를 소망하고 있어. 그런데 레스토랑의 마법 조명에 의해 정말로 그런 기적이 일어나는 거야. 노파는 젊고 아리따운 아가씨로 변하고, 모든 남자가 그 여자의 발아래 무릎을 꿇는 거야. 그렇지만 새벽이 오면 모든 건 끝나 버려. 새벽이 되면 그녀는 연인의 품안에서 다시 쭈글쭈글하고 늙은 노파로 변하는 거야. 물론 그건 영화의 끝에서, 마지막 날 밤에 말이야…….」

「그러고 나서 레스토랑이 불타 버리는 게 어떨까, 아니면 비행기가 레스토랑 위로 추락하든가…….」

「아니, 유성이 좋겠어. 거대한 유성이 그 커다란 도시 위로 떨어지는 거야!」

「6천5백만 년 전에 커다란 혜성인가 유성이 시속 20만 킬로미터의 속도로 지구와 충돌해 공룡들이 멸종한 것처럼 말이지.」

「그래. 그리고 5만 년의 시간이 흐른 후에 미래의 어떤 고고학자가 그 레스토랑의 유적을 발견하는 거야…….」

「공상 과학 영화는 안 돼!」

「공상 과학 영화는 안 되고말고! 고고학자를 18세기에서 온 인물로 하는 거야. 그때까지 인류는 다시 석기 시대를 거쳐 18세기를 준비해 온 거야. 그러려면 고고학자는 반바지 차림에 하얀 비단 양말을 신어야겠군.」

「머리에는 분을 뿌린 가발을 쓰고 굽이 높은 신발을 신어야겠지. 그리고 은으로 징을 박은 주목(朱木) 지팡이를 들고서 말이야.」

「그래그래. 그 남자가 자신이 발견한 유적지 앞에서 관객들한테 냉정한 프랑스어로 설명하는 거야. 그 폐허는 분명히 지진 때문에 무너진 유명한 오페라 작곡가 조아키노 로시니의 집터가 분명하다고 말이야.」

「로시니는 또 음식점 주인으로 친구들을 부양하던 사람이라고 해야겠지…….」

「단골손님들은 단체로 화석이 되어 남아 있는 거야! 그 고고학자가 화석으로 변한 손님들 위로 다가가면 레스토랑에 조명이 환하게 켜지면서 현재 시점으로 변하는 거야. 식당 안에서 사람들이 바삐 움직이기 시작하면 우리는 벌써 영화의 중심에 들어선 거나 같아.」

「동화적이군! 그런 건 지금까지 한 번도 없었을 거야!」

「이 영화는 반드시 내 스스로 보고 싶어 할 만한 영화가 되어야 해.」

「나도 마찬가지야.」

「그러니까 우리가 그런 영화를 만드는 거야!」

「그래, 그렇게 만드는 거야. 우리는 벌써 서기 5만 년에 시작해서 계시록으로 끝나는 영화를 생각해 낸 셈이야. 영화 마지막 장면에서 혜성과 충돌해서 지구의 문명이 파괴되는 걸로 끝나니까 말이야. 이제 우리가 할 일은 약간 유쾌한 내용들을 그 사이에 집어넣기만 하면 돼.」

「그건 별로 어렵지 않겠는데…….」

시나리오를 쓸 때 이보다 더 기분 좋은 단계는 없다. 이 단계에서는 아무리 좋은 영화들도 시시해 보이고, 아무리 엄청난 아이디어도 소화할 수 있을 것 같고, 어떤 요구라도 다 감당할 수 있을 것 같은 기분이 든다. 시나리오 작가라면 누구나 모두 이 단계를 거친다. 이것은 시나리오 쓰기에 있어 일종의 통과 의례로서, 앞으로 닥쳐 올 난관에 대한 공포를 약화시키는 신경 안정제 같은 역할을 한다. 그 단계에서 우리는 아주 오랫동안 부뉴엘풍의 영화를 구상했다. 그런 일이 처음은 아니었다. 벌써 오래전에 함께 TV 시리즈를 구상했을 때 우리는 연속극 같은 구성, 연상적 논리, 초현실적 상징주의, 그리고 부르주아의 은밀한 매력에 대한 꿈을 꾼 적이 있었다. 한동안 잊고 있었던 그 대가의 자서전이 책상 위에서 수 주일 동안이나 두 사람 사이에 경계선처럼 자리 잡고 있었다. 둘 중 한 사람이 책장을 펼치면 나머지 한 사람은 거기에 실린 내용을 읽는 일을 반복했다. 그 과정에서 우리는 지나친 자긍심에 빠져 부뉴엘이 날마다 마셨다는 술을 한번 마셔 보기로 했다. 특히 그가 시나리오 작업을 할 때 저녁 7시가 되면 항상 납골당 같은 호텔 바나 어두운 살롱에서 마셨다는 그 술, 술에 대고 마법의 주문을 외우면 돌발적으로 최면 상태에 빠져들어 시나리오를 진척시킬 수 있는 결정적인 영감을 얻곤 했다는 그 술은 일종의 마티니 드라이 칵테일이었다. 그건 차가운 유리잔에 노일리 프래트 상표의 압생트 몇 방울과 앙고스투라 착향료 반 스푼 그리고 딱딱한 얼음을 넣은 후 진과 섞은 칵테일이다. 1992년 11월 19일 18시 30분, 우리는 커튼을 내리고 약속대로 이 칵테일을 각자 두 잔씩 마셨다. 그런데 술기운이 오르자 갑자기 기분이 울적해지면서 허벅지 근육이 마비되어 저녁을 먹으러 걸어갈 수도 없을 정도가 되었다. 그럼에도 불구하고 전혀 아무런 영감도 떠오르지 않았다. 다음날 우리는 부뉴엘의 자서전[18]을 책상 위에서 소각시켜 버리고 다시는 어떤 대가의 흉내도 내지 않기로, 어떤 대가의 이름도 입에 올리지 않기로 결심했다. 그리고 지금까지 우리가 항상 해왔던 것처럼 하기로, 우리의 능력으로 할 수 있는 것을 하기로 맹세했다. 그건 바로 평범한 대화들로 이루어진 솔직하고 평범한 장면들을 쓴 후, 그 모든 장면을 우리의 능력에 맞는 극적 수단들로 결합하는 것이었다.

「그렇게 만드는 거야!」

「다른 건 안 돼! 왜냐하면 사람들도 다른 건 만들지 못했으니까……. 그 사람들이라도 그렇게밖에는 만들지 못했어. 그 사람들이라도 다른 건 만들지 못할 거야. 부뉴엘이라고 해도 마찬가지야. 그의 이름을 또 한번 언급한 걸 용서해 줘!」

「물론 못 만들고말고. 그 사람이 이런 내용의 영화를 만들면 아주 이상했을 거야. 우디 앨런이 베리만[19] 흉내를 낸 것처럼 말이야.」

18 『마지막 한숨, 기억들*Mein letzter Seufzer. Erinnerungen*』. 태워 버리지 않았더라면 아주 권할 만한 책이었다! — 원주.

19 Ingmar Bergman(1918~2007). 스웨덴의 영화감독. 경건한 태도로 인간과 우주의 내밀한 본성에 대한 탐구를 보여 주었다.

「올트먼이 펠리니 같은 영화를 흉내 낸 것이나 마찬가지겠지.」

「그러니까 우리 결론을 내리기로 해. 우리는 다른 누군가가 아니라 그냥 우리 자신일 뿐이야. 그러니까 우리는 우리가 할 수 있는 것을 만드는 거야!」

그렇게 해서 드디어 냉정하고 고통스럽고 더 이상 아무 즐거움도, 희망도 없는 단계가 시작되었다. 게다가 이 단계는 지난번보다 훨씬 더 오래 지속되었다. 우리는 날마다 오전 11시부터 책상을 사이에 놓고 마주 앉아 마티니 대신 홍차를 마시면서 인물을 구상하고, 인물들의 관계를 설정해 보고, 장면들을 생각해 내고, 장면과 장면들을 연결시켰다. 그리고 가끔 영화 줄거리의 흐름이나 소위 트리트먼트[20]라고 하는 전체적인 개요도 작성해 봤다(우리는 원칙적으로 거기에 별로 집착하지 않았다). 그렇게 2~3주의 시간이 흐르자 자연히 원고가 상당히 쌓였다. 그건 약 30~40장 정도의 분량이었는데, 영화 속 길이로는 한 30분 정도에 해당하는 분량이었다. 그 원고가 최종적인 시나리오에 적지 않은 도움이 될 거라고 가정한다면 벌써 영화의 4분의 1 내지 3분의 1 정도의 내용이 이루어진 셈이었다. 그렇지만 절대로 그렇게 될 수 없다는 사실을 그때 우리는 알고 있었을까? 아니, 우리는 모르고 있었다. 기껏해야 예감하고 있는 정도였다. 더 정확

20 극적 구성의 단계에 맞추어 영화의 대체적인 개요와 줄거리를 설명해 놓는 것.

하게 말하면, 각자 그런 예감을 조금씩 하고 있었지만 상대방에게 이야기하는 것은 피하고 있었다. 그 말을 꺼내게 되면 지금 열심히 진행하고 있는 작업이 근본적으로 흔들릴 것 같았기 때문이었다. 우리는 그냥 그대로 일을 진행시켰다. 드디어 원고가 50, 60, 70페이지로 늘어났고, 우리는 각자 할 일이 너무 많아서 잠시 시나리오 작업을 중단하기로 했다.

한 달 반 뒤에 우리는 다시 만났다. 그리고 우리가 써놓은 것을 읽어 보았다. 시나리오는 완전히 실패라는 사실을 부인할 수 없었다. 부뉴엘이나 올트먼 혹은 앨런과 다른 것이 아니라 우리가 할 수 있을 거라고 믿고 있었던 것조차 우린 해내지 못했던 것이다. 우리 원고는 절망스러울 정도로 지루했다. 그리고 가장 기본적인 초보자의 실수투성이였다. 가장 진부한 실수는 바로 장면마다 모두 발단, 전개, 지체, 절정, 하강의 단계를 갖는 독립적인 촌극으로 구성되어 있다는 점이었다. 사실 장면 하나하나는 모두 그럴듯했을 뿐만 아니라 뛰어난 장면들도 많았다. 그렇지만 그것들이 똑같은 옷본에 따라 재단된 것처럼 똑같은 서론, 똑같은 본론, 똑같은 결론을 가진 다른 장면들과 결합되자 끔찍할 정도로 단조롭다는 느낌을 주었고 그로 인해 긴장감이 모두 사라지고 말았던 것이다. 마치 일직선으로만 이어져 있는 사인 곡선의 롤러코스터를 타는 것 같은 기분이었다.

두 번째로 눈에 띄는 근본적 실수는 인물들을 너무 자세하게 반복적으로 그렸다는 점이었다. 우리는 샤를로테 잔더스가 기자라는 사실을 알려 주기 위해서 편집실에 있는 그녀를 등장시켰다(그 자체가 벌써 지루한 세팅이다). 그녀의 지위가 편집장이라는 것을 보여 주기 위해서는 비서가 필요했다. 또 딸아이가 하나 딸린 이혼녀이니 이혼한 남편(리하르트라는 이름이다)과 딸(클로에)도 여러 장면에 등장했다. 남자에 대한 그녀의 관심도 분명히 드러내자니 그녀는 식당의 단골손님들은 물론 식당의 주인, 웨이터, 심지어 택시 운전사들한테도 추파를 던지고 있었다. 그런 부수적인 곁가지들과 함께 제공된 샤를로테의 운명에 대한 내용만으로도 쉽게 6부작 TV 연속극 하나는 너끈히 만들 정도가 된 것이다. 그럼에도 불구하고 사실 그 인물은 별로 발전한 것이 없었다. 그녀는 자기 자신은 물론 다른 사람들도 변화시키지 못했다. 그녀는 아무것도 움직이지 못했고 아무것에도 영향력을 미치지 못했다. 그녀가 무수한 장면에서 끊임없이 말하고 있는 것은 바로 이것뿐이었다. 〈나는 나다. 기자 샤를로테 잔더스는 이혼녀로서 남자를 밝힌다.〉

겔버 박사의 경우에도 다를 바가 없었으며(〈난 성형외과 의사야〉), 우 치고이너(〈난 위장병이 있는 코미디 감독이야!〉), 오스카 라이터(〈난 위대한 영화 제작자야!〉)도 마찬가지였다. 최악의 경우는 바로 식당 주인이었다. 여러 페이지에 걸쳐, 그리고 여러 장면에서 그 불쌍한 파올로 로시니는 독백, 대화, 전화 등을 통해 끊임없이 자기 직업의 고달픔에 대해 하소연하고 있었다. 식당 안, 지하실, 냉장실, 물품창고 등에서 그는 재료 공급업자, 수공업자, 요리사, 웨이터,

감독관청의 회계사, 파키스탄 출신의 접시 닦이, 이탈리아 친척 할 것 없이 만나는 사람 모두에게 극영화의 범주를 벗어나 거의 다큐멘터리 수준으로 자신의 고달픔에 대해 떠들어 대고 있었다. 그러나 그 많은 이야기를 통해 사실 그가 하는 말이라고는 고작 이것뿐이었다. 〈잘 봐, 그리고 내 말을 좀 믿어 줘. 바로 내가 이 식당의 주인이야!〉

우리는 오랫동안 식당 주인이 나오는 장면들을 버릴 수가 없었다. 그 장면들은 재미있을 뿐만 아니라 연기자에게 멋진 연기의 기회를 제공하고 있었기 때문에 그 이후에 이루어진 시나리오에서도 일부가 계속 남아 있었다. 그러나 작업이 끝날 무렵에 비로소 우리는 시나리오를 제대로 보게 되었다. 그리고 그 내용을 줄이는 대신 포기하기로 결정했다. 그때의 과정을 지금 이렇게 돌이켜 보니 우리가 얼마나 그로테스크한 실수를 범했는지 확실하게 깨닫겠다. 내용의 80퍼센트가 한 레스토랑에서 이루어지는 영화, 게다가 레스토랑의 이름이자 식당 주인의 이름 〈로시니〉를 제목으로 하는 영화에서 파올로 로시니가 식당 주인임을 따로 소개할 필요는 전혀 없었던 것이다. 그건 오히려 방해가 될 뿐이었다. 자기 식당에 그냥 서 있는 것만으로도 그는 자동적으로 주인으로 소개되는 셈이니까 말이다. 그 밖의 다른 것들은 자동적으로 〈드러나게〉 되어 있었다. 첫째로 그가 손님들한테 진절머리를 내고 있다는 사실, 둘째로 겉으로는 물론 실제적으로도 심한 여성 혐오가라는 사실, 그리고 세 번째로 — 첫 번째와 두 번째 이유 때문인데 — 그가 자신의 삶에 만족하지 못하고 있다는 사실 말이다. 독창적일 것도, 대단할 것도 없는 이 세 가지 특징을 그냥 순차적으로 파올로 로시니라는 인물하고 연결시키기만 하면, 그리고 나중에 이 인물이 나이 어린 아가씨를 보고 한눈에 사랑에 빠져 가장 아름다운 몽상에 잠기기만 하면 관객들은 충분히 만족스럽게 주인공의 하나로서 그에게 관심을 기울였을 것이다. 그리고 결국 비극성을 획득할 수 있었을 것이다.

사실 이것은 너무나 자명하고 당연한 일이라서 시나리오에 입문하려는 사람들을 위한 학습서 같은 게 있다면 그 책 제1장에 나올 법한 이야기들이다. 우리는 그동안 겪은 많은 실패 사례들도 제대로 활용하지 못한 셈이었다. 이미 우리는 지난 20년 동안 스무 편이 넘는 시나리오 작업 과정에서 그와 같은 실수를(그 외에 다른 실수들도 많았다) 반복해 왔고, 그 실수를 만회하기 위해 엄청난 고생을 해왔었다. 그중에는 아주 고전적인 실수도 하나 포함되어 있었는데, 그것은 시나리오가 끝없이 이야기를 늘어놓게 되는 것이었다. 그 실수를 반복하지 않으려고 우린 얼마나 많은 노력을 했던가. 그럼에도 불구하고 또다시 똑같은 실수를 범하고 말았던 것이다. 그래서 우리는 그걸 그냥 스타일의 문제로 돌려 버렸다. 우리 시나리오는 확실히 이야기가 중심이니까 그게 마음에 안 드는 사람은 다른 영화를 보러 가면 된다고 말이다. 그게 아니라면 오랫동안 널리 알려진 그 규칙을(만약 그런 게 있다면 말이다) 새롭게 해석해야 할 것 같다. 즉 시나리오를 쓰는 것은 일반적인 통념과는 달리 일단 배웠다고 해서 더 잘할 수 있는 그런 일이 아니라는 것, 바로 그게 우리를 낙담하게 만드는 요소이다. 시나리오를 쓰는 일은 아마추어가 끊임없는 시행착오를 거치면서 일을 진행하는 것과 비슷하다. 최근에 미국이나 유럽에는 〈원고 의사〉라는 직업이 유행하고 있다. 원고 의사란 일종의 드라마 작가인데, 시나리오에서 잘못된 부분을 찾아내고, 진단하고 해결책을 찾아 주는 그런 사람이다. 그런데 그런 전문가들조차 자신들이 고쳐 놓은 원고에서 잘못된 부분을 또 발견한다고 한다. 그들이 아무리 풍부한 경험을 갖고 있어도 완벽한 시나리오를 쓰는 것은 불가능한 것이다. 이때 경험은 소용이 없는 정도가 아니라 시나리오 쓰는 일에 방해가 될 수도 있다. 경험은 사람을 회의하게 만들고 조심스럽게 만들고 지나치게 두려워하게 만들기 때문이다. 그러나 우리는 또 다른 경험을 통해 시나리오를 쓸 때는 파지 더미에 파묻히는 것이 당연한 일이며 그것이 대부분(항상은 아니다) 뭔가를 얻게 해준다는 사실을 알고 있다. 만약 그런 경험조차 없었더라면 지금 우리 나이에 갖고 있는 약간의 생명력마저 완전히 없어지고 말았을 것이다. 슬픈 위로이긴 하지만 그것만이 유일한 위안이다.

그래서 우리는 그 원고들을 치워 버렸다. 그때까지 쓴 70여 페이지의 원고를 창고에 처박아 놓고 처음부터 다시 시작한 것이다. 물론 완전히 새로 시작한 것은 아니었다. 우리가 유일하게 남겨 놓은 원고는 약 4~5페이지 되는 장면이었는데, 그건 최초의 실패를 비롯해서 그 이후의 많은 실패, 축소, 변경 그리고 새로운 시나리오 집필 과정에서도 전혀 손상되지 않고 그대로 보존되었다. 바로 백설공주와 로시니가 처음 만나는 장면이다. 식당 안에서는 기분이 우울한 로시니가 땀을 뻘뻘 흘리고 있고, 폭우가 몰려오려고 하는 식당 밖에서는 백설공주가 살그머니 식당으로 다가가는 그 장면 말이다. 앞에서 이미 언급한 것처럼 이 장면 역시 실수투성이였다. 물론 규칙에서도 벗어나 있었다. 이 장면도 그 자체적으로 발단, 사실적인 전개, 상승, 절정 그리고 결말을 갖추고 있었기 때문이다. 백설공주에 관한 한 그 장면은 뻔뻔스러울 정도로 노골적이다. 내용도(젊은 여자가 나이든 남자를 단번에 사로잡아 버린다) 별로 독창적일 게 없고 길이도 너무 길 뿐만 아니라 대화로만 구성되어 있다. 그럼에도 불구하고 이 장면에는 뭔가가 들어 있었다. 장면을 그냥 독립적으로 고찰하는 경우에도 마찬가지였다. 뭔가 신데렐라 동화 같은 분위기, 약간 유치한 감정(〈전 가난하거든요〉), 어딘지 모르게 극장의 마술 같은 분위기(촛불, 천둥소리), 거기에는 뭔가 이중적인 의미가 들어 있었다. 즉 뻔뻔스러운 노출뿐만 아니라 뻔뻔스러운 거짓이 느껴졌던 것이다. 그렇지만 이 장면이 마지막까지 축소되지 않고 원고에 그대로 남아 있게 된 결정적 이유는 바로 이 장면이 놓이는 위치 때문이었다. 사람들은 백설공주가 등장하는 시점에서 이미 우 치고이너와 오스카 라이터가 자신들의 영화에 출연할 주연 여배우를 찾아 혈안이 되어 있다는 사실을 알고 있다(〈우리 모두가 꿈꾸는 그런 여자〉). 그러므로 백설공주의 등장은 미리 예비가 되어 있었다(통보가 되어 있었다는 의미가 아니라 영향을 준다는 의미에서). 관객들은 또한 그 식당 주인이 여성 혐오가라는 사실, 게다가 지금 기분까지 별로 안 좋다는 사실도 알고 있다. 그런 사실들로 인해 두 주인공 사이에는 자동적으로 긴장감이 생겨날 수밖에 없다. 그리고 결국 이 장면은 새로운 전환점이 된다. 즉 이 장면에서 여성 혐오가였던 인물이 사랑에 빠진 희극적 인물로 변하게 되고 앞으로 계속 분란이 일어날 것 같은 조짐을 암시하게 되는 것이다. 만약 이 장면이 영화 앞부분에 위치했더라면(그럴 가능성이 있었다) 그 가치는 절반 정도로 줄어들었을 것이다. 혹은 더 나중에 위치했더라도 그 장면에 제동이 걸렸거나 완전히 삭제되었을 것이다. 그렇지만 현재의 그 위치, 더 정확하게 말하면, 많은 실수를 바로잡은 후 그림 맞추기의 한 조각처럼 놓인 그 위치에서는 이 장면이 전체 이야기의 전환점 역할을 하게 되었다. 비록 길이가 좀 길지만 그리고 장면 그 자체로 완결되어 있었지만, 이 장면으로 인해 영화가 새로운 방향으로 나아가게 된 것이다.

우리가 그걸 미리 예상할 수 있을까? 전체 개요 속에서 미리 계획을 세우거나 어떤 종류의 시나리오 규칙에 따라 예측해 볼 수가 있었을까? 그건 거의 불가능한 일이었다. 각 장면이 갖는 장점과 약점, 필연성과 우연성은 완성된 전체와의 연계 속에서만 판단할 수 있는데, 완성된 전체라는 개념은 아직 존재하지 않았기 때문이다. 소설이나 희곡의 경우에도 그건 마찬가지이다. 전체라는 개념은 머릿속에서 만들어질 수 없다. 그러니 고정될 수 없는 것은 당연한 일이었다. 두 사람의 머릿속에서는 더더욱 힘든 일이었다. 초안이나 개요라고 하는 것들은 실제로 전혀 완성되어 있는 것이 아니며 계속적으로 뭔가를 보충해 나가야 하는 그런 생산물이다. 초안이나 개요를 보고 줄거리의 흐름이나 이야기의 발전 방향을 알 수 있다고 생각하는 것은 착각이다. 안갯속에서 헤매고 있는 사람들에게 그것은 실제로 아무런 방향도 제시하지 못한다. 그러니까 그런 것은 일단 시나리오를 완성한 〈후에〉 쓰는 것이 좋다. 이러한 논리적 딜레마는 독창적인 소재의 경우에도 해결될 수 없다. 어떤 부분이 적절한지 아닌지를 알기 위해서는 전체 모습을 알아야 하는데, 전체 모습은 적절한 각 부분이 모였을 때 비로소 만들어지기 때문이다.

상황이 이렇게 복잡하기 때문에 천부적 재능이 있으면 많은 도움이 되었을 것이다. 하지만 유감스럽게도 우리는 그런 능력을 타고나지 못했다. 부뉴엘의 칵테일은 아무 소용이 없었다. 그러니 이제 우리에게 남은 방법은 계속 시행착오를 거치면서 원래의 목표에 다가가는 것밖에 없었다. 신의 가호가 있다면 차차 오류가 줄어들기를 바라면서 말이다.

특수한 어려움들

영화 「로시니」의 의도는 사회를 살아가는 어느 한두 개인이 아니라 사회 자체를 그리려는 것이었다. 좀 겸손하게 말하면 한 그룹, 즉 어느 식당의 단골손님들의 이야기 말이다. 그러므로 이 영화에서는 처음부터 주연과 조연이 따로 없고, 다수의 주요 역할들(비중이 큰 역할이라는 말이 더 적절하다)과 많은 작은 역할들로 구성될 수밖에 없었다. 결국 우리는 중요도에 따라 7~10명 정도의 큰 역할, 13~17명 정도의 중간 역할, 10~12명 정도의 작은 역할 그리고 45명 정도의 엑스트라로 구성하기로 결정했다.

더 나아가 이 영화의 주인공들, 가능하면 모든 조연에까지 그들 자신의 — 물론 작은 이야기이지만 — 스토리를 부여하기로 했다. 즉 모든 인물은 그들 자신의 이야기, 다른 말로 하면 운명을 전개해 나가도록 설정된 것이다. 운명이라는 이 멋진 표현을 사용해도 되는지 모르겠다. 어떤 그룹에 속한 사람들의 개별적 이야기들이 모였을 때 비로소 그룹 전체의 이야기가 되기 때문이다. 이제 남은 문제는 그 개별적 이야기들을 병렬적으로 배치할 것인가 아니면 순차적으로 배치할 것인가 하는 점이었다. 순차적으로 이야기를 진행하는 것은 에피소드를 연속해서 처리하는 방식으로서 많은 이점이 있었다. 이 방식을 사용하면 우선 편안하고 쾌적할 뿐만 아니라 각 인물의 심리 상태나 코믹하고 비극적인 상황에 대한 집중도를 높일 수가 있다. 「로시니」가 TV 시리즈였다면 우린 분명히 그렇게 처리했을 것이다. 맨 처음 로렐라이 에피소드에서 시작해서 두 번째는 백설공주와 칠리의 에피소드, 세 번째는 빈디슈와 세라피나의 로맨스, 네 번째는 치고이너, 파니, 샤를로테의 에피소드 그리고 다섯 번째로는 발레리, 라이터, 크리크니츠의 에피소드를 이어 가는 방식 말이다. 우리가 구상한 모든 인물이 만들어 내는 갖가지 에피소드들을 이런 식으로 엮어 가는 것이다. 이 방식을 따르게 되면 45~60분짜리 주간 연속극을 파노라마처럼 엮어 갈 수 도 있었다. 그런데 파노라마로도 이어질 수 있는 이런 내용을 두 시간을 넘지 못하는 영화에서는 어떻게 전개해야 할 것인가? 연속적으로 이어져 있는 쇠사슬의 고리들처럼 영화를 10분 단위의 완결된 작은 에피소드들로 나눌 것인가?

슈니츨러[21]가 『윤무』에서 사용한 방법이 바로 이것이다. 이 작품은 동일한 비중을 가진 남자 다섯 명과 여자 다섯 명이 계속적으로 위상이 바뀌면서 두 명씩 짝을 짓는 똑같은 내용의 장면 열 개로 구성되어 있다. 각 장면은 길이가 비슷할 뿐만 아니라 그 자체적으로 완결되어 있다. 그럼에도 불구하고 각 장면들을 전체적으로 고찰해 보면, 그 작품에는 창녀로부터 멍청한 백작에 이르기까지 한 사회의 모습이 잘 드러나 있다. 작품을 구성하고 있는 열 개의 장면 혹은 에피소드들이 거의 쌍둥이처럼 유사함에도 불구하고 성공을 거둔 것이다. 아니, 이상하게도 바로 그 때문에 성공한 것이다. 우리는 거기서 한 여자와 한 남자가 동침하기 전후의 장면을 열 번이나 보게 된다. 바뀌는 것은 무대 장치와 주인공들뿐이다. 정말 지루할 것 같은 이야기인데 사실은 그렇지가 않다. 왜냐하면 관객들은(혹은 독자들은) 슈니츨러의 코믹한 대화와 구성을 미리 예상할 수 있기 때문이다. 한 장면이 끝나면 완전히 똑같으면서도 완전히 다른 장면이 이어지게 되

21 Arthur Schnitzler(1862~1931). 오스트리아의 소설가. 세밀한 심리 분석 방법으로 경쾌하면서도 우울한 빈의 생활 감정을 에로틱하게 표현한 작가. 작품 『윤무』는 원작 그대로 영화화된 바 있다.

리라는 것, 맨 마지막 장면은 맨 첫 장면과 다시 이어지게 되리라는 것, 그래서 결국은 작품 전체가 하나의 윤무처럼 구성되어 있다는 것을 미리 파악하고 거기서 즐거움을 느낄 수 있기 때문이다.

그런데 영화에서는 그런 구성이 통하지 않는다. 연극의 무대는 기계적인 마술 상자이자 자동 연주 상자이다. 연극 무대에서는 무대 장치가 흔들리고, 회전 무대가 삐걱거리며 돌고, 무대 밑으로 통하는 문이 열려도, 즉 줄과 수력학의 장치들이 노출된다고 해도 관객들을 별로 방해하지 않는다. 관객들은 인위적인 장치들을 눈치채고도 그걸 전혀 문제 삼지 않는다. 오히려 그런 무대 장치를 인식하는 것이 오히려 그 장면에 대한 흥미를 높일 수도 있다. 그렇지만 영화는 그와 반대이다. 영화에서는 그런 장치가 드러나는 순간 영화에 대한 흥미가 떨어지게 된다. 비록 제작 과정 자체는 연극 무대보다 백배쯤 더 인위적임에도 불구하고 영화는 잘 다듬어졌기 때문에 연극보다 훨씬 더 환상적이고 자연스러운 매체이다. 영화에서는 마이크 줄이 화면에 뚜렷이 나타나면 안 되는 것이다. 그리고 그와 마찬가지로 시나리오에서도 일정한 간격을 두고 계속 이야기가 뒤죽박죽 섞여서는 안 된다.

그것 말고 또 한 가지 중요한 점이 있었다. 물론 별로 객관적인 이유는 아니지만 상당히 중요한 점인데, 바로 나 자신이 에피소드 영화를 아주 싫어한다는 사실이다! 각 에피소드들이 아무리 훌륭하게 만들어졌다고 해도, 그리고 그 에피소드들이 순차적인 상승으로 이어진다고 해도 난 그런 걸 별로 좋아하지 않는다. 이왕 고백하는 김에 이 글의 주제와는 그다지 관련이 없지만 한 가지 밝혀 둘 것이 있다. 그것은 내가 〈테마 변주〉라는 예술 장르를 별로 안 좋아한다는 사실이다. 그건 영화는 물론이고 문학이나 음악에서도 마찬가지이다. 프로그램에 딱 맞추어 뭔가를 고안해 내고, 엄격하게 규칙을 따라 그것을 약간씩 변화시키면서 끊임없이 변주해 가는 그런 방식, 그런 곡예를 난 싫어한다. 그런 방식으로는 위대한 곡이 만들어질 수가 없다. 그것은 감동이 빠진 놀라움을 강요할 뿐이다!

작곡가가 주요 테마에서 벗어나 우리에게 제2, 제3의 테마를 제공하는 것, 즉 무수히 많은 모티프들을 결합하고 요소와 요소들을 섞음으로써 부분적인 뛰어남 이상으로 전체 곡을 고조시키는 것, 그래서 결국 우리를 추억의 세계로 이끄는 코다[22]나 격정적인 스트레타[23]를 완성하는 것, 그것보다 더 우리 가슴을 훈훈하게 만드는 일은 없다! 그런 과정을 거쳐야만 비로소 작곡이라는 이름에 값하는 것이다. 그 밖의 다른 모든 것은 단순한 기술에 불과하다. 왜냐하면 그건…….

「좋은 변주곡들도 많잖아!」

조용한 이 말이 내 입을 막아 버린다. 오스카 라이터가 엉터리 변호사 에드빈 타바티어의 입을 막기 위해 한 말처럼

22 악곡의 결말 부분. 곡의 마무리를 효과적으로 처리하기 위한 부분.
23 악곡의 마지막에 접어들면서 빠르기를 더하여 긴박감을 높이는 일.

말이다. 〈도대체 자네가 음악에 대해 뭘 안다는 거야? 빌어먹을.〉 다시 이 글의 주제인 시나리오 쓰기의 문제점들로 돌아가 보자. 간단히 말하면 우리 두 사람은 인물들의 스토리를 에피소드처럼 순차적으로 보여 줄 것이 아니라 병렬적으로 구성하자는 데 자발적인 의견 일치를 보았다. 물론 이 경우에는 병렬적이라는 말이 반드시 적확한 것은 아니다. 왜냐하면 여기서 병렬적이라는 말은 각각의 이야기들이 동시에 전개된다는 뜻이 아니라 점차 서로 밀접한 연관을 가지면서 교차되어 진행된다는 뜻이기 때문이다. 그것은 각각의 이야기 가닥들이 모여서 하나의 굵은 동아줄을 만드는 방식이라고 말할 수 있다.

그렇게 되려면 각각의 이야기들이 독립된 이야기로 인식되자마자 다른 이야기의 시작과 이어져야 한다는 결정이 내려졌다. 관객이(혹은 청중이나 독자가) 지금 전개되고 있는 이야기에 몰입하게 되면 이 이야기가 끊어지지 않고 다음 이야기로 이어짐으로써 결국 두 이야기 사이에 하나의 연관 관계가 생겨나게 만드는 그런 방식 말이다. 물론 그 관계는 단계적인 관계로서 관객은 두 번째 이야기가 첫 번째 이야기에 양분을 공급하고 있다고 생각할 것이다. 바꿔 말하면 두 번째 이야기는 첫 번째 이야기가 다른 수단을 통해 전개되는 것이다. 꼭 그렇게 되어야만 한다. 만약 두 번째 이야기가 그런 방식으로 전개되지 않으면, 그래서 두 이야기에서 아무런 연관 관계도 느껴지지 않으면 두 번째 이야기는 첫 번째 이야기를 이해하는 데 오히려 방해만 될 뿐이다. 그런 상태에서 두 번째 이야기와 마찬가지로 중요하고 독립적인 성격의 세 번째와 네 번째 이야기가 덧붙여지면 그나마 애정을 품고 있던 관객조차 흥미를 잃어버리고 말 것이다. 왜냐하면 관객이 본 것은 완전히 자의적으로 진행된 작품, 길게 풀어져 버린 이야기 가닥들뿐이기 때문이다. 관객이 진짜 보고 싶었던 것은 동아줄인데 말이다.

예를 하나 들어 보자. 「로시니」가 칠리와 백설공주의 지하 극장 장면에서 시작한다고 가정해 보자. 두 명의 젊은 연극 배우가 아침을 먹으며 신문에서 〈로렐라이〉라는 영화의 주연 배우 오디션에 관한 기사를 읽고 있다. 신문에는 오디션 일정이 자세하게 실려 있다. 두 사람 사이에는 둘 중 누가 그 캐스팅에 지원할 것인가를 두고 논쟁이 벌어지고, 결국 백설공주가 칠리한테 패배해서 겉으로는 양보한 듯이 보인다. 칠리가 오디션에 지원하기 위해 그곳을 떠나고 백설공주만 남겨진다. 그때 그녀의 눈길이 앞에서 말한 그 신문의 가십란에 머문다. 거기에는 영화 관계자들이 자주 들르는 한 레스토랑에 대한 기사가 실려 있다. (삽입) 〈로시니〉라는 레스토랑의 이름과 주소. 장면 끝.

이 장면에서 영화를 시작하면 그다음 장면에서는 어쩔 수 없이 레스토랑 로시니가 등장해야 하고, 그다음에는 금방 백설공주가 나타나 그 레스토랑에 들어갈 방법을 강구하는 장면으로 이어져야 할 것이다. 영화의 도입 장면을 좀 더 개방적으로 끝내면 어떻게 될까? 즉 로시니에 대한 기사를 삽입하는 대신 뭔가를 골똘히 생각하고 있는 백설공주의 표정으로 끝난다면 말이다. 그때는 또 다른 가능성이 몇 가지 생겨난다. 즉 다음 장면에서 레스토랑 로시니를 보여 주거나(백설공주의 등장 없이), 오디션 장소에서 그 배역을 따내기 위해 눈물겨운 노력을 하고 있는 칠리를 보여 줄 수도 있다. 아니면 의사를 찾아가 여자들에 대해 탄식을 늘어놓고 있는 식당 주인 파올로 로시니를 보여 줄 수도 있다. 그것도 아니라면 영화감독 우 치고이너가 아내에게 전화해 제때 보내 주지 않은 담배와 목욕용 오일 문제로 다투는 장면이 네 번째 대안이 될 수도 있다. 서술문으로 진행되든 대화문으로 진행되든 적어도 이 모든 장면은 첫 번째 장면과 연관 관계가 있으니까 말이다. 그러나 만약 그다음 장면에서 생일 축하용 헌시(獻詩)를 손질하고 있는 보도 크리크니츠나, 변비 문제를 의사한테 호소하고 있는 발레리라는 미모의 여인이나, 식당에서 자기 시중을 들어주는 웨이트리스의 이름 첫 글자가 〈Ph〉인지 〈F〉인지 몰라서 애태우는 작가가 등장하면 아주 이상할 것이다. 관객들은 지금 언급한 장면들도 도입부에 포함되어 있다는 사실을 전혀 인식할 수가 없다. 도입부의 다른 곳에서 이미 너무 많은 이야기들이 전개되었기 때문이다. 관객은 서로 연결될 수 없는 이 이야기들을 연결하려고 애써 보다가 그것이 제대로 되지 않을 때 좌절하게 될지도 모른다. 좌절은 아니더라도 최소한 당혹스러움은 느낄 것이다(이것은 오랫동안 지속될 수 없는 효과이다). 최악의 경우에는 혼란에 빠져 지치고 화가 난 관객이 영화에 대한 흥미 자체를 잃어버리게 될지도 모를 일이었다.

너무 많은 이야기들이 전개되었다고? 이 허구적인 도입 장면에서 도대체 우리가 무슨 이야기를 그렇게 많이 했을까? 사실 거기서 보여 준 것은 단지 두 명의 여배우가 어떤 배역을 탐내고 있다는 사실 정도이다……. 어쩌면 약간 더 있을지도 모르겠다. 두 사람이 경제적으로 매우 어려운 형편이라는 것, 한 여자(칠리)가 다른 여자(백설공주)를 지배하고 있다는 것, 그리고 백설공주는 칠리보다 훨씬 더 교활한 방식으로 자신의 목적을 추구하고 있다는 사실 말이다. 그건 실제로 하나도 중요한 사실이 아님에도 불구하고 벌써 너무 많은 이야기가 전개된 것이다. 결국 관객들의 머릿속에는 〈앞으로 그 두 여자는 어떻게 될까?〉라는 의문만 남게 된 것이다. 그 결과 관객이 영화에 대해 환상을 유지하면서 추측이나 기대로 반응할 여지가 없어져 버렸다. 영화에 대한 관객의 반응은 너무 빠르거나 포괄적이지 않으면서도 즉각적이고 부분적이어야 하는데 말이다. 도입부의 그 작은 장면으로 인해 새로운 질문들이 제기될 수 있는, 그리고 새로운 기대들을 자극할 수 있는 여지들이 철저하게 축소된 것이다.

어디 그뿐인가. 영화 도입부에서 두 인물에게로 사람들의 시선이 모일 우려가 있다. 화면에서 분명하게 얼굴을 알아볼 수 있을 정도로 비중 있게 그려진 첫 인물들이 칠리와 백설공주라는 단순한 사실로 인해 그들은 한 30분 정도는 결코 화면에서 사라질 수 없는 인물이 되어 버릴 것이다. 그렇게 되면 다른 사람들에게 돌아갈 공간은 그만큼 협소해지기 마련이다. 그렇게 되면 똑같은 비중의 여러 인물들을 등장시켜, 똑같은 비중의 여러 이야기들을 전개하려던 우리의 계획은 애초에 실현이 불가능해질 것이다. 결국 칠리와 백설공주의 장면으로 영화를 시작하게 되면 우린 이미 다른 영화에 들어선 것과 같다. 〈로렐라이〉라는 제목을 달고, 두 연극배우의 상승과 몰락을 다루는 영화 말이다. 아니면 연속해서 남자와 여자들을 파멸로 이끄는 〈백설공주〉라는 한 요부에 관한 영화가 될 수도 있을 것이다. 그렇지만 영화 「로시니」는 어떤 식당에 모이는 단골손님들에 관한 이야기가 아닌가.

시나리오 작업의 다음 단계는 — 그건 사실상 새로운 시작이었다 — 〈이야기를 조심할 것〉이라는 구호하에 진행되었다. 그때 우리는 완전히 새로운 체험을 하게 되었다. 아무 이야기도 하지 않는 것, 즉 설명적 요소를 극도로 제한함으로써 각각의 이야기들이 너무 일찍 다른 이야기들을 방해하지 않도록 하는 것, 그러면서도 관객의 흥미를 어느 정도 유발하는 것이 얼마나 어려운 일인지를 새삼 깨닫게 된 것이다. 가장 어려웠던 부분은 법률과 제정 그리고 계약에 관한 문제 등 다양한 내용을 포함한 〈로렐라이〉 프로젝트에 관한 이야기를 통제하는 것이었다. 그다음으로는 라이터, 발레리, 크리크니츠의 삼각관계가 계속 확대되려는 경향을 보인다는 점이었다. 그 이유는 발레리가 마지막에 자살을 하는 것으로 구상하고 있었기 때문이다. 그 자살의 이유가 타당할까, 자살의 동기를 보다 강화할 수 있는 방법이 없을까, 이 불행한 여자의 복합적 성격을 조명하기 위해 몇 장면 더 삽입할 필요는 없을까 하는 우려 말이다. 이야기를 조심할 것! 발레리 장면을 두 컷 늘리면 그때는 심리 멜로드라마로 변질될 우려가 있었다.

치고이너와 라이터, 치고이너와 파니, 아니면 앞에서 언급했던 칠리와 백설공주의 관계 역시 그런 경향이 있었으며 식당 주인 파올로 로시니도 마찬가지였다. 문제는 이 인물들이나 그들 사이의 관계를 어떻게 전개해 나가느냐 하는 것이 아니라 한 인물이 두드러지는 것을 어떻게 막는가 하는 것이었다. 최종 원고에서 거의 주변 인물 정도로 비중이 줄어든 성형외과 의사 지기 겔버 박사만 해도 한때 이야기의 중심에 서게 됨으로써 이 시나리오가 병원 코미디로 빠져 버릴 위험이 발생하기도 했다. 그런 상황이었기에 이야기가 전환되거나 끝날 때마다 인물들을 자르고 축소함으로써 그들이 더 이상 활약을 못하도록, 더 이상 관심의 대상이 되지 않도록 하는 것이 중요했다. 작가들한테 아주 끔찍한 그 과정은 미래의 잠재적 영화 관객의 흥미라는 관점에서 볼 때 극히 위험한 과정이기도 했다.

우리는 마지못해 성공적인 인물이나 장면들과 이별을 했다! 작가들은 어떤 대가를 치르더라도 그것들을 붙잡아 끌고 나가려는 경향이 있다. 그리고 어떤 트릭을 써서라도 그것들을 구해 내려고 애쓴다. 그러다가 결국은 〈좋은 장면 하나를 구하려다가 영화 전체의 구성을 무너뜨리는 것은 아닌가?〉 혹은 〈영화 전체의 구성을 위해서 이 아름다운 장면을 꼭 버려야 하는 것인가?〉라는 의문에 부딪힌다. 이것은 결코 수사적인 질문이 아니다. 전체 구성을 위해 마음에 드는 인물이나 장면을 버려야 할 경우가 여러 번 생겼고(우리 두 사람은 각자 좋아하는 것이 아주 달랐다) 그로 인해 점차 불안감과 불쾌감이 커졌기 때문이다.

「자네 말은 좋은 영화를 만들려면 체계적으로 모든 좋은 장면들을 포기해 버리고, 관객들이 그 장면에 흥미를 느끼는 바로 그 순간에 그 인물을 사라지게 하는 방법밖에 없다는 거야?」

「아니야.」

「그럼 혹시 시나리오의 구상을 충족시키려고 영화를 만들려는 거야?」

「결코 그건 아니야.」

「그러면 왜 그 빌어먹을 구상을 포기해 버리고 진짜 우리의 흥미를 끄는 좋은 장면들이나 인물들을 고수하지 않는 거지?」

「정도가 너무 심하기 때문이야. 또 좋은 장면들만으로는 결코 좋은 영화가 될 수 없다는 사실을 벌써 경험으로 알고 있잖아. 바로 그것 때문에 실패한 적이 있었던 걸 잊었어?」

「그런데 왜 그런 일이 생겼을까? 아마 우리가 멍청해서일 거야!」

「혹시 우리가 머릿속으로 구상하고 있는 영화는 애당초 객관적으로 만들 수 없는 영화가 아닐까? 맞아, 이 영화는 객관적으로 도저히 만들 수 없는 영화야!」

「이탈리아 식당에 모이는 사람들에 대한 영화를 만드는 게 불가능하다는 뜻이야?」

「그래.」

우리는 그동안 쓴 원고를 한데 묶었다. 한 묶음에 불과했던 원고는 그동안 여러 뭉치로 늘어나 있었다. 원고들은 자꾸 바뀌는 배열 원칙에 따라 계속 페이지 번호를 달리하면서 여러 색깔의 클립으로 묶여 있었다. 그러고 나서 우리는 시나리오 작업을 중단했다. 그런 상황을 사람들은 보통 〈위기〉라고 부른다. 그 순간 우리는 시나리오 작업을 계속 진행할 것인가, 아니면 시나리오보다 훨씬 더 유쾌한 다른 일로 방향 전환을 할 것인가에 대해 진지하게 고민했다. 물론 후자가 훨씬 더 매혹적이고 유혹적이었다. 이 위기 상황이 발생한 곳은 마법의 장소였다. 가장 아름다운 여름날, 온 세상 사람들이 물놀이를 즐기거나 그늘 아래 긴 의자에 누워 꾸벅꾸벅 졸거나 시원한 레모네이드를 마시고 있는데 도대체 우린 이게 뭐란 말인가? 커튼을 내린 채 담배 연기 자욱한 골방에 처박혀서 홍차를 몇 리터씩 들이마셔 떨리고 진땀 나는 손으로 불쾌감에 시달리면서 작업을 하고 있으니 말이다. 게다가 눈요기라고는 책상에 마주 앉아 항상 똑같은 변덕을 부리는 동료밖에 없었으니 말이다.

상황이 이 지경에 이르렀음에도 불구하고 책상에 마주 앉아 있는 두 사람은 막상 1년 반에 걸친 자신들의 노력이 수포로 돌아갔다는 사실을 고백하는 것에 대해 자존심의 손상과 분노 그리고 공포를 느끼고 있었다. 우리는 며칠 쉰 후에 다시 만났다. 그러고는 골방에 웅크리고 앉아 담배를 피우고 홍차를 마시며 시나리오가 실패한 원인을 꼼꼼히 분석해 들어갔다. 문제는 지난번과 똑같았다. 무수히 많은 이야기 가닥들이 영화의 중심이나 결말에 이를 정도로 진행되었음에도 불구하고 진짜 중심 줄거리나 결말은 전혀 알 수가 없다는 점 말이다. 우린 아직도 영화의 초반 3분의 1에서 헤매고 있었다. 다양한 인물과 이야기들은 하나의 틀로 통합되지 못하고 있었다. 처음의 문제가 여전히 계속되고 있었던 것이다.

「그렇다면 관객들에게 처음부터 확실하게 이게 어떤 종류의 영화인지 알려 주는 게 어떨까?」

그건 정말 멋진 생각이었다! 처음부터 확실하게 알려 주는 것, 그게 바로 해결책이었다! 우리는 즉시 그렇게 할 수 있는 다양한 방법들을 검토했다.

1. 극장에 오는 관객들한테 안내문을 나누어 준다.

〈존경하는 관객 여러분! 영화 「로시니」는 원래 〈로시니〉라는 어떤 식당의 단골손님들에 관한 영화입니다. 그러므로 만약 사창가에 있는 시인이나 성형외과 의사의 진찰실에서 변비로 고생하는 한 여자를 보게 되더라도 혼동하지 마시고…….〉

이 방법은 포기했다.

2. 자막이나 내레이터의 목소리로 영화 앞부분에 그런 내용을 삽입한다.

이 방법도 포기했다.

3. 감독 헬무트 디틀이 영화 첫 장면에서 책상 앞에 앉아 카메라를 향해 이야기한다.

〈그러니까 여러분…… 제발…… 유의해 주십시오……. 이 영화의…… 초점은…… 어디까지나 다음과 같은…… 내용에…… 맞춰져 있다는…… 것을 말입니다…….〉

이 방법은 우리의 관심을 상당히 끌었지만, 이것 역시 잠시 고려한 후에 포기했다.

4. 액자 이야기를 도입한다.

예를 들면 우 치고이너와 오스카 라이터가 밤에 어두운 레스토랑 로시니 앞에 서 있는 것이다. 식당 문에는 〈식당을 완전히 폐업함〉이라는 공고가 붙어 있다. 두 사람은 슬픈 표정으로 식당을 떠나면서 회상에 잠긴다(〈자네도 기억나지? 옛날 우리가 저녁마다 이 식당에 모이던 때를 말이야……〉). 그리고 이 식당과 식당의 단골손님들에 대한 영화를 한 편 만들 계획을 세우는 것이다.

영화 속에서 또 다른 영화를 보여 주는 이 방법에 대해 우린 한동안 진지하게 검토했고 부분적으로는 약간 진행도 시켜 보았다. 하지만 이것도 결국 포기했다. 그중 약간의 내용이 이 시나리오의 마지막 장면에서 〈발레리를 위한 레퀴엠〉이라는 영화 제작 계획에 대한 언급으로 살아남았다.

5. 내레이터를 도입한다.

객관적 거리를 두고 작품에 대해 설명해 주는 내레이터를 — 우린 그렇게 믿고 있다 — 도입하게 되면 영화의 소재에 대해 자유롭고 비약적으로 설명을 할 수 있다. 내레이터는 익명의 사람일 수도 있고 목소리로만 등장시킬 수도 있다. 중립적인 인물, 예를 들어 앞에서 언급된 서기 5만 년의 세계에서 온 환상적인 고고학자가 내레이터가 될 수도 있다. 아니면 줄거리와 관계있는 인물이 내레이터가 되어 안내자의 역할을 할 수도 있다. 그는 때로는 사건의 내부에서, 때로는 사건의 밖에서 마음대로 카메라를 향해 코멘트를 할 수 있다. 아니면 그냥 단순히 회상에 잠길 수도 있다. 그런 경우에는 (액자 이야기처럼) 영화 속 사건이 과거로 밀려나게 된다.

우리는 이 마지막 방법을 실험해 보기로 결정했다. 화자로 파올로 로시니 자신이 선택되었다. 그는 불평불만이 가득한 노인이 되어 몬테실바노라는 외딴 산골 마을에서 허름한 카페를 운영하고 있다. 그는 자신의 과거를 원망하면서 세월을 보내고 있는데 밤에는 악몽에, 낮에는 백일몽에 시달리면서 장사가 무척 잘되던 레스토랑의 주인이었던 시절을 회상한다. 때로는 독백으로, 때로는 제삼자와의 대화를 통해 그는 당시 그를 몹시 성가시게 했던 단골손님들에 대해 그리고 그 손님들과 자신이 함께 겪었던 일들에 대해 이야기해준다.

유감스럽게도 시간이 한참 흐른 후에 우리는 이렇게 회상적 시점을 취하는 것이 시나리오의 나머지 장면들에 대한 흥미와 향수를 불러일으킬 수도 있고 한두 번 코미디 같은 삽입도 가능하게 하지만 결코 우리가 추구하는 목적을 만족시킬 수 없다는 결론에 도달했다. 우리의 목적은 비중이 비슷한 여러 이야기 가닥들을 모아 자연스럽게 하나로 짜 맞추는 것이니까 말이다. 만약 내레이터의 등장을 액자 소설처럼 처음과 끝으로 한정시켜 놓게 되면 향수를 자극하는 효과 — 그건 우리가 꼭 원하는 것은 아니다 — 이외에는 아무런 효과도 얻을 수가 없었다. 내레이터가 스크린에서 사라지고 그의 회상 속 이야기가 화면에 나타나는 그 순간부터, 즉 이야기를 주도하는 화자가 없어지는 바로 그 순간부터 처음과 똑같은 시나리오의 문제점들이 드러났기 때문이다. 또 화자가 영화 속에서 계속 활동을 하는 경우, 즉 이야기 중간에 여기저기 나타나 코멘트를 하거나 자의적으로 이야기들을 서로 연결하거나 끊는 경우에는 영화가 다시 에피소드 영화에 머무르게 되었던 것이다. 그뿐 아니라 내레이터 자신이 그 영화에서 흥미를 불러일으키는 유일한 주연 배우가 된다는 문제도 생겼다. 그 두 가지 모두 우리가 결코 원치 않는 것이었다.

또 다시 막다른 골목에 들어선 우리는 잔뜩 써놓은 원고 뭉치를 한쪽으로 또 밀쳐 버렸다(〈몬테실바노〉라는 제목을 달았다). 이것은 단순한 위기가 아니었다. 우린 완전히 절망적인 상황에 빠져 버렸다.

설화적인 매체로서 산문은 칭송받으라. 그리고 영화는 저주받으라. 마치 그 속에 현실이 들어 있는 것처럼 현혹하는 이 끔찍스러운 기계에서는 부문장도 조건문도 사용할 수가 없다. 뭔가를 덧붙이는 것도, 사건을 잠시 밀어 놓는 것도 그리고 가장 단순한 수사적 인물을 그리는 것도 불가능하다. 시간의 연속을 표현하는 것도 불가능하며 〈~을 할 때〉, 〈~하는 동안에〉 혹은 〈A는 물론 B도〉라는 표현도 사용할 수 없다. 가능한 것이라고는 오로지 스크린 위의 화면을 통해 〈나-여기-있다〉는 것을 원시적이고 조야하게 끊임없이 보여 주는 것뿐이다. 기껏해야 〈항상〉, 〈결코〉, 〈유감스럽지만〉, 혹은 〈아!〉와 같은 우스꽝스러운 표현이 들어간 구문을 사용하면서 말이다.

이제 더 이상 작업을 계속할 용기가 나지 않았다. 용기라니? 끊임없이 일정한 정도의 확신을 전제로 하는 것은 용기가 아니었다. 때로는 풍자적인 유머로, 때로는 타고난 고집스러움으로 변하는 그것은 우리의 숙명이었다. 어쨌든 우리는 계속되는 좌절을 흥미 있는 체험으로 받아들이기로 결심했다. 결국 우리는 앞으로 열 번쯤은 더 원고 더미 속에 파묻

히게 되고, 한 10년쯤은 더 이 일에 인생을 바치게 되더라도 반드시 이 일을 마무리 짓기로 했다. 내 입장에서 보면 그건 잘못된 결정이었다. 그렇지만 결국은 그렇게 결정되었다.

「다시 한번 시작해 보는 거야!」

「만족해하면서!」

「이렇게 해보는 게 어떨까. 관객에게 뭔가를 확실하게 밝혀 주기 전에 우리가…… 먼저……. 어떻게 말해야 될지 모르겠는데…… 우리가…….」

「우리 스스로 우리 자신이 원하는 게 뭔지를 확실하게 해두자는 말이지? 가능한 한 확실하게 말이야.」

「바로 그거야. 우리 스스로 그 질문을 제기해 보는 거야. 도대체 영화 〈로시니〉는 무슨 영화지?」

「시나리오 작업에 착수한 지 벌써 1년 반이나 지난 이 시점에서 참 흥미로운 질문을 던지는군! 그렇지만 이렇게 말할 수 있을 것 같아…… 이 영화는…….」

「말로 하지 말고 글로 쓰도록 해!」

「그건 싫어. 그동안 쓴 것만 해도 얼만데 그래. 시놉시스, 초안, 장면 배치를 위한 목록 등 여기 쌓여 있는 이 원고 더미들이 안 보여?」

「내 말은 그런 뜻이 아니야. 한 서너 문장 정도로 그 영화의 내용을 요약해 보자는 거야. 예를 들면 사람들이 그 영화를 보고 난 후 그 영화의 내용을 다른 사람한테 소개해 줄 때처럼 말이야. 그걸 아주 간단한 말로 써보자는 거야.」

「TV 프로그램의 안내 방송 같은 문체를 말하는 거야?」

「바로 그거야.」

작가로서 이보다 더 절망적인 상황이 있을까? 아마 없을 것이다. 그렇지만 우리는 더 이상 잃어버릴 것이 없었기 때문에 책상에 붙어 앉아 며칠 동안 우리 자신의 영화를 간단히 소개하는 글을 생각해 보았다. 그건 대충 다음과 같이 시작되었다.

〈저녁마다 상당수의 단골손님들이 이탈리아 레스토랑 《로시니》에 모여든다…….〉

혹은

〈많은 손님들은 레스토랑 《로시니》를 자신들의 집처럼 생각하고 있다…….〉

혹은

〈그들은 꼭 식사를 하려고 《로시니》에 오는 것은 아니다. 저녁마다 그들이 이곳에 모이는 것은 무엇보다도 애정 문제나 사업상의 이유들 때문이다…….〉

그런데 놀랍게도 지금까지 우리가 쓴 시나리오는 위의 소개와 단 한 줄도 일치하지 않았다. 손님들에게 시달리는 주인 파올로 로시니, 배역을 따내기 위해 애쓰고 있는 두 명의 가난한 연극배우, 두 명의 남자 사이에서 왔다 갔다 하는 여자에 대한 언급 같은 것은 소개하는 글에 전혀 들어 있지 않았다. 소개는 아주 일반적으로 그냥 단골손님들과 많은 손님들 혹은 익명성을 더 살려 복수 3인칭 〈그들〉에 대해 언급하고 있을 뿐이었다. 소개의 내용은 다양했지만 항상 〈그들〉, 〈단골손님들〉 혹은 〈많은 손님들〉이 첫 문장의 문법적 주어가 되었다.

「도대체 왜 이렇게 됐을까?」

「당연하잖아. 우리의 의도에 따르면 그 영화에서 가장 중요한 것은 단골손님들이니까 말이야. 문장이 간단해질수록 가장 중요한 것이 주어가 될 수밖에 없어.」

「그런데 왜 우리는 영화를 그렇게 간단한 문장으로 시작 안 했지?」

「영화 첫 부분에 그렇게 써 넣을까?」

「안 돼. 장면을 통해서 드러나야 돼. 아니면 아주 간단한 두 문장으로 표현할 수 있어. 첫 번째는 〈여기는 레스토랑 《로시니》입니다〉, 두 번째는 〈여기 단골손님들이 있습니다〉라고 말이야. 첫 문장은 한 5초면 충분할 거야. 영화 스크린에서는 레스토랑 전경을 밖에서 잠시 잡기만 하면 돼. 두 번째 문장은 좀 길지만 그것도 한 5분이면 충분할 거야. 즉 〈레스토랑 《로시니》. 실내. 밤. 단골손님들이 여기저기 앉아서 먹고 마시고 이야기를 나누고 있다〉.」

「복수로? 모두 함께? 동시에 말이야?」

「그래.」

「따로따로 한 사람씩 나누지 않고?」

「그래. 한 사람 한 사람에 대해서는 차차 알게 될 테니까.」

이렇게 간단한 사실을 찾아내는 것이 왜 그렇게 힘들었을까? 왜 수많은 시행착오를 거친 후에야 비로소 그 사실을 깨닫게 되었을까? 처음부터 우리는 사회에 대해 이야기하려고 했던 것이 아닌가. 날마다 우린 그 사실을 서로의 머릿속에 주입하지 않았던가. 도대체 무슨 영화를 만들려는 거냐고 누군가가 물으면 우린 속사포처럼 즉시 어떤 식당에 모여 있는 사람들에 관한 이야기라고 대답하지 않았던가. 식당에 모여 있는 사람들로부터 영화를 시작하는 것이 그렇게 할 수 있는 유일한 방법은 아니지만 가장 그럴듯한 해결책이라는 것을 어째서 우린 1년 반이 넘어서야 알게 되었을까? 이제 우리는 식당에 오는 손님들을 한꺼번에 보여 주는 장면으로 영화의 도입부를 시작하게 될 때의 장점을 확실히 인식하게 되었다. 그것은 바로 손님 개개인에 대해 자세하게 설명하지 않고 대충 분위기만 보여 줌으로써 나중에 그 인물 하나하나의 이야기를 도입할 수 있는 여지가 많이 확대될 수 있다는 점이었다. 물론 각각의 이야기들이 굵은 동아줄로 엮어질 때까지 한동안 갈증의 시간을 참아내야 하는 문제점이 생기기는 한다. 그렇지만 어떤 인물이 지나치게 전면에 부각되거나 부분적인 이야기가 다른 이야기를 완전히 압도해 버릴 위험은 상당히 줄어들 수 있다. 왜냐하면 관객들은 처음부터 아직 언급되지 않은 다른 이야기들과 한두 가지 방식으로는 다 드러나지 않는 이야기들이 많이 남아 있다는 사실을 분명히 알고 있기 때문이다. 아니면 적어도 그런 사실을 예감할 수 있기 때문이다.

우리가 마음의 부담을 다소 덜 수 있었던 것은 이런 해결책이 실제적으로 시나리오를 맨 처음 쓰기 시작할 때부터 실행될 수 없다는 점 때문이었다. 이런 해결책은 시나리오 작업이 진행되는 과정에서야 비로소 가능해지는 것이다. 사실 작가들은 뒤에서 설명할 이런저런 이유들로 인해 인물들이 한꺼번에 등장하는 집단 장면을 쓰는 데 상당한 거부감을 갖고 있다. 우리의 무능력, 우리의 안목 부재의 이유는 다른 데에 있었다.

영화의 구상은 생각 속에서 이루어진다. 그런데 생각이 언어의 카테고리들을 따르는 한, 생각의 첫 번째 포기는 필연적으로 언어적인 것에서 생겨난다. 맨 처음에는 구두 언어에서, 그다음에는 시나리오에 사용된 문자 언어에서 말이다. 어찌 보면 시나리오라는 것은 별로 문학적 가치가 없을 뿐만 아니라 문체상으로도 대단히 시시하다고 할 수 있다. 진부하다고까지 말할 수 있을 정도이다. 그럼에도 불구하고 시나리오는 쓰인다. 시나리오 쓰기의 말할 수 없는 어려움은 그것이 글로 쓰여야 한다는 사실에서 기인한 것이다. 물론 시나리오를 쓸 때 사람들은 언어의 내적 논리, 언어의 자연스러운 명징함 그리고 그로 인한 〈생각의 점진적 완성〉의 과정을 따르게 된다. 그러나 이러한 〈생각의 점진적 완성〉은 대부분의 경우 너무 복잡할 뿐만 아니라 궁색한 영화 언어의 의미에서는 별로 쓸모가 없다는 것이 입증되었다. 그래서 사람들은 어쩔 수 없이 사력을 다해 가장 기본적인 영화의 구문에 맞는 적절한 표현을 발견해 내기 위한 일종의 지적 후퇴와 환원의 과정을 밟을 수밖에 없다. 영화는 멍청하다. 이 사실을 일찍이 어느 현자가 알아차렸다. 이것은 결코 영화가 예술적으로 가치가 떨어지는 표현 수단이라는 말이 아니다. 또한 영화를 구상하려면 사람들 스스로 멍청해져야 한다는 의미도 아니다. 오히려 그 반대이다. 멍청하면서도 비교할 수 없을 정도로 분명한 영상 언어로 하나의 이야기를 만들어 내기 위해서는 현명하고 지적일 뿐만 아니라 가능하면 치밀해야 하는 것이다.

어쩌면 이것이 바로 영상 언어를 능동적으로 사용하는 방법을 배우지도, 완벽하게 구사하지도 못하게 만드는 이유일 것이다. 그렇기 때문에 영상 언어는 그때마다 새로 찾고 발견해야만 한다. 사람은 언어적 존재이다. 현대인은, 심지어 문맹자들까지도, 언어나 언어와 유사한 표현 체계의 도움을 받아 생각하고 의사소통을 한다. 그런데 영상에 대해서 사람들은 수동적인 기관, 별로 생산적이지 않은 기관을 갖고 있다. 그리고 인간의 뇌는 영상 언어를 통해 이야기하는 것 같은 복잡한 상황에 쉽고 간단하게 대처할 수 있는 구조를 갖고 있지 않다.

남자 한 명과 여자 한 명이 테이블에 앉아 서로 이야기를 나누고 있다. 소설이건 희곡이건 시나리오건 이 장면을 묘사하는 데에는 서술 기법상 아무런 문제도 없다. 물론 영화의 한 장면으로 만들 때에도 마찬가지다. 저자나 감독의 모든 관심은(독자나 관객의 관심도 마찬가지지만) 대화의 내용과 그 두 사람이 대화를 유지해 가면서 보이는 반응이나 줄거리의 흐름에 집중된다. 두 사람의 관계를 묘사하는 것이 쉽지는 않지만 아주 어려운 것도 아니다. 그러나 만약 남자 두 명과 여자 두 명이 같은 테이블에 앉아 서로 이야기를 나누는 경우라면 문제가 달라진다. 그 경우 시나리오 작가는 아주 큰 어려움에 부딪친다. 특히 다음과 같은 상황을 시나리오로 묘사해야 될 경우에 그렇다. 즉 한 테이블에 앉아 이야기를 나누고 있는 남자 두 명과 여자 두 명 중 남자 A와 여자 B는 우리에게(작가와 독자와 관객에게) 상대적으로 더 중요한 관심의 대상인 반면 남자 C와 여자 D는 단지 주변적인 관심사라는 것을 보여 주어야 할 경우 말이다. 그리고 이야기를 좀 더 복잡하게 만들기 위해 뒷배경에서 TV의 뉴스가 진행되고 있다고 가정해 보자. 물론 그 뉴스의 내용은 아주 가끔 사람들의 관심을 끌 뿐이다.

소설에서 이런 상황을 묘사하기가 아주 쉽다. 그냥 간단히 비교급을 사용해서 A와 B의 대화가 더 중요하다는 것을 명시하고, 〈~하는 동안에〉라는 접속사를 이용해 두 대화의 동시성을 보여 주면서 C와 D의 대화나 TV 뉴스는 비중이 떨어진다는 것을 확실하게 밝힐 수가 있다. 그런 후에는 C와 D 두 사람에 대해서는 완전히 잊어버린 채 직접 화법이든 간접 화법이든 A와 B의 대화를 재현해 내는 일에만 온 정신을 집중시킬 수가 있다. 그러다가 필요하면 또 아무 언급도 없이 밀어 놓았던 TV를 다시 끌어들일 수도 있다. 그냥 간단히 다음과 같이 말하면 충분하다. 〈갑자기 네 사람이 동시에 말을 멈추고 그들이 대화를 나누는 중에도 계속 켜져 있던 TV 화면을 응시했다. 왜냐하면 TV 화면에 재정 경제부 장관이 등장해서 수입세를 75퍼센트로 올리겠다고 했기 때문이었다.〉 그냥 간단하게 위와 같은 삽입구 하나만 넣으면 TV의 존재는 그냥 다 해결된다.

영화의 경우라면 그런 장면을 구현하는 것이 간단한 일은 아니지만 불가능한 것도 아니다. 감독은 우선 인물과 TV의 배치를 통해 그것들의 비중이 서로 다르다는 것을 보여 줄 수 있다. 게다가 화면의 초점을 A와 B 두 사람에게 맞추는 반면 C와 D 그리고 TV의 경우에는 대부분의 영상을 흐릿하게 잡거나 소리로만 처리할 수도 있다. 즉 그들을 화면 밖으로 끄집어 낼 수도 있다. 또 마지막으로는 음향 효과를 넣을 때 A와 B 두 사람의 대화는 정확하고 분명하게 잘 들리도록 하고, C와 D의 대화는 필요한 경우에만 가끔 들리도록 그리고 TV 소리는 재정 경제부 장관의 깜짝 놀랄 만한 발표가 있기 전까지는 그냥 흘려버리는 소리로 처리하면 된다.

그러나 시나리오 작가는 앞에서 말한 그 장면을 원고지 위에서 어떻게 보여 줄 것인가(연극 대본의 경우에도 마찬가지이다)? 아주 일상적인 장면, 그렇지만 비중이 서로 다른 사건들이 동시에 진행되는 그런 장면 말이다. 그것은 그냥 어려운 정도가 아니라 거의 불가능한 일이다.

소설의 기법을 이용해서 그 장면의 첫 부분에 앞으로 나오게 될 A와 B의 대화는 아주 중요한 반면에 C와 D의 대화와 TV 뉴스는 아주 가끔 관심의 대상이 될 거라는 사실을 밝혀 주는 방법이 있을 수 있다. 그러나 그런 식으로는 아무 효과도 얻을 수 없을 것이다. 왜냐하면 시나리오에서는 A와 B의 중요한 대화뿐만 아니라 C와 D의 별로 중요하지 않은 대화, 그리고 뉴스 앵커의 독백까지도 전부 글로 쓰여야 하기 때문이다. 어쩌면 그 대화를 아주 정확하게 재현하기 위해 스크린에서만 볼 수 있는 것까지 묘사해야 될지도 모른다.

아니면 중요하지 않거나 상대적으로 덜 중요한 대화들을 그렇게 언어로 기록하는 대신 배우들의 즉흥 연기에 맡겨 버리는 방법이 있을 수 있다. 하지만 그 방법은 십중팔구 실패하게 되어 있다. 그런 경우에는 모든 사람의 눈과 귀에 문체상의 단절이 생기기 때문이다. 두 개의 대화와 하나의 독백은 — 앞으로는 그걸 세 가지 음이라고 부르겠다 — 대충 같은 길이와 같은 수준으로 전개되어야 하므로 그걸 읽는 데 걸리는 시간도 대충 비슷할 수밖에 없다. 글에서는 하나의 음을 〈강조하고〉 다른 음들은 〈약화시킬〉 수 있는 방법이 없다. 〈화면에서*on*〉나 〈소리로만*off*〉과 같은 지시 사항들은 글을 읽을 때 아무런 영향도 주지 못한다. 그것은 그냥 간단한 언어적 표현에 불과하다. 〈화면에서〉나 〈소리로만〉(혹은 〈방백〉[24]이나 〈동시에〉) 같은 지시들은 대화 자체의 중요도에 대해서는 아무것도 말해 주지 않는다. 한마디로 말해 우리가 독자에게 도입부로 제시한 세 가지 음은 똑같은 음량에

24 무대 한쪽에서 하는 독백을 말하는 것으로, 청중에게는 들리나 무대 위에 있는 상대방에게는 들리지 않는 것으로 약속한 대화.

똑같은 비중을 가진 대화로 보일 수밖에 없고 결국 똑같이 중요하다고 생각될 것이 틀림없다. 그것은 우리의 원래 의도에서 아주 벗어나는 것이다.

이제 동시성의 문제를 살펴보기로 하자! 우리는 이 세 가지 음을 — 세 가지 정도라면 실현 가능성도 있다 — 원고지 위에 세로로 나란히 삼등분해서 구분해 놓을 수 있을 것이다. 물론 우리의 귀와 우리의 오성은 세 가지 음을 동시에 들을 수가 있다. 음악가의 경우에는 스무 가지 정도의 음으로 이루어진 오케스트라 총악보를 한꺼번에 파악할 수도 있다. 그렇지만 유감스럽게도 두 가지 텍스트를 동시에 읽을 수 있는 사람은 이 세상에 없다. 세 가지 텍스트의 경우에는 더 말할 나위도 없다.

만약 이 세 가지 음을, 원고지 지면을 삼등분해서 나누어 보여 주는 대신에 서로 혼합해서 전개시키면 어떻게 될까(우리 시나리오는 그와 별반 다르지 않다)? 그렇게 되면 우리 시나리오는 정말 이해할 수 없을 정도로 그로테스크하게 진행되는 다섯 사람의 대화가 되어 버린다. 독자들이 제대로 된 각각의 대화를 구분해 내려면 적어도 세 번쯤은 시나리오를 반복해 읽으면서 골머리를 썩여야 할 것이다. 그러나 그렇게 각각의 대화를 구분하게 되면 또다시 동시성은 사라지고 대화가 순차적으로 배열된 것 같은 느낌을 주게 된다. 그리고 엉뚱하게도 전혀 예상치 못했던 부작용, 즉 대화가 너무 길다는 인상을 주게 될 것이다. 두 쌍의 대화와 TV 뉴스라는 단순한 장면이 시나리오 속에서는 원래 우리가 의도했던 것보다, 그리고 나중에 영화의 한 장면으로 촬영될 때보다 세 배는 더 길게 확대된 느낌을 주게 되는 것이다.

그러면 이제 어떻게 해야 하는가? 일종의 속임수를 쓰는 방법밖에는 없다. 즉 그 자체로는 전혀 쓸모가 없는 무수한 보조 수단들을 동원하는 것이다. 먼저 앞으로 나올 대화가 동시적이고 연속적이라는 사실을 언급해 둔다. 그러면서 상대적으로 더 중요한 대화를 덜 중요한 대화보다 크게 편집하는 것이다. 이런 경우에는 모든 텍스트들이 다 시나리오에 수용될 수는 없고 일부분만 남게 될 것이다. 촬영에 필요한 것들만 말이다. 그리고 〈화면에서〉나 〈소리로만〉 또는 〈크게〉, 〈가까이서〉, 〈큰 소리로〉, 〈작은 소리로〉 등의 지시 문구를 사용할 수도 있다. 또 줄거리에 대한 아주 간략한 설명과 함께 〈그때〉, 〈그렇게 하면서〉, 〈또다시〉, 〈~하는 동안에〉 등의 표현을 사용해 눈속임을 해볼 수도 있다. 이런 경우 항상 문제가 되는 것은 인물에 대한 자세한 묘사를 완전히 포기하고 일반적인 수준으로 축소하는 것이다. 물론 그런 경우 시나리오를 읽는 독자는 계속 불만족스러울 수밖에 없다. 그러기 위해서는 너무 많은 정보들이 유보되어야 하기 때문이다. 또한 정보의 양이 너무 줄어들어 나중에 영화로 만들 때 문제가 생길 우려도 있다.

영화「로시니」의 첫 장면을 전개하려면 45명의 대사 없는 엑스트라는 제쳐 놓고라도 몇 분밖에 안 되는 짧은 시간에 15명의 배우들이 필요하다. 그들은 모두 많건 적건 뭔가 이해할 수 있는 대사를 하고 있어야 되고 또 뭔가 의미 있는 행동들을 하고 있어야 한다. 관객들한테 이 장면은 뭔가 시끌벅적하고 분주하고 소란스럽다는 느낌을 주게 된다. 그렇지만 장면의 진행이 아주 빠르고 많은 것이 보이고 있음에도 불구하고 관객들은 별다른 어려움 없이 그 장면을 이해할 수 있다. 관객의 시야에는 낯선 레스토랑에 처음 들어온 어떤 손님이나 그 이후의 몇몇 자질구레한 사건들이 아니라 식당 전체에 흐르고 있는 분주한 분위기가 먼저 들어올 것이다. 두 번째 혹은 세 번째에 가서야 비로소 관객은 몇 가지 특별한 점들을 인식할 수 있게 된다. 즉 이곳에 오는 어떤 손님들은 다른 손님들보다 훨씬 더 그 식당을 자기 집처럼 편안하게 느끼고 있다는 사실 말이다. 그것이 바로 그들이 단골손님임을 알려 주는 특징이다. 또한 그들은 전부 사업이나 애정 문제 등으로 얽혀 있으며, 식당 주인을 상당히 번거롭게 만들고 있다는 사실도 드러난다. 이제 관객들은 저녁 식사 시간이 진행되는 동안(7분 동안의 도입 장면에서) 점점 더 많은 사실을 알게 된다. 그리고 — 단지 얼굴뿐이지만 — 나중에 다시 알아볼 수 있는 인물들도 생겨나게 된다. 도입 장면은 그 이상의 정보는 알려 주지 않는다. 그리고 관객은 (바라건대) 별다른 어려움 없이 그것을 이해할 수 있을 것이다.

그러나 시나리오 독자는 경우가 다르다. 독자는 이 도입 장면을 전혀 이해할 수 없다. 전체적인 모습을 볼 수가 없기 때문이다. 소리로 분위기를 파악할 수 없는 상태에서 독자는 시나리오의 구성, 즉 이야기의 시작, 대화에 흐르고 있는 논리

(물론 독자는 단어 하나하나를 읽을 수 있다. 하지만 영화에서는 그 논리를 이해하려고 애쓸 필요가 전혀 없다), 그리고 인물들에 대한 묘사를 찾으려 애를 쓰게 된다. 하지만 그건 아무 소용이 없다. 시나리오의 처음 몇 페이지를 읽은 독자는 이 이야기가 터무니없이 뒤죽박죽이고 혼란스러우며 무계획적이라서 도저히 이해할 수 없다는 인상을 강하게 받게 된다.

시나리오에서 인물들이 단체로 등장하는 장면에서는 원칙적으로 그런 현상을 피할 수가 없다. 왜 그런지 이유를 설명해 보겠다. 앞에서 언급된 장면에서는 물론 독자가 열 명이 넘는 등장인물들을 한꺼번에 접하게 됨으로써 그런 혼란이 생겨난다. 인물들에 대해 아무 정보도 주어지지 않은 상태에서, 또한 그 인물들이 영화 속에서 맡고 있는 역할이 무엇인지 전혀 추측할 수 없는 상황(식당 주인과 웨이터들은 예외지만)에서 말이다. 게다가 이 인물들은 모두 이름을 갖고 있다. 정상적인 이야기 규칙에 따르면 그들은 전혀 이름을 가질 필요가 없다. 느닷없이 〈라이터〉라는 이름이 주어지고 대화 한 토막이 진행되고, 또 〈겔버 박사〉라는 이름과 함께 그가 자신의 고객에게 잠시 양해를 구하고 테이블을 떠나는 장면이 나온다. 또 〈샤를로테〉가 〈라이터〉의 테이블로 다가가고, 〈우 치고이너〉가 열려 있는 식당 문으로 들어온다. 순전히 글로만 이루어진 텍스트 속에서 이런 것은 너무 지나친 요구이다. 독자는 이름 같은 친밀한 정보에 시달리고 싶어 하지 않는다. 특히 〈우 치고이너〉 같은 이상한 이름에는 말이다. 그러면서도 정작 독자의 흥미를 끌 만한 정보들은 드러나 있지 않다. 예를 들어 그 남자가 어떻게 생겼는지, 무슨 옷을 입고 있는지, 무슨 일을 하는 사람인지에 대해서는 아무 정보도 제공되지 않는 것이다. 도대체 왜 〈우 치고이너가 열려진 문으로 들어온다〉고 써놓았을까? 〈검은색 양복에 안경을 쓴, 체격이 건장한 40대의 — 어쩌면 50대일지도 모르지만 — 한 남자가 문으로 들어온다. 그는 기분이 별로 안 좋은지 신경이 날카로워져서 연신 자신의 목을 긁적이면서 칼라가 없는 셔츠의 단추를 푼다. 그러고는 연기를 퍽퍽 내뿜으며 마이스파피어 담배를 피우면서 더러운 빨랫감이 비어져 나온 쇼핑백 두 개를 식당 주인한테 건넨다〉라고 써놓으면 얼마나 좋을까?

그렇지만 이 장면은 그렇게 쓰여 있지 않다. 그렇게 되면 이 장면은 그냥 잠시 스쳐 지나가는 장면으로 끝나지 않고 〈우 치고이너〉라는 인물의 등장을 아주 길고 중요한 사건으로 만들어 버리기 때문이다. 우리들이 우 치고이너의 모습에 대해 그와 같은 구체적인 상상을 하지 못해서 그런 것이 아니다. 막상 그런 내용을 시나리오에 써놓게 되면 변화의 가능성이 사라지게 될 것을 경계하기 때문이다. 우 치고이너가 등장한 몇 페이지 뒤에는 젠프텐베르크라는 여자에 대한 언급이 나온다. 그런데 그녀는 엑스트라임에도 불과하고 비교적 자세하게 묘사되어 있다. 〈60대 중반의 아주 뚱뚱한 여자로 가슴 선이 깊게 파인 드레스 위로 젖가슴이 불룩 솟아 있다.〉 그녀의 경우에는 외모를 확실히 규정해 놓는 것이 반드시 필요하다. 왜냐하면 자신의 등장을 통해 성형외과 의사 겔버의 상황을 좀 더 개연성 있게 보여 주는 것이 바로 그녀의 역할이기 때문이다. 그에 비해서 주요 배역인 우 치고이너라는 인물의 경우에는 시나리오가 완성된 후에도 여전히 많은 점이 미지수로 남아 있었다. 그 역할을 정말 50대의 배우가 맡는 게 좋을지, 아니면 40대 정도의 배우가 맡는 것이 좋을지, 체격이 건장한 사람으로 할지, 아니면 키가 작고 나이가 안 들어 보이는 얼굴로 할지, 또 수염이 긴 사람으로 할지, 안경은 쓸 것인지 등의 문제에 대해서는 확실하게 결정된 것이 없었다. 하물며 그의 의상에 대해서는 더 이상 말할 필요가 없었다. 특히 두 사람의 작가 중 영화감독이기도 한 사람의 경우에는 그와 같이 중요한 결정을 뒤로 미루고 싶어 할 것이다. 왜냐하면 그것은 영화의 모든 배역, 촬영 장소, 촬영지의 조명 상태, 다른 배우들의 의상 그리고 시나리오를 쓸 때에는 전혀 예측할 수 없었던 많은 다른 요소들과의 관계에 따라 달라지기 때문이다.

이제 다시 한번 간단하게 이름의 문제로 돌아가 보자. 영화 도입 장면에서 자신의 더러운 빨랫감을 들고 문으로 급히 걸어 들어오는 그 남자가 치고이너라는 이름을 갖고 있다는 사실을 관객들은 적어도 영화가 한 시간이 넘게 진행되었을 때에야 알게 된다. 어떤 웨이터가 지나가는 말로 그의 이름을 언급했을 때 말이다. 그것도 관객이 그 이름을 정확하게 들었다는 것을 전제할 때의 이야기다. 시나리오 1페이지에서 겔버 박사라고 불린 그 성형외과 의사의 경우에도 마찬가지이다. 어쩌면 관객은 뒤늦게 그의 이름이 언급되는 대화

장면에서 순간적으로 짧은 기침을 하느라고 그 남자의 이름이 겔버라는 사실을 알 수 있는 유일한 기회를 놓칠 수도 있다. 왜냐하면 영화 속에서 그는 〈지기〉, 〈마법의 약제사 파라셀수스〉, 〈의사 선생님〉 혹은 〈박사님〉이라고 불릴 뿐 한 번도 겔버라고 불리지 않기 때문이다. 불쌍한 타바티어는 또 어떤가. 그는 완전히 자신의 성을 포기해야만 한다. 왜냐하면 그는 성도 없이 그냥 〈에드빈〉이라고 불리거나 멍청이나 〈엉터리 변호사〉 등으로 비하되기 때문이다.

영화 관객에게는 그런 것이 전혀 문제가 안 된다. 관객은 이름을 통해 인물들을 구분할 필요가 없다. 왜냐하면 그 인물들은 다른 사람들과 완전히 구분되는 외모를 지닌 구체적인 사람들이기 때문이다. 주인공들의 이름이 확실하게 밝혀졌던 영화들을 한번 기억해 보라. 그러면 우리가 그 주인공들의 이름을 — 이름이 제목이 된 경우는 예외로 하고 — 소설의 경우보다 잘 기억하지 못한다는 사실을 깨달을 수 있을 것이다. 그 영화들을 돌이켜 볼 때 우리는 대부분 주인공들의 외모나(〈수염을 기른 남자〉, 〈금발 여자〉, 〈작고 뚱뚱한 남자〉 등) 그들의 배역(〈변호사〉, 〈언론인〉 〈식당 주인〉)에 따라 부르거나 아니면 이 인물들을 연기했던 배우들의 이름으로 부른다. 그러나 시나리오를 쓸 때에는 그런 가능성들을 실제로 마음껏 활용할 수가 없다. 기껏 생각해 낼 수 있는 방법은 이름과 인물의 역할을 연계시키는 것이다. 주인공들에게 그냥 간단하게 〈달콤한 아가씨〉, 〈젊은 남자〉, 〈창녀〉, 〈군인〉 등의 이름을 붙였던 슈니츨러처럼 말이다. 그렇지만 그렇게 하는 경우에는 문체적 특징이 너무 한쪽으로 치우치게 되고, 결국 이름을 통해 인물들이 전형화될 우려가 있다. 그런 식으로 인물을 전형화하는 것은 전혀 우리의 의도가 아니다. 우 치고이너는 〈감독〉의 대표가 아니며, 샤를로테 잔더스는 〈언론인〉의 대표가 아니다. 그들은 전형적인 어떤 인간형을 대표하는 사람들이 아니라 그냥 어떤 성격을 가진 사람일 뿐이다. 대부분의 다른 인물들 역시 마찬가지이다(세 명의 금발 여자들은 예외라고 할 수 있다). 그러므로 만약 인물들이 기술적인 이유들로 인해 시나리오의 도입 부분에서 이름을 가질 수밖에 없는 경우에도 그 이름을 통해 드러나야 할 것은 바로 그 인물의 성격들이다.

마침내 우리는 영화를 어떻게 시작할 것인지를 알아냈다. 우리는 그걸 서막이라고 부르겠다. 이 서막은 안정적으로 유지될 수 있다는 사실이 증명되었을 뿐만 아니라 우리가 이전에 쏟았던 많은 노력의 파편이나 모자이크 조각들을 이용해 새로운 구성을 시도해 볼 수 있는 가능성을 열어 주었다. 거기서 확실하게 이끌어 낸 시나리오의 구성 원리는 다음과 같다.

1. 서막

짧게 할 것. 관객들이 영화의 가장 중요한 배경을 알 수 있을 정도로, 그리고 앞으로 연속적으로 단골손님들에 대한 이야기가 진행될 것이라는 사실을 받아들일 수 있을 정도로만.

서막의 목적은 세세한 것들을 다 이해시키는 것이 아니라 분위기를 알려 주는 것이다(여기서는 정말로 〈이야기를 조심할 것〉이라는 기본 원칙을 철저하게 지켰다).

2. 도입 부분

진짜 도입 부분은 좀 더 길게 할 것. 우리가 갈증의 시간이라고 언급했던 부분이다. 이 단계에서는 단골손님들 하나하나를 좀 더 자세하게 소개하고, 그 인물들의 관계와 갈등을 충분히 인식시켜야 한다. 본격적인 이야기가 전개되는 부분으로 여기서는 또한 새로 등장하는 인물들이 중요한 역할을 하게 된다. 칠리는 중요한 연결 고리의 역할을 그리고 백설공주는 중요한 촉매제의 역할을 하는 것이다(사람들은 영화의 가장 중요한 역할이 바로 촉매라고 하는 이 화학적, 기능적인 표현에 들어 있다고 본다). 세 명의 은행원들은 부촉매제의 역할을 하게 된다. 이 인물들에 의해 영화는 세 번째 부분으로 넘어가게 되는 것이다.

3. 주요 부분

영화의 3분의 2 이상을 차지하는 중심 내용으로서, 촛불 아래에서 벌어지는 단 하룻저녁의 이야기이다(하룻저녁으로 한정하게 된 두 가지 이유에 대해서는 곧 언급하게 될 것이다). 이 단계에 이르게 되면 비로소 인물들 사이에 갈등이 시작되고 그들의 개별적 이야기들이 서로 얽히면서 많고 작은 파국들(칠리, 로시니, 치고이너, 빈디슈)과 하나의 커다란 파국(발레리의 자살)이 영화의 끝을 향해 달려간다.

4. 작은 코다

형식상 서막과 연결되는 것으로서 이 영화에서 일어난 일은 단지 인생의 한 단면에 불과하다는 것을 말해 준다. 즉 이 영화는 그동안 무수히 많이 이루어져 왔고, 또 앞으로 생겨날 수도 있는 무수히 많은 이야기 중의 하나에 불과하다는 것을 보여 준다.

이렇게 구성 원리를 세웠다고 해서 그 이후의 작업이 순조롭게 진행된 것은 아니었다. 그러나 최소한 우리는 처음으로 되돌아가서 계획과 목적에 맞게 일을 진행해 나갈 수가 있었다. 그때부터 생겨난 어려움은 기본적인 구성을 어떻게 할 것인가의 문제가 아니라 구성의 뼈대를 어떻게 채울 것인가 하는 점이었다. 또 약점들, 특히 도입 부분과 주요 부분의 앞부분을 스타일과 심리적 측면까지 고려해서 어떻게 시작할 것인가 하는 따위의 사소한 문제였다. 그러므로 이것은 비교적 기분 좋은 어려움이라고 할 수 있었다. 그중 두 가지 예를 언급해 보겠다.

영화의 주요 부분을 하룻저녁의 사건들로만 한정할 것인가 하는 문제는 오랫동안 미결 상태로 남아 있었다. 사건들을 여러 날에 걸쳐 나누는 것은 시나리오 쓰는 일의 어려움을 상당히 덜어 줄 수가 있고, 또 그로 인해서 생겨나게 될 느슨함은 어느 정도 바람직하다고도 할 수 있었기 때문이다.

그다음으로 문제가 된 것은 조명이었는데, 그것은 촛불 조명을 고수할 것인가 하는 문제였다. 우리는 인물, 줄거리, 영화의 구성 등에 대해 아직 구체적 생각을 진행시키지 못한 단계에서도 그 영화가 어떤 모습을 하는 게 바람직한지, 즉 화면을 어떤 색조로 할 것인지에 대해 많은 고민을 했다. 그것은 스타일과 관련된 문제로서, 이때 가장 우선적으로 고려하는 사항이 바로 조명이었다. 밝게 할 것인가, 어둡게 할 것인가. 푸른 색조로 할 것인가, 붉은 색조로 할 것인가 아니면 노란색이나 갈색으로 할 것인가. 차분한 분위기로 할 것인가, 활기찬 분위기로 할 것인가. 빛을 골고루 분산할 것인가 아니면 한군데로 초점을 모을 것인가. 윤곽을 부드럽게 할 것인가, 음영이 분명히 드러나도록 할 것인가 하는 문제 말이다. 우리는 촛불의 분위기로 가기로 결정했다. 왜냐하면 우리가 기대하는 것은 좀 더 따뜻하고 친밀한(물론 답답하긴 하겠지만) 분위기였기 때문이다. 그리고 그로 인해 영화가 전체적으로 훨씬 더 동화적이고 비현실적인 분위기가 되기를 원했다. 그러므로 영화의 중심이 되는 그날 저녁 촛불이 타오르게 된 것은 아름다운 발레리의 생일이었기 때문이 아니다. 많은 촛불을 밝힐 수 있는 핑곗거리를 찾다 보니 그날이 발레리의 생일이 되었을 뿐이다(어떤 원고에서는 그날이 우 치고이너의 생일로 설정되어 있고, 또 다른 원고에서는 갑작스러운 정전으로 인해 촛불을 밝히는 것으로 설정되어 있다). 촛불 조명을 사용하는 경우 촬영에 문제가 있을 수도 있다는 사실을 예감하고 있었음에도 불구하고 우리는 작업 기간 내내 그 결정을 문제 삼지 않았다. 촛불 조명을 쓰게 되면 특히 카메라맨이나 음영 담당자 그리고 지극히 정확한 연기가 요구되는 영화배우들한테 어려움이 생길 수 있다는 것을 우리는 알고 있었다. 적어도 우리 둘 중 한 사람은 그 사실을 매우 정확하게 알고 있었다.

촛불 조명을 쓰기로 한 것은 사실 처음에는 본능적인 직관에 의한 스타일의 문제였다. 그로 인해 영화가 전체적으로 얼마나 풍요로워졌는지는 이미 입증된 바 있다. 이렇게 촛불 조명을 쓰기로 결정을 내리자 결국 우리는 강박 관념에 쫓기는 것처럼 주요 부분을 하룻저녁의 사건들로만 구성하게 되었다. 물론 꼭 촛불 때문에 그렇게 결정한 것은 아니다. 며칠 동안 계속 촛불을 밝히는 것이 논리적으로 완전히 불가능한 일은 아니니까 말이다(두 번째와 세 번째 저녁에도 촛불을 밝힐 만한 핑계는 충분히 만들 수 있다). 오히려 그건 스타일의 문제라고 할 수 있다. 촛불 조명이 제공하는 친밀감과 동화적인 분위기는 비현실적이고, 답답하고 연극 같은 이야기 방식을 요구할 뿐만 아니라 내용적으로도 놀라운 기적을 요구한다(그리고 그것을 가능하게 만든다). 분장(칠리), 위장(로시니), 사기(거짓 헌신), 매혹(백설공주), 에로틱한 감정의 폭발, 피로 맺은 멍청한 형제의 맹세, 겔버 박사의 기적의 눈물 등은 윤곽이 더 분명하게 드러나는, 더 환하고 차가운 조명 아래서는 도저히 일어날 수가 없었을 것이다. 물론 우리들은 애당초 그런 조명을 쓸 생각이 전혀 없었다. 촛불 조명의 효과는 시나리오에서 기대한 것보다 훨씬 더 컸다. 그것은 스타일상의 또 다른 이유로 그 영화를 스튜디오의 인공적인 분위기 속에서 촬영하게 되어 있었기 때문이었다. 바로 그 점이 세트 장식, 의상, 분장, 카메라 이동 기술 그리고 특히 배우들의 격정적인 연기 방식에도 영향을 주었다.

두 번째 예는 비교적 사소한 것으로 스타일의 문제라기보다는 심리적인 문제라고 할 수 있다. 여기서 문제가 되는 것은 로시니의 자동차를 타고 식당을 떠나는 치고이너의 뒷모습을 쳐다보는 백설공주에 관한 마지막 문장이다. 그 문장은 다음과 같다. 〈그녀의 눈에 눈물이 고여 있다.〉 문제는 이 문장을 그대로 살릴 것인가, 삭제할 것인가 하는 점이었다. 비록 짧은 하나의 문장에 불과하지만 이것은 상당히 중요한 결정이었다. 왜냐하면 크게 확대된 눈물방울은 매우 강력하지만 조심스럽게 사용해야 할 표현 수단이었기 때문이다. 이 수단을 사용하는 목적은 우리의 영화 속 인물인 백설공주가 한편으로는 동화적 인물, 즉 매혹적인 요정이나 마술사, 경우에 따라서는 로렐라이도 될 수 있는 인물이면서 동시에 피와 살을 가진 여자, 그리고 배우로서의 경력을 쌓고 싶어 하는 젊은 여배우라는 사실을 보여 주려는 것이다. 그녀는 이중적 성격의 인물로 설정되어 있었다. 차가우면서도 따뜻하고, 얄미우면서도 동정심을 불러일으키고, 계산적이면서도 충동적이고, 허위에 찬 행동을 일삼으면서도 솔직하고, 교활하면서도 순진한 여자, 우리는 그녀를 이와 같이 복합적인 성격의 인물로 그리고자 했다. 그녀는 아주 밝은 성격이지만 자신의 이익이 걸린 경우에는 냉정하게 행동하는 인물이다.

그리고 이 모든 자신의 성격들을 태연하고 뻔뻔스럽게 숨길 수 있는 인물이기도 하다. 이렇게 복합적 인물로 상정되어 있기 때문에, 그녀는 로시니를 처음 만났음에도 불구하고 자기 의지대로 아주 손쉽게 그를 유혹하는 반면, 마지막으로 그에게 이별의 키스를 할 때는(〈당신은 정말 좋은 사람이에요!〉) 아주 솔직하고 따뜻한 인물로 비쳐야만 했다. 그녀가 치고이너에게 사랑에 빠졌다고 고백할 때 그것은 속임수가 아니라 진심이어야 했다. 물론 이 진심은 그가 더 이상 영화를 만들고 싶지 않다고 고백하는 순간 끝나지만 말이다. 그 말을 들은 그녀는 치고이너를 더 이상 사랑할 수가 없다. 그녀가 치고이너를 차버리고 오스카 라이터한테로 가는 것은 너무나 당연하다. 물론 그런 행동을 하는 그녀의 마음이 완전히 가벼운 것은 아니다. 그녀 스스로도 자신의 행동에 대해 어느 정도 유감을 느끼고 있다는 사실을 보여 주는 것이 바로 그 눈물이었다. 그건 〈난-당신을-정말로-사랑했을-거예요〉라는 뜻이다. 그렇지만 그 눈물이 과연 그런 효과를 줄 수 있을지는 미리 예측하기가 아주 어려웠다. 우리의 기대와 달리 그것이 악어의 눈물로 해석될 가능성도 있었고, 너무 뻔뻔스러운 여자라는 느낌을 각인시켜 줄 수도 있었다. 그 눈물을 본 관객들이 혼란에 빠질 수도 있다(〈방금 치고이너를 냉혹하게 걷어차 버린 여자가 지금 뭘 안타까워하는 거지? 나쁜 여자 같으니라고!〉). 특히 감정이 상당히 고조되는 단계에서 나오는 그녀의 눈물은 키치적이거나 과장된 멜로드라마 같은 느낌을 줄 수도 있다.

반대로 눈물 많은 관객들의 눈을 촉촉하게 적실 수도 있다. 즉 아주 강한 효과를 발휘해 백설공주라는 인물의 성격을 아주 다양하고 풍부하게 만들어 줄 수도 있는 것이다. 그런 경우에는 눈물을 포기하는 것이 어리석은 일이 된다.

이 시점에서 다시 한번 산문과 영상 언어의 차이점을 언급하지 않을 수 없다. 산문에서는 정말 다양한 가능성이 존재한다. 즉 악어의 눈물을 여러 가지 방식으로 해결할 수도 있고 그냥 모호한 상태로 남겨 둘 수도 있다! 예를 들어, 〈그의 뒷모습을 쳐다보고 있는 그녀의 눈에 눈물이 고여 있는가?〉라는 간단한 의문문으로 처리할 수도 있고 〈그의 뒷모습을 쳐다보고 있는 그녀는 자신의 눈에 눈물이 흐르기를 원했다〉고 하거나 반대로 〈그녀는 그의 뒷모습을 바라보고 있었다. 그에게는 마치 그녀가 눈물을 흘리고 있는 것처럼 보였다〉라고 할 수도 있다. 그것도 아니면 〈그녀는 그의 뒷모습을 바라보았다. 그녀의 눈에서 눈물이 흘러내릴 뻔했다〉라고 해도 괜찮을 것이다. 이처럼 산문에서는 그 어느 문장을 사용하더라도 눈물에 대해 언급하면서 실제적으로는 눈물이 없는 상태를 묘사하는 것이 가능하다.

그런데 영화에서는 이것이 전혀 불가능하다. 이 시나리오의 경우처럼 영화에서는 〈예〉와 〈아니오〉라는 두 가지 평범한 선택이 있을 뿐이다. 즉 여자의 눈에 눈물이 고여 있거나 아니면 전혀 눈물의 흔적이 없는 것, 둘 중에서 하나를 선택하는 것 이외에 다른 가능성은 전혀 없다.

결국 우리는 약간의 유보 조항을 달아서 눈물이 있는 쪽을 선택하기로 했다. 작가 중 한 사람인 감독이 그 두 가지 경우, 즉 눈물이 있는 장면과 눈물이 없는 장면을 모두 다 크게 촬영하겠다는 약속을 한 것이다. 그래서 이 문제는 나중에 편집실 책상 위에서 다시 한번 수정할 수 있는 기회를 갖게 되었다.

배역 결정

모든 문학 텍스트는, 그것이 장편 소설이든 단편 소설이든 수필이든 시든 일단 완성되면 예술적으로 완벽한 생산물이다. 거기에 비해서 시나리오는 일단 완성된 후에도 아직 생명이 없는 것이나 다름없다. 저자와 감독과 제작자의 생각에는 그 자체로 이미 완성된 것이나 다름없는 다섯 번째, 여섯 번째, 혹은 일곱 번째 원고라 하더라도 마찬가지이다. 시나리오는 본래 영화로 만들어지는 것이 목표이다. 하지만 이런저런 이유들로 인해(대부분은 재정적인 문제이다) 항상 영화로 만들어지지는 못한다. 그런 경우 영화의 기초로 이용될 예정이던 시나리오는 예술적으로는 아직 실재하지 않은 것이나 같다. 그리고 그것은 영원히 변하지 않는다. 시나리오 쓰는 일에 종사하는 사람이라면 아쉬워하지 말고 제때제때 무수한 반제품들을 꺼내 다시는 보지 않을 창고 속에 처넣어 버리는 것에 익숙해져야 한다. 아직 한 번도 무대에 올리지 않은 희곡이나 오페라는 250년의 세월이 지난 후에라도 다시 생명을 얻을 가능성이 있다. 그렇지만 이미 때를 놓쳐 버린 시나리오를 ―그냥 단순한 소재나 관념일 뿐 시나리오는 아니겠지만 — 영화화하겠다는 생각을 하는 사람은 하나도 없다. 에른스트 루비치[25] 같은 사람의 유고에서 나온 시나리오라고 해도 그건 마찬가지이다. 이미 폐기되어 버린 시나리오가 새로운 생명을 얻게 되는 일은 절대로 있을 수 없다. 시나리오처럼 예술의 그늘에서 살고 있는 존재도 없을 것이다. 교향곡에 들어 있는 피아노 악보나 책으로 출판된 희곡과 비교하면 이 점을 뚜렷이 알 수 있다. 희곡이나 악보의 경우 무대에 잘못 올려지는 것보다 그것을 읽는 것이 더 큰 만족감과 승리감을 줄 수도 있다. 그러나 시나리오는 — 다시 한번 말하지만 — 실제로 읽을 수가 없다. 영화라는 나비로 재빨리 변신하지 못한 시나리오는 징그러운 나비 유충처럼 기껏해야 소수 곤충학자들의 미학적 대상이 될 뿐이다. 우리의 이 시나리오가 책으로 출판될 수 있게 된 것은 오로지 이 시나리오가 벌써 영화로 만들어져 아름다운 나비의 모습을 기대할 수 있게 되었기 때문이다. 또한 이미 그 영화를 알고 있어서, 시나리오를 전부 다 읽지는 않는다 하더라도 영화에 대해 뭔가 기억을 되살리고 싶을 때 이 시나리오를 참고로 이용하려는 독자층을 일부 확보했기 때문이다.

그러나 영화의 시나리오와 연극과 음악의 시나리오라고 할 수 있는 희곡이나 악보 사이에는 엄청난 차이가 있다. 시나리오는 희곡이나 악보와는 달리 꼭 한 번만 영화로 만들어진다는 점이 그것이다. 그러므로 당장 이용하기 위해 만들어

25 Ernst Lubitsch(1892~1947). 독일 표현주의를 대표하는 감독으로 나치를 피해 1920년대 미국으로 건너가 할리우드 전성기를 구가했다.

진 반제품인 시나리오는 불행하게도 원래부터 일회용으로 사용하도록 규정된 소모품인 셈이다. 물론 그렇다고 해서 극작가나 작곡가가 자신의 작품이 무대에서 초연될 때 아주 냉정하고 편안하게 지켜볼 수 있다고 주장하는 것은 아니다. 그러나 희곡 작가나 작곡가는 일단 초연이 실패한다고 해도 그걸로 모든 게 영원히 끝장나는 것이 아니라는 사실을 알고 있다. 적어도 그들은 그런 기대 정도는 가질 수가 있다. 또 다른 공연(연주) 기회가 생기리라는 기대 말이다. 이론적으로 볼 때 같은 희곡 작품이나 같은 악보라도 무대 장치나 배역이나 해석을 달리해서 얼마든지 무대에 올릴 수가 있다. 그것이 더 좋을 수도 있고, 더 나쁠 수도 있으며, 작가 자신도 놀랄 정도의 반향을 불러일으키면서 완전히 새로운 지평이 열릴 수도 있다. 작품은 〈그 자신의 길을 걸어간다〉라는 말이 있는 것처럼 말이다. 그러나 시나리오의 경우는 사정이 다르다. 어떤 경우에도 시나리오는 가장 세속적인 과정을 밟아 간다. 즉 그것이 서고의 먼지 속에 처박히든 영화라는 변신에 성공하든 — 물론 그 나비가 아름다운가 하는 문제는 별도로 하고 — 시나리오는 다시 다른 나비로 변신할 수 없는 빈 고치로 남게 되는 것이다.

감독과 제작자들에게 있어 이 말은 그들이 단 한 번의 영화 제작에 승부를 걸어야 한다는 뜻이다. 호전적인 성격의 오스카 라이터의 말을 다시 한번 인용하면 이 말의 의미가 좀 더 확실하게 드러날 것 같다. 〈친구여, 영화는 전쟁이다.〉 시나리오는 총알이 하나밖에 들어 있지 않은 탄창에 비교할 수 있다. 그 한 방의 총알이 목표에서 빗나가면 모든 것을 잃어버리게 된다. 예술적으로도 상업적으로도 그리고 명예까지도 말이다. 시나리오 작가는 독자들을 잃어버리고, 감독은 실패자가 되고, 제작자는 파산하고, 탄창은 비어 버린다. 똑같은 과녁을 한 번 더 쏠 수 있는 기회는 다시 주어지지 않는다.

사정이 이렇다 보니 시나리오를 쓰는 일에 커다란 의미가 부여될 수밖에 없다. 그리고 당연히 감독과 제작자는 며칠씩 밤을 꼬박 새워 가며 언제, 어디서, 어떻게 그리고 누구와 함께 영화를 만들 것인가에 대해 고심하게 된다. 이때 이루어지는 결정들은 그 어느 것도 소홀히 할 수가 없다. 그 하나하나의 결정들은 당장 더 큰 규모의 사람들이나 돈과 관련되고, 단 한 번밖에 기회가 없는 이 모험의 성공 여부에 결정적인 영향을 미치기 때문이다. 특히 우리처럼 〈인간의 영화〉를 — 우리는 이 영화를 그렇게 부르고 싶다 — 목표로 삼고 있는 경우에는 배역 결정이 아주 중요하다. 왜냐하면 우리 영화에서는 (로봇이나 이미지 조작이 아니라) 진짜 배우가 (괴물이 아니라) 인간의 모습으로 (개인 경기나 불꽃놀이 효과가 아니라) 인간들의 문제를 보여 주려는 것이니까.

오리지널 시나리오의 인물들은 어떻게 창조되는가? 그것은 소설이나 희곡의 경우와 다르지 않다. 하나는 이념의 전달자로 합성되어 인간적인 면모들을 갖추는 것이고, 또 다른 하나는 실제로 존재하거나 존재했던 어떤 사람들의 모습은 배제하고 실러의 말처럼 이념의 전달자로 환원되는 것, 즉 관념화되는 것이다. 두 번째 방법은 단지 보기에만 쉬울 뿐이다. 근원적인 원형을 표현하는 것은 정말 복잡한 일로서 환원이라는 단순화 과정과는 상당한 거리가 있기 때문이다. 그리고 첫 번째 경우보다 잘리는 부분이 훨씬 더 많다(〈이념화〉라는 것은 정말 어려운 작업이다). 첫 번째 경우는 시나리오 작업을 진행하면서 보다 쉽게 어떤 인물을 만들 수 있다. 작가가 별로 신경 쓰지 않고도 필요에 따라 여러 가지를 결합할 수 있기 때문이다. 그렇지만 이것은 단지 이론적인 차이점에 불과하며 실제 작업에서는 두 가지 방법이 항상 뒤섞여 이루어진다.

「식당 주인 말이야, 그 사람은 적어도 〈폰타나 디 트레비〉에 나오는 마코 같은 사람이어야겠지? 자네도 그렇게 생각하지?」

「그러면서도 낭만적인 인물이어야 해. 젊은 시절의 마스트로이안니[26]처럼 말이야…….」

「그보다는 약간 나이 든 사람이 좋겠어. 얼굴도 별로 잘생길 필요 없고. 어쨌든 식당 주인다운 풍모가 있어야 해. 지난번 〈밀라노〉에 나온 식당 주인처럼 말이야. 그리고 지중해적인 고상함이 몸에 상당히 배어 있어야겠지…….」

「교양도 좀 있는 인물로 아주 세련된 문화인이어야 해. 사과를 먹을 때도 나이프와 포크를 사용하는 그런 사람 말

26 Marcello Mastroianni(1924~1996). 1960년대를 대표하는 이탈리아의 영화배우.

이야…….」

「그리고 오만과 비탄에 빠져 있는 인물이야. 데시카[27]의 영화에 나온 우고 토냐치[28]처럼.」

그런 수식어들로 인물을 포착해 가면서, 그리고 실재하는 사람들의 모습을 그 인물들에 덧붙여 가면서 우리는 모호하게나마 한 인물을 규정해 나갔다. 인물을 구체화하는 맨 처음 단계는 대부분의 인물들에게 이름을 붙여 주는 것이었다. 앞에서 인물들에게 이름을 붙이는 이유가 여러 가지 기술적인 차원에서 인물들을 구분해 주기 위한 것이라고 말한 것은 완전히 맞는 말이 아니다. 오히려 그것은 부차적인 것이고 진짜 중요한 이유는 다른 데 있다. 즉 작가가 인물들한테 이름을 부여하는 이유는 적어도 그 이름들을 통해 인물들에 대한 어떤 연상이나 영감 같은 것을 얻을 수 있지 않을까 해서이다. 물론 이런 종류의 연상들은 매우 개인적인 성격이기 때문에 나중에 그 이름을 접하는 독자들은 전혀 작가의 연상을 공유할 수 없다. 이름들은 그냥 보조 수단일 뿐이다.

인물들을 구체화하는 다음 단계는 인물들이 사용하는 언어, 즉 대화를 통해서 이루어진다. 그러므로 시나리오 작업의 초기 단계에서는 대화들이 서로의 경계를 넘어서서 이미

27 Vittorio De Sica(1901~1974), 네오리얼리즘을 대표하는 이탈리아의 영화감독. 제2차 세계 대전 후 삶의 어려움을 사실적으로 그려 내어 따뜻한 인간적 배려가 담긴 작품들을 만들었다.

28 Ugo Tognazzi(1922~1990). 이탈리아의 배우이자 감독 그리고 영화 각본가로 활동했다.

말한 것을 새로운 변주로 다시 되풀이하는 경향이 나타날 수가 있다. 우리가 앞에서 초보자의 실수라고 말한 것은 어쩌면 아직 인물들을 충분히 장악하지 못한 작업 초기 단계에서 불가피하게 일어날 수밖에 없는 초기의 실수인지도 모르겠다(물론 나중에는 그 실수들을 다시 제거해야 한다).

인물을 구체화하는 세 번째 단계는 그들이 어떤 행동을 어떻게 할지를 결정하는 것이다. 이 단계에 이르면 벌써 본격적인 극본이 시작된 셈이다. 즉 인물들에게 역할이 부여되고 이제 그 인물들은 앞에서 언급한 것처럼 작가의 이런저런 계획에 따라 이리저리로 옮겨지는 체스판의 말이 되는 것이다. 이때 어떤 인물이 각본에 적합하지 않다고 판단되면 인물의 변형이 이루어진다. 즉 비숍이 말로 변신할 수도 있고, 가차 없이 여왕에서 졸(卒)로 신분이 떨어질 수도 있는 것이다. 우리는 인물들 스스로가 독립적으로 행동하면서 그때그때의 상황 전개나 자기 자신의 발전을 이끌어 갈 수 있다는 견해는 잘못되었다고 생각한다. 이런 점에서 우리는 — 룸펜만이 겸손할 수 있다 — 유명한 러시아의 체스 선수 W. 시린의 추종자라고 할 수 있다. 물론 극본이나 이야기가 점차 진행되면서 작가가 인물들에게 부여할 수 있는 성격의 수는 점차 줄어들 것이다. 그럼에도 불구하고 작가는 극본을 이끌어 가는 최고 책임자로서 자신이 창조한 인물들이 피노키오 같은 반항아가 되는 걸 막을 수 있는 수단과 방법을 찾아내야 한다. 책에서는 충분히 그럴 수 있다! 밀폐된 골방에서 천천히 그리고 고독하게 엮이는 시나리오 속에서는…….

그러나 돌연 상황은 달라졌다. 갑자기 인물들이 사라지고 사람들이 등장한 것이다. 육체를 가진, 믿을 수 없을 정도로 구체적인, 살아 있는 인간 말이다. 사람들을 찍은 비디오테이프와 시험 촬영 그리고 사진 등이 수백, 수천 개씩 쌓였다. 그리고 이제 경찰관의 심문이 시작되었다. 파올로 로시니라는 인물로 이 사람이 어떨까? 아니면 저 사람이? 이 사람이 오스카 라이터로 괜찮을까? 발레리라는 인물에는 이 여자가 괜찮지 않을까? 샤를로테나 빈디슈는? 이 여자는? 저 남자는? 이런 질문과 함께 그때마다 해당되는 모델의 사진 혹은 그가 경감 역으로 출연하고 있는 영화 필름이 코앞에 들이닥친다. 아니면 저녁 식사를 하고 있을 때 요란스러운 옷차림의 사람들이 나타나기도 한다. 그러나 자신이 창조해 낸 인물의 모습을 그렇게 주름살 하나까지 정확하게 눈앞에서 보고 싶은 사람이 도대체 누가 있겠는가! 지금까지의 그 모든 구체화 노력에도 불구하고 아직까지 그 인물들은 체격이나 용모, 목소리, 손, 머리카락, 피부와 땀구멍에 관한 한 여백으로 남아 있었다. 우리는 단지 산발적으로 하나의 내면적인 그림을 설계했고, 그래서 어떤 때는 동일성을 희생해 가면서까지 장면에 따라 한 인물을 여러 가지 모습으로 바꾸기도 했다……. 그러므로 아직까지 인물들에 대한 우리의 환상은 놀라울 정도로 자유로운 상태였다.

그러나 캐스팅 감독은 입장이 다르다. 〈이 사람이 우리가 찾는 배우예요, 아니에요? 만약 우리가 찾는 배우가 아니라면, 그럼 도대체 누구를?〉

그런 질문을 받으면 우리는 정답도 모르면서 그냥 〈데시카 작품에 나오는 우고 토냐치 같은 인물〉이나 〈지난번 「밀라노」에 나온 식당 주인 같은 사람……〉이라고 더듬더듬 대답한다. 하지만 지난번 「밀라노」의 식당 주인은 벌써 오래전에 죽었다. 만약 죽지 않았다고 해도 이 역을 맡기에는 나이가 너무 많았다. 이 역을 맡기에 나이가 그리 많지 않은 경우에는 또 연기력이 모자랐다. 연기력을 갖추고 있다고 해도 이 역을 맡길 수가 없다. 그 사람한테는 품위 있게 사과를 먹을 수 있는 지중해적인 고상함이 없기 때문이다. 망설이면서 〈젊은 파니 아르당〉[29] 같은 인물이면 좋겠다고 말하면 즉시 젊은 파니 아르당은 없다는 말로 내 소망은 무시되었다. 그리고 만약 파니 아르당이 있다고 하더라도 안 된다는 말이 덧붙여졌다. 첫째는 나이 때문이고, 둘째는 그 여배우의 출연료를 감당할 수 없기 때문이고, 셋째는 그 배우가 독일어로 연기를 할 수 없기 때문이라는 이유였다.

어쨌든 끔찍할 정도로 실제적이고 인간적인 문제, 즉 서른 명 이상의 배역을 결정하는 일을 한시바삐 끝내야만 했다! 이것은 서른 명 이상의 사람들이 시간이 있어야 한다는 뜻이었다. 그것도 동시에 시간이 있어야 한다는 뜻이었다(시나리오 속의 인물들은 항상 시간이 있었다). 게다가 거의 모든 배우가 촬영 기간 내내 촬영 장소인 〈레스토랑 로시니〉에 동원될 수 있어야만 했다. 이번 영화는 대부분의 다른 영

29 Fanny Ardant(1949~). 1980년대 프랑스 영화들을 대표하는 영화배우.

화들처럼 한 장면 한 장면 순서대로 촬영을 할 수가 없기 때문이었다.

그 밖의 고려할 사항으로는(시나리오에서는 결코 그런 문제가 없었다) 배역들이 서로 잘 어울릴 수 있어야 된다는 점이었다. 즉 인물들이 가능한 한 서로 확실하게 구분될 수 있어야 한다는 뜻이었다. 어떤 상황에서도 관객들이 샤를로테와 발레리를 혹은 닥터 겔버와 에드빈 타바티어를 착각하고 혼란에 빠지는 일이 있어서는 안 되니까 말이다. 게다가 많은 인물이 이탈리아어를 잘할 수 있어야만 했으며, 어떤 인물들의 경우에는 특정 사투리를 능숙하게 구사할 수 있어야만 했다. 또 베드 신이 필요한 경우에는 나이도 중요한 조건이 되었다. 사람들은(인물들과는 달리) 어느 정도 나이가 들면 공개적으로 완전히 옷을 벗는 것을 망설이기 때문이었다. 그리고 이번 영화처럼 주인공이 다수인 영화에서는, 아무리 천부적 재능을 타고났다고 하더라도 함께 일하는 사람들에게 불쾌감을 주거나 동료들에게 독재적으로 군림하려고 하거나 감독의 일을 방해하는 인물, 심지어는 촬영이 반쯤 지난 후에 출연료를 두 배로 올려 달라고 떼를 쓰는 인물도 피해야 했다.

그리고 어쩌면 오랫동안 심사숙고한 끝에 좀 걱정스럽지만 어떤 배역을 맡기로 한 배우가 노골적으로 시간은 있지만 전체 시나리오가 마음에 안 들어서 출연할 마음이 없다고 말하는 일이 생길 수도 있다(그런 일은 없었다!). 아니면 시나리오는 마음에 들지만 자신은 다른 역할을 맡고 싶다고 이야기할 수도 있다(피노키오 같으니라고!). 또 그 배역을 맡기는 하겠지만 출연료는 받아들일 수 없으니까 배역의 비중을 약간 높여 주고 좀 더 좋은 방향으로 수정을 해주면 출연해 주겠다는 사람이 있을 수 있다. 만약 시나리오의 인물들이 그런 요구를 했다면 당장 목을 잘랐을 것이다!

그렇지만 지금 우리가 상대하고 있는 사람들은 시나리오의 인물들이 아니라 배우들이었다. 그러니 그들의 목을 자를 수는 없는 일이었다. 방법은 하나, 출연료 같은 세속적인 문제는 완전히 제쳐 놓고 함께 저녁을 먹으면서 충분히 달래고 설득하는 수밖에 없었다. 시나리오의 첫 문장부터 아니 구상 단계부터 이 배역은 오로지 당신만을 염두에 두고 썼다고, 다른 어느 누구도 아닌 오직 당신만을 염두에 두고 진행해 왔다고, 이 시나리오의 구두점 하나까지도 그렇게 쓰였다고, 그러니 이제 와서 시나리오를 바꿀 수는 없다고, 시나리오에 약간만 손을 대고 인물의 비중을 약간만 늘리더라도 시나리오의 원래 모습은 온데간데없고 아주 끔찍한 예술 파괴가 될 거라고, 그렇게 되면 결국 영화의 성공 자체가 불확실해진다고, 그리고 우리끼리만 하는 이야기지만 당신이 맡은 배역이야말로 여러 면에서 가장 주도적인 역할을 하게 될 거라고 — 주도적이라니! — 말이다. 우리는 철저하게 그 배역이 다른 배역들보다 두드러져 보이도록 구성했다고, 그 밖의 다른 배역들은 그냥 그 배역의 그늘 속에서의 중심 역할일 뿐이라고, 그러므로 그 배역이야말로 영화상을 기대할 수도 있는 아주 중요한 배역으로서 진짜 훌륭한 배우만이 연기할 수 있는 그런 역할이라고. 그런데 도대체 그런 커다란 역할을 할 수 있는 사람이 당신 말고 어디에 있느냐고, 그 인물을 연기할 수 있는 배우는 당신뿐이라고, 오직 당신만이 그 인물을 연기할 수 있으니 당신이 꼭 그 역할을 맡아 줘야 한다고, 안 그러면 이 영화는 만들어질 수 없다고 말이다.

이제 점차 작가가 도망쳐야 할 시간이 다가왔다. 더 정확하게 말하면 두 사람 중 오직 작가의 역할만 맡은 한 사람, 시나리오의 완성과 함께 그 의무도 끝나는 그 사람 말이다. 그는 이건 뭔가 잘못됐다는 느낌을 받았다. 그에게는 배역 결정의 문제가 너무나 위험해 보였다. 그는 그 역동성을 도저히 이해할 수가 없었다. 이와 같은 인간적인 분야는 그의 능력이 미치지 못하는 범위였다. 물론 그가 어떤 특정 배역에 대해 특별한 이의를 제기하는 것은 아니었다. 저 배우보다 이 배우가 더 좋다고 주장하는 것도 아니었다. 그는 모든 배우에 대해 약간의 이의를 제기하는 것이었다. 근본적으로 그가 이의를 제기한 문제는 자신이 구상한 인물들이 역할로 변하고, 그 역할들에 대한 배역들이 결정됨으로써 역할의 소유권이 배우한테로 넘어간다는 점이었다. 즉 그 역할에 대한 소유권을 배우가 영원히 갖게 되고 그로 인해 그 자신의 환상이 한 낯선 인물의 모습으로 고착된다는 사실 말이다.

물론 이것은 무례한 자아 도취자가 갖는 상심이다. 그 속에는 색깔이 분명해지는 것에 대한 두려움이 함께 포함되어 있었다. 그 자신의 환상, 유연하고 비약적이고 기분 좋을 정도로 모호했던 내적 영상이 시나리오와는 전혀 다른 모습으로 나타날지도 모른다는 두려움 말이다. 그 두려움은 이제 지나갔다. 그러나 배역이 결정됨으로써 구체적인 표상들이 깨지기 시작했다. 즉 시나리오에서 아주 정확하게 규정되어 있던 것들이 충족되지 못하게 된 것이다. 예를 들어 코믹성, 거칠면서도 따뜻한 친밀감, 무례함 속에 감추어진 점잖음 같은 것을 기대하고 사용한 우 치고이너와 오스카 라이터의 바이에른 사투리가 그런 경우였다. 특히 불안정한 삼각관계를 유지하고 있는 라이터/발레리/크리크니츠의 경우 우리는 세 사람 중에서 시인 크리크니츠를 가장 연장자로 설정했었다. 그는 상당히 노련한 인물로서, 과장된 태도 뒤에 슬픔에 찬 부드러운 낭만주의자의 모습이 숨어 있는 인물로 구상되었다. 라이터는 셋 중 나이가 가장 어린 사람으로, 그것도 발레리보다도 나이가 어린 인물로서 떠들썩한 무례함을 어린아이 같은 천진난만함으로 상쇄시키는 인물로 설정되었다. 그런데 수천 가지 상황들을 고려해 배역이 결정되자 상황이 완전히 뒤바뀌어서 세 사람 중 라이터가 제일 연장자로 그리고 크리크니츠가 제일 어린 인물로 결정이 난 것이다. 더욱이 성격 또한 라이터는 남성적이면서 비극적인 인물로, 크리크니츠는 청년의 환상을 지닌 인물로 바뀌어 버렸다. 도대체 이렇게 바뀌어도 전체적인 인물 구도가 성공할 수 있을까? 줄거리와 동기 그리고 대화는 어떻게 되는 걸까?

발레리는 또 얼마나 불쌍한가! 사실 여자들의 배역 중 가장 어려운 인물임에도 불구하고 작가들은 발레리에게 충분한 성격을 부여하지 않았다. 도대체 어느 여배우가 그렇게 빈약한 내용을 갖고 절망에 빠진 인물, 거부감과 매력을 동시에 불러일으키는 연기를 할 수 있단 말인가? 그녀의 눈만 들여다보아도 이 지상에서 그녀를 도와줄 수 있는 것은 하나도 없다는 사실을 알아낼 수 있을까?

작가는 깊은 근심에 빠져 버렸다. 그 자신이 잘못 구상한 시나리오는 배역이 결정되었다고 해도 — 가능한 배역이 모두 결정되었다 — 그리고 영화의 모든 수단을 동원한다고 해도(세트, 촬영 장소의 선정, 의상 등) 충분한 생명력을 얻을 수 없으리라는 결론이 내려졌다. 아니, 오히려 그 반대로 그가 환상 속에서 장식해 놓았던 많은 것이 옷과 함께 다 떨어져 나감으로써 마침내 시나리오의 뼈대만 앙상하게 남게 되었다는 결론을 내렸다. 그는 시나리오 자체가 가진 구성의 허술함이나 개별적인 약점들에 대해서는 전혀 생각을 하지 못했다. 두려움이 점점 더 커지면서 그는 의문에 빠져 버렸다. 배역 결정과 함께 갑작스럽게 바뀐 이런 구성이 과연 유지될 수 있을까, 수십 명의 낯선 사람들이 그 안에 들어서고 수백 명의 알지 못하는 손길이 그 사람들에게 새 옷을 입히려고 이리저리 끌고 당기는 상황에서 원래의 구성이 제대로 유지될 수 있을까, 도대체 어떻게 해야 잘 진행될 수가 있을까, 일이 잘못돼 자신의 부드러운 생각의 형상들이 완전히 무너져 버리는 것은 아닐까, 그래서 이 총체적 모험이 끔찍한 재앙으로 귀결되는 것은 아닐까 하는 생각 말이다.

그래서 앞에서 이미 말했던 것처럼 그는 달아나 버렸다. 두 사람의 작가 중 그 모든 일을 감당할 능력이 없는 한 사람 말이다. 촬영 장소에서 족히 수백 킬로미터는 떨어진 곳으로 도망친 그는 자신의 내면과 그 끔찍한 사건이 벌어지는 장소 사이에서 오는 긴장을 풀기 위해, 그리고 두려움을 없애기 위해 이제 시나리오 쓰는 일의 어려움에 대한 에세이를 쓰기 시작했다. 그 스스로 모든 것을 통제할 수 있는 좁은 골방에 틀어 박혀서 말이다.

그러나 다행스럽게도 또 한 사람의 작가가 남아 있었다. 수년 전에 이 일을 꾸민 장본인인(〈우리 다시 한번 작은 일을 해보는 게 어때?〉) 그가 이제 뒷마무리를 맡아야 할 때가 되었다. 왜냐하면 바로 그가 이 일의 주모자이자 감독이니까 말이다. 그런 이유로 해서 그는 시나리오 작업의 초기 단계부터 실용적인 태도를 견지해 왔고 자아 도취자의 환상보다는 실질적으로 예상 가능한 환상에 더 의지했다. 그가 자주 제기한 물음은 다음과 같은 것들이다. 이 장면을 영화에서는 어떻게 표현할 수 있을까? 어떤 초점으로 풀어 가는 게 좋을까? 초점을 거기다가 맞추면 사진을 어떻게 찍어야 할까? 그걸 또 영상의 미학과는 어떻게 연결할 수 있을까? 이 장면은 어떻게 연기할 수 있을까? 이러한 그의 선견지명들로 인해 우리는 글을 쓰는 동안 이런저런 많은 막다른 골목을 피해 갈 수 있었다. 예를 들면, 라이벌인 라이터와 크리크니츠가 테이블 밑에서 발레리의 손을 만지작거리면서 각자 자신만이 발레리의 손을 잡고 있다고 착각하고 있는 작은 장면을 생각해 보자. 그건 아주 좋은 아이디어였다. 그러나 그건 전혀 개연성이 없는 일일 뿐만 아니라 촬영하기에 아주 부적합하다는 판단이 내려졌다. 특히 화면이 큰 시네마스코프 영화일 뿐만 아니라 촛불 조명 아래에서는 말이다(〈테이블 밑이라고? 도대체 그게 보이기나 하겠어?〉). 만약 그 장면을 찍는다고 하더라고 그것은 모든 영화적 수단, 트릭, 편집 기술들을 최대한 활용해야만 가능한 일이었다. 아무튼 효과가 극히 의심스러운 것들은 합리적으로 판단해 시나리오에 넣지 않았다. 칠리와 백설공주가 화해하는 장면은 그 반대의 경우였다. 실제적으로 이것은 칠리가 백설공주에게 무릎을 꿇는 장면인데, 극적인 이야기의 뒷받침 없이 과연 그 장면이 성공할 수 있을까 하는 의심이 제기되었다. 그런데 그가 〈걱정하지 마, 그건 내가 시선으로 처리할 수 있어〉라는 말로 나를 안심시켰던 것이다.

그렇지만 많은 장면들은 — 그런 것이 대부분이었는데 — 작가이자 감독인 그 사람조차 기술적으로는 가능하지만 과연 의도한 극적인 효과를 거둘 수 있을지에 대해서는 미리 예측하기가 어려웠다. 그래서 그는 모든 개별적인 문제들에 있어서 작가적 상상력을 맹목적으로 따르지 않고 항상 내면의 눈을 밖으로 열어 놓고 있었다. 그는 어떤 놀라운 일이 닥치더라도 그걸 회피할 생각이 없었다. 어쨌든 그는 작가로서 원래 자신의 의도가 무엇이었는지를 잘 알고 있으며 작가로서 자신이 구상한 것을 감독의 입장에서 실현하기 위해 수단과 방법을 선택함에 있어 유연한 태도를 견지했다. 오해를 피하기 위해 더 정확하게 말하자면 그는 감독이 배역 결정의 문제뿐만 아니라 기술적, 시간적, 재정적으로 모든 수단을 마음대로 이용할 수 있는 것으로 가정했다. 그러나 그 수단들은 언제나 제약이 많고 불충분했기 때문에(시나리오 자체가 벌써 불충분한 수단이다) 이런 불충분한 수단을 이용해 원래 시나리오가 목표한 것에 가능한 한 가까이 다가갈 수 있는 방법과 우회로를 찾아내야만 했다.

배역 결정의 문제에 있어서 작가이자 감독인 그는 물론 오랫동안의 경험을 통해 배우들은 시나리오상의 인물들과 달리 감독 마음대로 조정하거나 이쪽저쪽으로 움직일 수 없다는 사실을 잘 알고 있었다. 그렇기 때문에 그는 이 사실에 대해서 작가이기만 한 사람보다 충격을 덜 받았다. 아니, 오히려 그것을 정상적이며 흥미 있는 현상으로, 더 나아가 고무적인 현상으로 받아들였다. 어쨌든 그는 놀랄 정도의 적응력으로 즉시 그 사실을 받아들였다. 그는 그런 사실을 별로 안타까워하지 않았으며, 배역들의 색깔과 비중이 뒤죽박죽이 되어 버렸음에도 불구하고 극이 전체적인 균형을 상실하지 않도록 하는 수단과 방법을 찾아냈다. 완성된 영화가 그 사실을 분명히 입증해 준다. 그가 3년이 넘도록 매달려 온 체스 게임은 시나리오가 끝난 지금에서야 비로소 본 게임이 시작된 거나 마찬가지였다. 본 게임을 위한 계획을 수립하고 행마(行馬)를 하나하나 검토한 후 그 계획에 따라 자신이 할 수 있는 일을 해나갔다. 그 밖의 다른 것은 모른다. 물론 체스판의 말들은 처음 계획을 세울 때의 그 말들과 달랐으며 체스판 자체도 더 이상 똑같지 않았다. 그래서 더더욱 의심스러워 보였고 행마가 계획대로 실행될 것이라고는 거의 생각할 수가 없는 상황이었다. 게다가 이 게임은 이제 더 이상 혼자나 둘이서 하는 게임이 아니었다. 카메라 앞뒤에 있는 1백 50여 명의 다른 사람들과 함께하는 게임이었다. 이것은 이제 말 그대로 사람들의 게임으로 변했다. 사람들의 게임은 이중적인 의미를 갖고 있다. 즉 그것은 사람들과 함께 그리고 사람을 이용해서 하는 게임으로 일종의 모험이었다. 그리고 모험이라는 말 그대로 계산할 수 없는 것, 예상할 수 없는 일들이 생겨날 수도 있었다.

이 모든 모험을 이겨 낼 수 있었던 것은 작가이자 감독인 그 사람의 성격에 힘입은 바 크다. 그는 모든 상황이 유동적이고 불확실하게 흘러가도, 또한 그동안 확고하다고 믿었던 것들이 전부 흔들리는 상황에서도 전혀 놀라거나 당황하지 않고 오히려 그 상황을 더 능동적으로 이용할 줄 아는 사람이었기 때문이다. 또한 그가 밖에서 보기에는 정말로 이해하기 어렵고 까다롭고 참기 힘든 존재인 배우들을 진정으로 사랑하는 사람이라는 것도 도움이 되었다. 그가 배우들을 사랑하는 이유는 배우들 역시 두려워하고 있다는 사실을 — 아무리 훌륭한 배우일지라도 그렇다 — 그리고 배우들은 항상 목숨을 걸고 연기를 하고 있다는 사실을 잘 알고 있었기 때문이다. 그 자신이 바로 연극 무대 출신의 진짜 집시이다.

그가 얼마나 두려워했는지에 대해서는 말하기가 어렵다. 아마 그는 제일 큰 두려움, 즉 〈사용할 수 있는 총알이 하나밖에 없다〉는 두려움은 거의 느끼지 않았을 것이다. 왜냐하면 하나의 걱정거리를 미처 해결하기도 전에 또 다른 걱정거리가 찾아오곤 해서 그는 항상 끊임없이 사소한 두려움과 걱정거리들 속에 파묻혀 있었기 때문이다. 가엾게도 그 사람은 여섯 달 동안의 준비와 두 달 동안의 촬영 기간 내내 무수히 많은 문제에 둘러싸여 무수히 많은 결정을 내려야만 했다. 또 끊임없이 많은 질문을 해대면서 대답을 요구하는 사람들에게 포위되어 있었기 때문에 사실 그가 두려워할 수 있는 시간이라곤 취침 시간밖에 없었다.

현장에서 도망을 친 작가는 오랫동안 자신의 골방에 처박혀 있었다. 그가 스튜디오에서 멀리 떨어져 있는 그 골방에서 다시 나왔을 때에는 이미 촬영 작업이 한참 진행된 뒤였다. 그때부터 그는 필름 검토 과정에 참여하였다(그것은 하루치 촬영이 모두 끝난 후 그날의 필름을 되돌려 보는 과정을 말하는데, 보통 오전에 찍은 필름을 극장의 스크린 같은 화면으로 다시 검토하는 것이다). 그런데 이게 어찌된 일인가. 뜻밖에도 배우들은 다시 시나리오의 인물들로 변해 있었던 것이다. 이제 그는 아주 편한 마음으로 안심하고 자신의 관심을 끄는 인물들을 지켜보았다. 그 인물들은 많건 적건 간에 설득력이 있어 보였다. 별로 그를 납득시키지 못하는 경우에도 그들은 그의 환상 속 인물을 연기하고 있는 것이 아니라 새로운 인물을 창조해 내는 데 성공하고 있었다. 작가이자 감독인 그 사람이 시나리오 작업 초기부터 시나리오와 영화에 대해 보여 주었던 객관적, 실용적 태도가 이제 작가인 그 사람한테도 생겨났다. 그는 기쁜 마음으로 성공적인 장면들을 식별해 냈다. 그 자신도 놀랄 만큼 성공적인 장면들도 있었다. 별로 성공적이지 못한 장면을 발견했을 때에도 이제 그는 실망하지 않았다. 그리고 바로 이 점이 아주 교훈적인데, 시나리오 자체가 지닌 약점들 때문에 아무리 훌륭한 연기로도 결코 상쇄할 수 없는 대화상의 약점들을 파악하게 된 것이다. 나중에 한 편의 영화로 편집될 필름의 장면 장면들을 보면 볼수록 그는 기분이 좋아졌다. 은행원 멜크의 말처럼(그렇지만 훨씬 더 좋은 이유로) 그는 〈정말 기분이 좋았다. 정말 기분이 좋았다〉.

그러나 그는 물론 작가이자 감독인 사람에게도 이런 부분 장면들을 보는 것만으로는 해결되지 않는 문제가 하나 있었다. 그것은 바로 앞에서 언급한 것처럼 〈시나리오의 구성이 그대로 유지될 수 있는가?〉, 〈시나리오에서 사용된 서술 방식이 영상 언어로도 그대로 유지될 수 있는가?〉 하는 것이었다. 그건 촬영 작업이 완전히 끝난 후 편집 테이블 위에서 각각의 장면들이 영상과 음향으로 함께 결합되었을 때, 즉 재료들이 전부 결합되어야만 비로소 알 수 있는 것이었다.

편집하다

7월 19일에 드디어 마지막 촬영이 있었고, 20일 저녁에는 영화 제작에 참여한 모든 사람을 위한 파티가 열렸다. 파티의 분위기는 아주 뜨거웠고, 며칠 후 사람들은 뿔뿔이 흩어졌다. 출연했던 배우들 중에는 휴가를 떠난 사람도 있고 벌써 다른 영화나 연극에 출연하고 있는 사람도 있었다. 조명 기사와 효과 담당자들은 다른 영화의 조명이나 효과를 맡아서 일하고 있었고, 수많은 엑스트라와 음향 기술자들도 뿔뿔이 흩어졌다. 레스토랑 〈로시니〉는 그 아름답던 정원과 테라스, 나무, 거리 그리고 건물들과 함께 지상에서 사라져 버렸다. 그 거대한 스튜디오가 산산이 부서져 쓰레기 더미로 변해 버렸다. 칠리의 지하 극장, 야코프 빈디슈의 집, 발레리의 욕실, 보도 크리크니츠가 머물던 붉은 조명의 사창가 그리고 파올로 로시니의 침실도 흔적 없이 사라져 버렸다. 지난 두 달 동안 로시니의 레스토랑과 그곳의 단골손님들에 관한 허구적 시나리오를 현실화했던 것 중에서 남아 있는 것이라고는 실제 로케이션 장소 몇 군데와 몇몇 소도구 몇 개뿐이었다.

그 대신 이제 하나의 새로운 허구적 자료가 남겨졌다. 4만 5천 미터의 영상 필름과 거기에 상응하는 음향 자료 말이다. 앞으로 여섯 달 동안 이 자료에서 약 3천 미터 정도의 완성된 필름을 만들어 내야 했다. 촬영된 필름 중 최종적으로 이용되는 자료의 비율을 보면 상당히 낭비가 심한 것처럼 보인다(우리 경우는 1:15이다). 그러나 이것이 필름의 약 93퍼센트가 연기나 기술적으로 문제가 있고 단지 7퍼센트만이 성공을 거두었다는 뜻은 아니다. 영화에서는 이 비율이 높아질 수밖에 없는데, 그것은 본질적으로 그리고 원칙적으로 영화라는 장르의 속성에서 기인한다. 영화에서는 한 장면이 전체적으로 다양한 해석의 여지가 있을 뿐만 아니라 한 장면을 서로 다른 여러 관점에서 촬영하기 때문이다. 예를 들어 두 사람의 대화 모습을 촬영한다고 해보자. 그러면 일단 사람들의 모습을 전체적으로 잡거나 아니면 소위 〈마스터〉라고 부르는 촬영 방식으로 반신상만 잡을 수가 있다(화면에 두 사람 모습이 전부 보인다). 아니면 오버 숄더 관점에서 촬영할 수도 있다(이 경우에 한 사람은 뒷모습만 보이고, 다른 사람은 그 사람의 어깨 너머로 앞모습이 보인다). 또 경우에 따라서는 두 사람의 주관적인 시점이나(그때그때 다른 사람의 눈에 비치는 모습으로) 제삼자의 주관적인 관점(그 대화를 엿듣는 제삼자의 시점)에서 촬영될 수도 있다. 일반적으로 장면을 그렇게 다양한 시점으로 나누어 촬영함으로써 영화는 영화적인 구문을 형상화할 수가 있는 것이다. 또 다른 경우에는 연극 무대와 같은 방식으로 촬영을 할 수도 있다.

「로시니」는 스튜디오의 편집 컴퓨터를 이용하지 않고 전통적인 방식에 따라 편집 책상 위에서 손으로 편집되었다. 편집실은 아주 쾌적한 장소였다. 촬영 기간 동안 날마다 이곳으로 영상 자료와 음향 자료가 보내졌고, 이곳에서는 화면과 음향을 서로 결합해 일련번호를 붙이고 관련 장면끼리 묶어서 보관했다. 치열한 영화 제작 현장에서 멀리 떨어진 편집실은 고요한 오아시스나 다름없었다. 그런데 이제 폭풍우가 가라앉자 편집실은 수년 전 우리가 처음 시나리오 작업을 시작하던 그 고요한 암실과 비슷해졌다. 커튼이 반쯤 내려지고, 햇빛과 시끌벅적한 현실의 소음도 차단되고, 전화벨도 거의 울리지 않았으며 언제든지 차를 마실 수 있는 준비도 되어 있었다. 분위기는 정말 더할 나위 없이 좋았다. 게다가 편집 일을 하는 사람들은 아주 친절한 여자들이었다. 단 한

가지 다른 점은, 전에 우리가 앉아 있던 책상에는 종이가 놓여 있었는데, 지금 편집실의 책상 앞에는 스크린과 스피커가 준비되어 있다는 점이었다. 책과 종이와 원고 더미 그리고 다양한 색깔의 서류 용지 대신 수백, 수천 통의 크고 작은 필름들이 정확하게 이름 붙여진 판지에 둘러싸여 마치 교수대에 매달린 것처럼 줄에 걸려 있었다. 45킬로미터의 필름을 순서대로 나누어 놓은 것들이다. 이 과정은 각 장면을 찍은 수천 통의 필름에서 꼭 필요한 것들만 모아 하나의 이야기를 완성해 내야 한다는 점에서 시나리오 집필의 마지막 단계와 흡사했다. 그러나 시나리오를 쓸 때는 어떤 부분을 바꿀 수도, 잘못 되었을 경우에는 덧붙여 쓸 수도 있는 반면에 편집 과정에서는 장면이나 시점을 이용해서 이야기를 구성할 수 있을 뿐, 더 이상 내용을 바꾸거나 덧붙일 수 없다는 차이가 있다. 제작자가 재촬영 비용을 대겠다고 나서는 극단적인 경우라 할지라도 기존의 장면에 이어서 찍는 것은 불가능하다. 촬영 장소 대부분이 더 이상 존재하지 않기 때문이다. 그러므로 이 과정에서는 가지고 있는 것을 이용해 만들어 내는 방법밖에 없었다.

촬영 작업이 끝난 직후에 벌써 가편집된 영화를 볼 수 있었는데, 그것은 장면들을 축소하거나 짜 맞추지 않고 충실하게 시나리오의 지시대로 연결시켜 놓은 영화였다. 여기서는 각 장면들이 아직 원래의 모습 그대로, 즉 시점의 변화 없이 그대로 연결되어 있었다. 시나리오에 대충 〈크게〉, 〈가까이서〉, 〈소리로만〉 등으로 지시해 놓은 경우에는 그것에 맞추고, 그런 지시 사항이 없을 경우에는 그냥 〈마스터〉 시점으로, 즉 모든 인물의 행동을 동시에 볼 수 있는 연극 무대식 시점으로 영화를 구성해 놓은 것 말이다.

그렇게 임시로 편집된 영화의 길이는 약 140분 정도였다. 우리가 원래 목표로 삼고 있는 110분보다는 30분 정도가 더 긴 셈이었다. 일단은 길게 시작하는 게 보통이었다. 오랫동안의 경험을 통해 원고를 편집할 때와 마찬가지로 우선 길게 시작하는 것이 더 좋다는 사실을 다들 알고 있었다. 너무 긴 경우에는 줄이거나 압축하면 되지만 그 반대의 경우에는 이야기를 부풀리거나 희석시켜야 하기 때문이다(새로운 것을 덧붙일 수는 없다). 어떤 식으로 편집을 할 것인지에 대해서는 입장에 따라 의견이 분분했다. 감독과 편집자들은 어디를 짧게 끊어 축소할 수 있는지를 고민했다. 그들은 또 도저히 참을 수 없을 정도로 길게 느껴지는 부분은 잘라 낼 수도 있고, 심지어는 완전히 버릴 수도 있다고 생각했다. 그들은 30분이 아니라 필요하면 45분 정도를 잘라 내는 것도 괜찮다고 생각했다. 그렇지만 작가이기만 한 사람은 뭔가 좀 의심스럽다는 생각을 했다. 물론 그도 이 가편집 상태의 영화가 너무 길고 매끄럽지 않다는 생각을 했다(하지만 이것은 아직 완전히 다듬어진 것이 아니지 않은가). 따라서 그런 장면들을 약간 잘라 내는 것에는 아무 이의도 없었다. 그렇다고 하더라도 10분이나 12분, 길어야 15분 정도면 충분할 것 같았다. 시나리오를 쓰는 과정에서 이미 원고를 계속 축소해 왔고 대화와 장면들을 가차 없이 잘라 냈으니까 말이다. 그래서 꼭 필요하다고 판단된 것들만 남겨서 촬영을 한 것이 아닌가. 그런데 이제 또다시, 그것도 이렇게 거칠게 마구 잘라 낸다면 — 작가이자 감독인 사람이 이 일에 앞장서고 있다 — 과연 이 이야기가 제대로 이해될 수 있을까? 그것은 관객들의 이해 가능성을 완전히 포기하는 것이 아닐까? 그렇게 되면 인물들의 관계나 풍자도 이해되지 못하고 결국 영화 전체가 위태로워지는 것이 아닐까? 작가의 역할만 한 그 사람은 그런 생각이 들자 마음이 혼란스러워졌던 것이다. 그러나 그것은 아직 그가 스크린의 힘을 과소평가하고 있기 때문이었다.

몇 주 후 그가 다시 편집실에 나타났을 때에는 벌써 영화의 전반부 30분이 대충 편집되어 있었다. 30분의 필름에서 약 6분 정도가 축소된 상태였는데, 앞으로도 줄일 수 있는 여지가 많이 남아 있다는 말들이 오가고 있었다. 그런데 스크린에서 편집된 화면을 본 작가는 자신이 아무 어려움 없이 이야기의 내용을 따라갈 수 있다는 사실에 너무나 놀랐다. 그는 인물들의 성격이나 심리 상태를 이해하는 데에 아무 어려움을 느끼지 못한 것은 물론 내용이 축소되어 있다는 사실도 전혀 눈치채지 못했던 것이다. 그는 자신의 시나리오에 있는 모든 줄거리와 대화들이 편집된 화면에 그대로 담겨 있다고 생각했다. 그런데 그 필름을 두 번째로 보게 되었을 때 — 우연히 편집 테이블에 앉아 있었다 — 즉 그 부분을 다시 한번 보게 되었을 때에야 비로소 그는 영화를 원래의 시나리오와 비교해 볼 생각이 들었고 성형외과 의사의 처리가 시나리오와 다르다는 사실을 깨달았다. 문제는 바로 장면들 내에서의 생략이었다. 한 인물에서 다른 인물로 상황이 바뀔 때 시나리오에서 반복적으로 썼던 문장이나 대화들이 편집된 화면에서는 대부분 잘려 있었다. 소위 말하는 장면의 시작과 끝에서 이루어지는 가지치기 과정이었다. 시나리오를 쓰면서 장면들이 항상 똑같은 발단, 상승, 하강의 단계를 거치지 않도록 좀 더 일찍 상승하고 좀 더 늦게 하강하는 방식으로 흐름을 달리하려고 얼마나 많은 노력을 했던가 하는 기억이 떠올랐다. 그런데 그렇게 애를 썼음에도 불구하고 불필요한 앞부분과 뒷부분이 여전히 남아 있었다는 사실이 입증된 것이다. 그것은 영화에 아무런 피해를 주지 않고도 잘라 낼 수 있는 부분이었다. 아니, 영화를 제대로 만들려면 반드시 잘라 내야만 할 부분이었다. 바로 이런 이유 때문에 영화에서 편집이 가능하고 꼭 필요한 것이다. 그것은 시나리오를 쓸 때에는 전혀 예측할 수 없었던 부분이었다. 왜 예측이 불가능한지 두 가지 예를 들어 설명해 보겠다.

〈빈디슈의 집〉 장면을 생각해 보자. 시나리오에서는 책에 쓸 헌사를 완성하지 못한 야코프 빈디슈가 친구인 우 치고이너에게 자신의 상황을 장황하게 늘어놓으면서 신경을 긁는 장면으로 시작된다. 그런데 영화에서는 이 부분을 거의 다 건너뛰고 핵심 장면인 〈로렐라이〉의 영화 제작에 대한 논쟁부터 시작된다. 그 장면을 찍는 데 무슨 문제가 있거나 배우들의 연기력이 모자라서 장면을 이렇게 줄인 것이 아니었다. 오히려 그 반대로 영상의 힘이 아주 크기 때문에, 그리고 그 장면의 앞뒤에 나오는 배우들의 연기력이 아주 뛰어났기 때문에 그 장면이 불필요했던 것이다. 정확하게 말하면 빈디슈라는 인물의 성격을 보여 주는 데 그 잘린 장면들이 별로 도움이 안 되었다는 뜻이다. 이미 영화를 통해서 알고 있겠지만, 그 앞에 나온 전화 장면과 도입 장면만으로도 벌써 관객들한테 빈디슈의 성격이 충분히 제시되었기 때문에 현재 빈디슈의 상태를 알려 주기 위해 한 페이지가 넘도록 장황하게 늘어놓을 필요가 없었던 것이다. 네 줄 정도의 대사면 빈디슈의 혼란스러운 상태를 충분히 보여 줄 수 있었을 것이다. 그건 그의 얼굴이나 그의 당황한 눈빛을 한번 힐끗 쳐다보기만 해도 다 알 수 있는 일이었다. 몸짓이나 더듬는 말투만으로도 충분했을 것이다. 그러니 더 이상은 필요가 없었다. 장황하게 보여 주면 오히려 역효과가 생길 수도 있었다.

작가로 하여금 스크린이 무궁무진한 표현 가능성을 갖고 있다는 사실을 이보다 더 확실하게 알게 해준 장면이 있다. 바로 파올로 로시니가 겔버 박사의 진찰을 받고 있는 진료실 장면이다. 〈난 심장이 아파, 박사.〉 시나리오에서는 겔버가 심전도 그래프를 살펴보면서 에스프레소를 준비하는 동안 로시니가 심장의 통증을 호소한다. 그러면 의사가 〈자넨 30대의 심장을 가졌어〉라고 위로의 말을 던지고, 로시니가 또 거기에 대해 〈내 심장은 납처럼 차고 무거워〉라고 반응한다. 시나리오에서는 여기까지 대화가 진행되고 나서야 비로소 의사의 에로틱한 질문이 대두될 수 있었다. 〈그런데 자네 규칙적으로 성생활은 하고 있는 거야?〉 그런데 영화에서는 거두절미하고 바로 이 말부터 장면이 시작되었다.

로시니가 실제적으로 그리고 상상 속에서 느끼고 있는 신체적, 심리적 고통을 호소하는 앞부분의 몇 문장은 시나리오를 읽는 독자한테는 전혀 길다는 느낌을 주지 않을 것이다. 오히려 비탄과 불만에 가득 차서 고독한 생활을 영위하고 있는 로시니라는 인물에게 독자들의 관심을 집중시키는 효과를 줄 수도 있다. 우리는 현실적으로 그 장면이 더 이상 축소될 수 없다고 믿었다. 그런데 편집 테이블 위에서 사실은 그게 너무 길었다는 것이 증명된 것이다. 그 이유는 이상하게도 도입 장면의 끝부분에 확실하게 그런 문장이 들어 있었기 때문이었다. 〈로시니는 모자와 외투를 들고 식당을 나가 거리를 건너 자신의 집으로 간다〉는 구절이 바로 그것이다. 영화 속에서 그 장면은 다음과 같다. 검은 외투와 검은 모자를 쓴 로시니가 걸어가고 있다. 그의 모습이 화면에 크게 잡힌다. 카메라가 화면의 왼쪽에서 오른쪽으로 돌아가면서 그의 굳어진 얼굴을 비춰 준다. 카메라는 계속 그의 뒷모습을 쫓아간다. 그때까지 식당에 남아 있는 유일한 손님들인 라이터와 발레리와 크리크니츠의 장면이 잠시 삽입된다. 약간 비틀거리는 걸음걸이로 밤거리를 걸어가는 로시니의 모습이 전체적으로 보인다. 처음에는 옆에서, 그다음에는 뒤에서 로시니가 길을 건너 맞은편 자신의 집으로 사라지는 모습이 화면을 가득 채운다. 이 화면은 식당 주인이 식당을 떠났다고 써놓은 시나리오보다 훨씬 더 많은 내용을 전달하고 있다. 지금 자신의 식당에서 나와 길을 건너가고 있는 그 남자는 확실히 자기 자신과 세상에 대해 만족하지 못해 보인다. 그는 슬프고 고독해 보인다. 그건 더 이상 말할 필요가 없다. 이 화면을 통해 — 현재도 그리고 미래에도 — 이 파올로 로시니라는 인물은 〈가슴이 아프다는 것〉 그리고 〈심장이 납처럼 차고 무겁다〉는 것이 확실해졌다. 이것은 첫째, 배우의 뛰어난 연기력 때문에 얻어진 성과이고, 둘째는 그 화면이 전신상을 잡는 것에서 시작됨으로써 한 인물의 고독을 충분히 드러내 주었기 때문이다. 셋째는 영화의 도입 부분이 그 시점에서 끝났기 때문이고, 넷째는 바로 음악의 암시적인 효과에서 비롯되었다. 이것은 절대로 음향 효과를 과대평가하는 것이 아니다. 오스카 라이터의 유치하지만 감동적인 〈오-솔레-미오〉 연주는 로시니가 밤길을 걸어가고 있는 동안 계속 흐르고 있었던 것이다. 그리고 그다음에 이어진 샤를로테와 치고이너의 침실 장면에서 이미 성적인 주제가 암시되어 있었기 때문에, 그 다음다음 장면인 로시니와 의사의 상담 장면에서는 곧바로 성이라는 주제가 제시될 수 있었을 뿐만 아니라 제시되어야 했다(〈자네 규칙적으로 성생활은 하고 있는 거야?〉). 〈난 심장이 아파, 박사……〉라는 도입부는 — 관객들은 즉시 느꼈을 것이다 — 이야기의 흐름상 오히려 제자리걸음이나 뒷걸음질처럼 느껴졌을 것이다.

시나리오를 쓸 때는 아직 배역이나 촬영 장소에 대해 알고 있는 것이 전혀 없는 데다가 영상의 미학이나 사용할 음악도 결정되지 않았기 때문에 이런 효과를 전혀 예상할 수 없었다. 그리고 바로 이런 이유 때문에 — 사람들은 눈에 띄지 않는 문장들은 잘 보지를 않고 또, 아직 영화화되지 않은 상태에서는 그 문장들이 뭔가를 내포하고 있기 때문에 — 우리는 여기 이 시나리오를 나중에 만든 영화의 내용에 맞추지 않고 그대로 싣기로 했다. 단지 나중에 영화에서 줄어든 부분은 대괄호([ ])로 구분해 놓았다. 시나리오로 읽을 때는 원래의 긴 텍스트들이(대부분은 대화이다) 상당히 도움이 될 뿐 아니라 꼭 필요한 부분들이다. 그 문장들은 시나리오에는 존재하지 않는 영상의 힘을 어느 정도 대체해 주기 때문이다.

그러나 짜 맞추기 장면이나 중간 삽입 장면은, 비록 그것들이 영화 속에서는 수프의 소금 같은 존재로서 감독의 조심스러운 신중함과 예측에 의해 함께 촬영된 것임에도 불구하고 시나리오에서는 독서의 흐름을 방해할까 봐 덧붙이지 않았다. 예를 들면 시선이나 반응, 레스토랑의 분주함을 보여 주는 화면, 다른 손님들의 존재 그리고 다른 줄거리들이 진행 중임을 알려 주는 장면 같은 것들 말이다. 산문에서 〈하는 동안에〉라는 말로 표현할 수 있는 것을 영화에서는 그런 식으로 처리할 수 있다. 그렇지만 이미 앞에서 말했듯이 시나리오에는 그런 것이 없다. 이런 많은 삽입 장면들은 사건의 동시성을 보여 주는 것은 물론 분위기와 환경까지도 설명해 준다. 그 장면들을 통해 주요 사건들은 상대화되고 주석과 풍자의 대상이 된다. 또한 그것들은 주제를 부각시킬 수도 있고, 기억을 되살리게 할 수도 있으며, 기대감을 불러일으킬 수도 있다. 또한 어떤 장면의 의미가 더욱 분명해지거나 함축적으로 바뀔 수도 있지만 반대로 그 장면이 다의적이고 다층적으로 변할 수도 있다. 예를 들어 보자.

기다란 금발의 미녀 30명이 「로렐라이」 오디션에 참가하고 있는 모습을 잠깐 비춰 주기만 해도 불쌍한 칠리의 노력이 감동적이면서도 코믹하다는 사실이 너무나 분명해진다. 겉으로 보기에는 보조역에 불과한 운전사 프레디의 놀랍도록 또렷한 눈을 잠시 화면에 삽입시켜 보자. 그러면 그 장면으로 인해 나뉜 앞뒤 장면에 돌연 긴장감이 돌게 될 뿐만 아니라 그가 단역들 중에서는 그래도 비중 있는 인물로서 앞으로도 계속 등장하게 될 거라는 사실을 암시하게 된다. 로시니의 복도와 사무실 장면에서는 세라피나가 잠시 중간에 등장하는데, 이 장면이 삽입됨으로써 갑자기 로시니가 백설공주를 생각하며 하는 몽상이(〈그녀는 내 아이들의 엄마가 될 거야…….〉) 식당 주인의 낭만적인 꿈일 뿐만 아니라 여종업원의 은밀한 소망임이 드러난다. 칠리와 백설공주의 멜로드라마 같은 눈싸움 장면도 마찬가지이다. 영화에서 그 장면은 남편한테 아주 화가 난 레더슈테거 부인 앞에서 진행된다(그 부부는 가슴을 수술할 것인지, 코를 수술할 것인지에 대해 서로 의견이 다르다). 각각 2초 정도면 충분한 이 세 가지 장면들이 삽입됨으로써 그 장면 전체가 풍자적 성격을 갖게 되는 것은 물론 급격하게 고조되었던 감정들이 누그러질 기회를 갖게 된다. 위에 언급한 삽입 장면들을 시나리오에는 하나도 싣지 않았다. 그 밖의 많은 다른 삽입 장면들은 분명하게 쓰여 있거나 적어도 암시는 되어 있다. 하지만 글로 된 텍스트에서는 이것들이 오히려 방해가 되거나 거의 아무런 효과를 주지 못한다. 시나리오를 읽을 때 이런 장면들은 대충 그냥 넘어가게 된다. 아니면 이런 장면들은 애초에 시나리오를 구상할 때부터 관심 밖이다. 영화배우들도 이런 장면은 별로 좋아하지 않을 뿐만 아니라 평가 절하하는 것이 태반이다. 하지만 바로 이런 장면들이야말로 영화에 색깔과 위트, 즉 스타일을 부여한다. 산문에만 해당되고 시나리오에는 없는 것, 즉 영화에 이야기로써의 생명을 불어넣는 것은 바로 이런 장면들이다. 일찍이 이야기적 매체로서 영화가 갖는 한계에 대해 퍼부었던 저주를 우리는 거의 모두 거두어들였다. 바로 이 중간 삽입 장면 때문에 말이다.

영화에서는 대부분의 장면들을 축소하는 것이 가능할 뿐만 아니라 꼭 필요한 일이라는 것을 확인하게 되자, 물론 아주 드물기는 하지만 그 반대의 경우도 가능했으면 하는 소망이 생겼다. 즉 시나리오에서는 호흡이 너무 길어 산만해 보이는 문장들이 영화에서는 짧지만 꼭 필요한 부분이라고 입증되었으면 하는 것이었다. 빈디슈의 집 장면이 그런 예에 속한다. 시나리오에서는 빈디슈와 치고이너의 논쟁이 상당히 긴 회상 장면에 의해 중단된다. 회상 장면은 어느 여름날 시골의 별장 테라스에서 빈디슈가 치고이너의 아내 파니와 점심을 먹는 장면이다. 오랜 심사숙고 끝에 우리는 이 장면을 시나리오에 그대로 남겨 두었다. 그 장면이 이야기의 진행 속도를 좀 줄여 줄 수 있을 거라고 생각했기 때문이다. 영화 전체에서 유일한 회상 장면인 그 부분은 사실 스타일상으로는 전체의 틀에서 벗어나 있어서 미학적으로 볼 때 다른 장면들과 어울리지 않았다. 〈밖, 낮〉은 갑자기 규정되었다. 영화의 대부분은 밤에, 그것도 닫힌 공간이나 도심에서 벌어지는 사건들인데 아주 화창한 여름 햇살 속의 시골 풍경이라니! 그러나 우리의 그런 생각은 잘못된 판단이었다. 편집된 영화에서는 회상 장면이 이야기의 진행을 멈추기는커녕 오히려 재촉하고 앞당겼다. 그리고 스타일이나 미학적인 측면에서 볼 때도, 조명과 장식의 변화가(나중에 나오는 치고이너와 파니의 전화 장면도 비슷하다) 오히려 아주 바람직했다는 것이 밝혀졌다. 그렇게 변화를 줌으로써 밤의 친밀함과 강렬함이 두드러져 실내극 같던 영화 분위기를 잠시 환기시켜 줄 수 있었던 것이다.

그러자 다시 한번 이런 의문들이 생기게 되었다. 그런 것들을 미리 예상할 수 없었을까? 어떤 장면을 보존할 것인지, 그 장면을 얼마나 오랫동안 계속할 것인지, 그 장면을 영화 속 어디에 위치시킬 것인지, 어디에서 그 장면을 끊어야 할지를 미리 확실하게 규정해 놓을 수는 없었을까? 만약 그것이 가능하다면 시나리오를 〈장면의 컷〉 단위로 쓸 수가 있지 않을까? 소위 그런 것을 미리 알 수 있는 사람들이 있다고 한다. 시각적, 청각적 상상력이 아주 뛰어나서 시나리오를 쓸 때, 처음부터는 아니지만 어느 정도 작업이 진행된 후부터 소위 스토리 보드라는 것의 도움을 받아 카메라의 위치, 각 화면에서 사용할 장치나 음향 효과 등을 미리 계산할 수 있는 사람들 말이다. 그것도 그런 경우가 흔한 30초짜리 짧은 광고에서뿐만 아니라 우리 영화처럼 수천 가지 화면과 수천 가지 음향 효과가 필요한 그런 영화에서도 말이다. 예이젠시테인,[30] 히치콕,[31] 린,[32] 코폴라[33] 같은 사람들이 바로 그런 천재적인 예지력을 지닌 몽타주의 대가들이다. 난 사실 그런 걸 잘 믿지 못하겠다. 어쨌든 내 말은 우리가 그런 사람이 아니라는 것이다. 편집 테이블에서 이루어지는 작업은 우리를 상당히 놀라게 했고, 거기서 많은 결정들이 이루어졌다. 그 과정은 시나리오를 쓸 때 시행착오를 거치면서 계속 작업을 진행하던 방식과 똑같았다. 촬영 시작 전에 작성된 수천 장의 스케치인 스토리 보드는 감독과 카메라맨에게 아주 유용한 보조 수단이 되었다. 그것은 스태프들 사이에 의사소통을 가능하게 해주었고, 생산비를 절감하게 해주었으며, 최소한 편집의 첫 단계에서 일의 진행을 상당히 앞당겨 주었다. 그렇지만 한 가지 해결되지 않은 문제가 — 그것도 아주 결정적인 문제이다 — 남아 있었다. 그것은 바로 이야기의 호흡을 조절할 수 없다는 점이었다.

영화는 단순한 시각적, 음향적 사건이 아니다. 영화는, 더 정확하게 말하면, 극영화는 일정한 장소에서 일정한 시간 동

30 Sergei Mikhailovich Eizenshtein(1898~1948). 소련의 영화감독이면서, 푸도프킨과 함께 몽타주 이론을 정립시킨 영화 이론가.

31 Alfred Hitchcock(1899~1980). 미국의 영화감독. 심리적 불안감을 교묘히 유도하는 〈스릴러 영화〉라는 장르를 정립시켰다.

32 David Lean(1908~1991). 영국의 영화감독. 극작가 노엘 카워드와 함께 「아라비아의 로렌스」, 「인도로 가는 길」 등의 작품을 만들었다.

33 Francis Ford Coppola(1939~). 미국의 영화감독. 미국 사회 곳곳의 여러 면모를 소재로 다루었으며, 「대부」 시리즈로 유명하다.

안 진행되는 예술적 행사이다. 그런 의미에서 영화는 산문이나 조형 예술 혹은 그 중간 단계인 시나리오나 스토리 보드와는 완전히 다르며, 연극이나 오페라, 발레나 서커스, 혹은 콘서트와 흡사하다고 할 수 있다. 이 경우 독자나 관객은 작품의 내적인 리듬이 아니라 외적인 인지의 리듬을 따르도록 요구된다. 미술 전시회의 경우 그림들이 미학적인 원리에 입각해 순서가 정해지고 배열되긴 하지만 나는 아무런 방해도 받지 않고 어떤 그림을 더 오래 볼 수도 있고, 어떤 그림을 그냥 빨리 지나칠 수도 있고, 심지어 어떤 그림은 전혀 보지 않고 지나갈 수도 있다. 또한 전시회장을 정반대의 순서로 돌면서 구경하는 것도 가능하다. 소설의 경우도 마찬가지이다. 완벽한 구성을 가진 아주 훌륭한 소설이라고 하더라도 저녁에 너무 피곤하면 그 책을 그냥 어딘가에 처박아 두었다가 다음 날 아침에 계속 읽을 수가 있다. 아니면 소설이 너무 재미있어서 하룻밤 만에 다 읽어 버릴 수도 있으며, 앞부분만 조금 읽은 채 몇 주일 동안 그 책을 갖고 다닐 수도 있다. 그렇지만 그 어떤 경우에도 작품 자체에는 아무런 손상이 없다. 심지어 시나리오를 읽을 때도 이 점은 — 영화로 만들어졌든 만들어지지 않았든 상관없다 — 마찬가지이다. 독자인 나는 내 나름대로 어떤 부분을 강조할 수가 있다. 혹은 어떤 장면에 대해 곰곰이 생각을 해보기 위해, 아니면 재미있거나 불쾌한 대화를 좀 더 음미하기 위해 잠시 시나리오 읽는 것을 중단할 수도 있다. 또한 시나리오를 읽는 중간에 차를 끓일 준비를 할 수도 있고 TV의 8시 뉴스를 볼 수도 있다. 그렇지만 극장에서 상영되는 영화는 시간에 따라 중단 없이 흘러간다. 극장에 찾아와 영화를 보겠다고 결심한 관객은 이미 그 사실을 알고 있는 사람이다. 그러므로 관객은 적어도 두 시간 동안은 차 끓이는 일 같은 것은 포기해야 한다. 그들은 외부 세계의 유혹들을 차단한 밀폐 공간으로 들어와 오로지 영화의 시각적이고 음향적인 사건에만 모든 관심을 쏟을 준비와 의지를 갖고 있는 사람들이다. 그들은 부득이한 경우 그곳을 떠날 수는 있지만 영화를 더 빨리 혹은 더 느리게 돌아가게 할 수는 없다. 또한 잘 이해하지 못했다고 해서 반복해서 볼 수도 없을 뿐 아니라 어떤 식으로든 영화를 조정할 수 있는 입장이 아니다. 영화는 산문에서 기대하는 책과 독자 사이의 리듬의 일치보다 훨씬 더 강력하게 영화 자체의 내적인 리듬과 관객의 리듬이 일치하기를 요구한다. 이 말은 영화의 경우 두 가지 맥박이 두 시간 동안 거의 비슷하게 뛰어야 한다는 뜻이다. 각 장면 하나하나는 아주 흠잡을 데 없이 완벽하다고 하더라도 그 두 가지 리듬을 일치시키지 못하면 영화는 실패하고 마는 것이다.

편집 테이블에 앉아 있으면 많은 것을 알게 된다. 배우의 눈썹 떨림 하나로 이야기의 흐름을 촉진할 수도 멈추어 버릴 수도 있다는 것, 몇몇 화면은 많건 적건 간에(1초에 24개의 화면으로 구성된다) 어디에서 끝내고 어디까지 계속할 것인지 결정을 내려야 한다는 것, 화면에 음향을 결합하면 산문에서의 마침표와 같은 효과를 얻을 수 있다는 것, 또한 여러 다양한 소리와 음악의 마법을 영화 중간중간에 삽입하게 되면 주제를 강조할 수도 있고, 지나간 일들과 앞으로 닥칠 일들을 암시할 수도 있으며, 사건의 흐름을 멈추거나 촉진할 수도 있다는 사실을 알게 되었다. 그런데 글이나 그림처럼 시간적으로 비역동적인 수단을 활용해 이 모든 것이 함께 결합되었을 때 과연 그것이 관객들한테 어떤 효과를 일으킬 수 있는지 미리 규정할 수 있었을까? 그럴 수는 없다. 그건 직접 관객의 입장이 되어 편집 테이블에 앉아서 영화를 보고 또 봐야만 알 수 있는 일이었다. 심지어는 어떤 한 장면을 자를 것인가 말 것인가 결정하기 위해 어두컴컴한 극장 스크린 앞에서 영화를 처음부터 끝까지 돌려 본 경우도 있다. 그러면서 이야기가 제대로 흘러가고 있는지, 어딘가에서 막힌 것은 아닌지를 판단해야 하는 것이다.

「구성은 어때?」

「뭐라고?」

「서사적인 기본 구조 말이야. 전에 얘기했었잖아. 끝까지 봤는데도 구성이 제대로 되어 있는지 아닌지 잘 모르겠어. 어떻게 하지?」

그렇다. 그것은 정말 대답하기 어려운 질문이다……. 그런데 이상하게도 난 그동안 그 질문을 완전히 잊고 있었다. 이 질문은 다른 단계에서 했어야 할 질문이었다. 계획을 처음 세우던 시기나 누에고치가 되던 시기에 말이다. 모든 작업이 완료되어 편집 테이블에서 마무리를 하고 있는 이 시점에서 그런 질문을 하는 것은 아무런 의미가 없었다. 어쨌든 조립하고 짜맞추는 이런 활동을 나타내기에는 독일어의 〈슈나이덴*Schneiden*〉이나 〈슈니트*Schnitt*〉라는 말[34]은 별로 적절한 표현이 아닌 것 같다. 영어의 〈에디팅*editing*〉이나 프랑스어의 〈몽타주*montage*〉라는 말이 훨씬 더 그 활동을 잘 표현하는 것 같다. 어쨌든 뼈대나 근본 구조 같은 까다로운 개념들에 대해서는 벌써 오래전부터 더 이상 언급을 하지 않았다. 영화가 거의 완성되어 가는 마당에 그 문제를 더 생각해 보았자 아무 소용도 없을 테니까 말이다.

그 영화를 관찰하는 동안, 즉 그 영화가 110분 동안 강물처럼 흘러가는 동안 나는 여기저기서 파도가 일렁이는 것을 보았고, 소용돌이도 느꼈으며, 물굽이를 돌아가고 있는 듯한 느낌도 받았다. 그렇지만 그런 효과를 노리고 강바닥에 뭔가를 파놓았을 엔지니어의 구상 따위는 전혀 의식하지 않았다. 화면과 음향의 강물로 모든 것이 덮여 버리고 사라져 버린 것이다. 영화에 대해서 할 수 있는 가장 좋은 말은 아마 이것일 것이다. 영화는 흘러간다.

34 앞은 〈자른다〉는 뜻이고 뒤는 〈절단〉이라는 뜻이다.

헬무트 카라제크와 헬무트 디틀의 대담

멜로드라마란 무엇인가?

카라제크[35] 당신이 만든 새 영화의 주된 무대라고 할 수 있는 레스토랑 〈로시니〉는 당신이 저녁마다 들르는 뮌헨의 이탈리아 레스토랑과 아주 흡사하더군요. 거긴 당신의 제2의 안식처, 아니 제1의 안식처라고 말할 수 있을까요?

디틀 난 인생의 황금기를 그 레스토랑에서 보냈습니다. 비단 나뿐이 아니라 내가 알고 지내는 사람들이나 친구들도 마찬가지입니다. 여자들, 친구들, 동료들 말입니다. 우리는 저녁마다 규칙적으로 그 식당에서 만납니다. 지난 20년의 세월 동안 우린 직업적으로든 개인적으로든 많은 일을 함께 겪었습니다. 때론 협력하고 때론 갈등하면

35 Hellmuth Karasek(1934~2015). 독일을 대표하는 언론인으로 문학 평론가이자 소설가이기도 하다. 독일의 주간지인 『디 차이트*Die Zeit*』에서 영화 평론가로 일했고, 이후 『데어 슈피겔*Der Spiegel*』에서 기자와 편집장을 역임하였다. 문학 및 영화에 관해 스무 권이 넘는 책을 집필했으며 베를린 국제 영화제의 심사 위원으로도 활동했다.

서 우린 경력도 쌓고 개인적인 어려움들도 나누어 왔습니다. 그런 의미에서 그 식당은 반쯤은 공적이고 반쯤은 사적인 일종의 섬과 같습니다. 어쨌든 거긴 집에 혼자 머무는 것하고는 다르니까요. 그건 내가 제일 싫어하는 것입니다.

카라제크 그 레스토랑이 당신의 인생에서 정말 그렇게 큰 역할을 했습니까?

디틀 그렇다고 할 수 있습니다. 그 식당에서 많은 인간관계를 맺었고 또 많은 관계를 잃어버렸으니까요. 난 내 삶의 실존적인 일부분인 그 식당에 뭔가 기여를 하고 싶었습니다. 그곳에 찾아오는 사람들, 즉 여자들, 친구들, 단골손님들과 그 사람들의 인생에 대해서 말입니다.

카라제크 항상 똑같은 사람들이 만나서 헤어지고, 인연을 맺기도 하고, 혼자 있거나 대화를 나눌 수도 있는 레스토랑은 일종의 무대 같다는 생각이 드는군요. 삶의 모습들을 잘 배열해서 보여 주는 극장 말입니다.

디틀 물론 그곳에서는 모든 것을 볼 수 있습니다. 늘 인간에 대한 — 여자가 아니라 인간입니다 — 호기심을 품고 사는 나 같은 사람한테 식당에서의 저녁 시간은 항상 모험을 체험할 수 있는, 아니면 적어도 그걸 관찰할 수 있는 가능성과 연결되어 있는 시간입니다. 거기서 어떤 일이 벌어질지는 정확하게 알 수 없습니다. 날마다 다른 일, 기대하지 못했던 일이 벌어지니까요. 예상 불허의 일 말입니다. 어쩌다 가끔은 예상할 수 있는 일이 벌어지기도 하는데, 그런 일은 주로 단골손님들 사이에 일어납니다. 하지만 그 단골손님들 사이에 갑자기 한 여자가 끼어드는 경우에는 예상치 못했던 일이 생길 수가 있습니다. 오늘 자신과 함께 연기를 하게 될 사람이 누구인지, 어떤 손님이 등장할지, 또 그로 인해 어떤 결과가 생길지 전혀 모르고 있을 때, 그건 아주 흥미진진한 일이지요. 지금 막 식당으로 들어오고 있는 남자와 문을 통해 밖으로 나가고 있는 여자가 나중에 서로의 인생에서 어떻게 얽히고설키게 될지 아무도 모르니까요.

카라제크 이 영화는 뭘 다루고 있는 건가요? 멜로드라마? 코미디? 비극? 아니면 허영의 전시장인가요? 지나간 시간은 다시 돌아오지 않는다는 인생무상에 대한 안타까움인가요? 아니면 공허함이나 시간에 대한 눈물을 조롱하는 건가요?

디틀 한 편의 〈멜로드라마〉라고 할 수 있지요. 인생이 항상 그렇듯이 여러 가지 사건들이 서로 뒤엉켜 하나의 멜로드라마가 만들어진 셈입니다. 아주 나쁜 일과 코믹한 일, 진부한 일과 추악한 일, 감동적인 일이 서로 뒤엉켜서 말입니다. 물론 그것들은 사적인 동시에 공적인 문제들입니다. 거기 등장하는 사람들은 대부분 영화인들이거나 이런저런 인연으로 영화계와 관련을 맺고 있는 사람들이지요. 서로 관심사가 비슷한 사람들 말입니다. 작가, 제작자, 영화배우, 언론인 들은 모두가 많건 적건 간에 그 분야와 관련된 사람들이니까요. 그러니 결국 개인적인 문제에서도 항상 사업적인 문제가 개입될 수밖에 없습니다.

카라제크 영화는 〈누가 누구와 잤는가 하는 잔인한 문제〉라는 시구를 부제목으로 달고 있는데요…….

디틀 그 시구는 볼프 본드라체크[36]의 장편 시에서 인용한 것입니다.

카라제크 그 시인도 식당의 단골손님인가요?

디틀 그렇습니다. 그 시는 한때 불타오르던 열정과 사랑에서 마지막으로 남은 것에 대한 노래입니다. 그것이 위대함은 아니라는 거지요. 그리고 마지막에서 〈누가 누구와 잠을 잤느냐 하는 문제는 만족스럽게 끝이 난다〉고 노래하고 있습니다. 저녁 술자리 같은 데서는 사람들의 감정이 아주 고조되게 마련입니다. 그렇지만 다음 날 아침 햇살 속에서 눈을 떠보면 어젯밤의 감정 같은 것은 더 이상 중요하지 않습니다. 전날 밤 그렇게 대단해 보였던 우정이나 사랑 혹은 일이 다음 날이 되면 실은 별게 아니라는 사실을 깨닫게 되는 거지요. 그리고 그 모든 것은 적어도 만족스럽게 끝이 납니다. 제일 끔찍했던 경험도 말입니다…….

카라제크 인생은 늘 그런 식이라는 진부하고 패배주의적인 말씀을 하시는 건가요.

디틀 나한테는 그게 인생무상이라는 주제와 관련되어 있습

36 Wolf Wondratsch(1943~). 아마추어 첼리스트이자 작가이며 독일 뮌헨과 오스트리아 빈을 오가며 활동하고 있다.

니다. 난 아주 어렸을 때부터 그 말에 놀랍도록 사로잡혀 있었습니다. 그건 단순히 놀라운 정도가 아니라 충격이었습니다. 사랑하는 사람이 죽었는데도 마치 아무 일도 없었던 것처럼 인생이 마냥 계속된다는 사실 말입니다. 그건 아주 잔인한 일이라고 느꼈습니다. 사람들은 마치 허기나 갈증을 달래듯이 인생도 그런 식으로 달래거든요. 뜨거운 열정이나 욕정도 그런 식으로 계속 사라져 버립니다. 물론 나중에는 그렇게 되는 것이 꼭 나쁜 것은 아니라는 것, 그건 일종의 진정제라는 사실을 배웠지만요.

카라제크 영화의 주제가 덧없음이나 공허함이라는 말씀이군요. 그래서 그런지 주인공들은 아주 힘과 활력이 넘치는 성공적인 인물들인데도 불구하고 이상하게도 세기말적 분위기 속에서 마지막 결전이라도 벌이는 사람들처럼 피곤해하고 있어요. 인생에 지친 사람들처럼요.

디틀 다 그런 건 아니지만 그렇다고 할 수 있지요. 사람들은 누구나 그런 성향을 잠재적으로 갖고 있습니다. 영화 속의 인물들이나 우리 모두 기본적으로는 매우 고독한 사람들임에 틀림없으니까요.

카라제크 그건 아르투르 슈니츨러가 19세기에서 20세기로 넘어오던 시기, 도시 빈의 사람들에게서 보았던 감정과 똑같은 건가요? 아니면 그와 유사한 감정을 말하는 건가요? 그것도 아니라면 프랑크 베데킨트[37] 연극에 나오

37 Frank Wedekind(1864~1918). 표현주의의 선구자로 시민적 전통과

는 보헤미안 시대 뮌헨 사람들의 모습하고 비슷한 건가요? 이런 표현이 맞는지 모르겠지만 그 두 작가는 자신들이 능동적, 수동적으로 참여했던 현실에서 주인공들을 찾아냈었는데요.

디틀 맞는 말입니다. 물론 사람들의 개별성과 시대와의 연관성은 별개의 문제이긴 합니다만.

카라제크 「로시니」는 찬송가의 후렴구처럼 너무 향수에 젖어 있다는 생각이 드는데요. 당신은 영화를 통해 단지 지나가 버렸다는 이유만으로 〈그건 정말 아름다웠어!〉라고 말하고 있어요. 그러면서 또 한편 〈빌어먹을, 그건 정말 끔찍한 일이었어!〉나 〈그건 정말 웃기는 일이야!〉라고 말하고 있는데요.

디틀 둘 다 맞다고 할 수 있습니다. 아름다우면서도 끔찍하지요. 어떻게 말하는 게 좋을까요. 물론 그 영화는 코믹합니다. 동시에 비극적이지요. 그 영화는 모든 게 가능합니다. 파트리크와 저는 순차적으로 하나씩 보여 주는 걸 피했습니다. 그건 너무 지루하니까요. 그 대신 우린 하나를 보여 주면서 동시에 다른 것도 그 안에 포함시키려고 했습니다. 하나의 감정, 하나의 분위기가 갖고 있는 분리할 수 없는 두 가지 측면을 동시에 말입니다.

카라제크 그것 역시 끊임없이 흘러가는 인생을 묘사한 것인가요? 레스토랑에 오는 사람들의 인생 말입니다.

디틀 네, 그렇다고 할 수 있습니다. 사람들은 막혀 있는 안전

윤리에 반항하고 생의 근원력을 성적 충동에 두었다

한 영역 속으로 들어갑니다. 사람들은 연기를 하고 싶어 하면서요. 당신이 말한 그 무대지요. 그러면서도 영원히 지속될 인생의 흐름에 대해 지나치게 비판적인 관객에게는 노출되고 싶어 하지 않거든요.

카라제크 영화 앞부분, 즉 영화에 대한 소개가 나오고 본 영화가 시작되자마자 관객들은 〈도대체 저 사람이 누구지?〉 하고 골똘히 생각하게 되는데요. 영화 제작자는 베른트 아이힝거[38]가 아닌가요? 사창가와 권투를 몹시 좋아하는 서정 시인은 아마도 본드라체크겠지요? 그리고 영화 속에서 너무 심하다 싶을 정도로 인간, 즉 현실을 혐오하는 작가는 파트리크 쥐스킨트 자신을 그린 게 아닌가요? 그렇게 보면 감독도 상당히 흥미로운데요. 영화 속 감독 역시 당신처럼 골초거든요. 그 사람의 이름이 치고이너[39]였지요. 그런데 지금 당신 모습을 힐끗 보기만 해도 당신이 지금 피우는 담배가 기타네스라는 걸 알겠군요. 아마 그 담뱃갑에 여자 집시의 사진이 붙어 있지 않던가요? 그렇게 하나씩 짝을 지어 나가면 훨씬 간단해질 것 같은데, 사실은 간단하면서도 점점 더 복잡해지거든요. 영화 속 감독이 보자마자 사랑에 빠지게 되는 백설공주 역은 정말 당신이 그렇게 첫눈에 반했던 베로니카 페레스가 맞았지요?

38 Bernd Eichinger(1949~2011). 독일의 영화 제작자로 할리우드 블록버스터 영화들에 참여했다. 쥐스킨트의 동명 소설을 영화화한 「향수」의 제작자이기도 하다.

39 치고이너는 독일어로 〈집시〉를 뜻한다.

디틀 밖에서 오는 사람들은 이런 유사점들을 아무 의심 없이 사실로 받아들일지도 모르겠군요. 물론 내 생각은 다르지만 말입니다. 그렇지만 그 점에 대해서는 별로 드릴 말씀이 없군요. 사실이라고도, 사실이 아니라고도 말입니다. 모순처럼 들릴지도 모르겠지만 둘 다 맞는 말입니다. 영화에는 그리고 영화의 소재와 시나리오에는 물론 우리 모두의 경험이 들어 있습니다. 그렇지만 그것이 영화의 관심사가 될 수는 없다고 단호하게 말씀드립니다. 만약 그게 우리 영화의 유일한 흥밋거리라면 「로시니」를 볼 필요가 없겠지요. 내가 아는 바로는 포이히트방거[40]도 실화 소설로 성공을 거두었습니다. 그렇지만 오늘날 그의 소설 속 인물이 실제로 누구였는가에 대해 관심을 갖는 사람은 하나도 없습니다. 문제는 그 인물이 좋은 인물, 흥미 있는 인물인가 하는 점입니다. 소설 속 인물이 포이히트방거 자신이 아닌가 하는 질문이 제기되었을 때와는 다릅니다.

카라제크 네. 물론 오늘날에는 학자들을 제외하고 그런 문제에 관심을 갖는 사람은 아무도 없습니다. 무질[41]의 『특성 없는 남자』에 나오는 사람이 누구인지, 베데킨트의 『음악』에서 자신의 학생을 두 번이나 유혹한 음악 선생

40 Lion Feuchtwanger(1884~1958). 평화주의 주창자로 사회적 역사 소설을 주로 발표한 독일의 소설가이자 극작가.

41 Robert Musil(1880~1942). 오스트리아 출신의 대문호로서 생존 시에는 별로 알려지지 않았으나 전후에 그의 대표작 『특성 없는 남자』가 높은 평가를 받으면서 독일 문학사에서 불후의 이름을 남겼다.

님이 누구인지, 〈폰 케이트 후작〉이 누구를 가리키는 것인지는 확실하니까요. 결국 문제는 인물의 보편성이지요. 그건 관객들 스스로 그 인물의 모습에서 알아차릴 수 있지요.

디틀 물론입니다. 펠리니 영화 「8과 2분의 1」은 중년의 나이에 접어든 어떤 감독에 대한 이야기입니다. 그게 단순히 펠리니 자신의 어려움을 그린 영화라면 그 영화에 관심을 가질 사람은 하나도 없을 겁니다. 「라 돌체 비타」에서 마스트로이안니가 맡은 배역은 젊은 시절의 펠리니와 환경이 아주 유사합니다. 펠리니처럼 그 남자도 비아 베네토에서 웅크린 채 글을 쓰던 기자거든요. 정말 아름다운 장면이지요! 펠리니는 자신의 경험에서 그걸 따왔지만 그 이상으로 가공해 냄으로써 자신의 경험을 보편적인 것으로 만들었습니다. 다시 말해 개인적인 경험을 전형적인 것으로 변형시킨 것입니다. 약간 고상하게 말하면 그는 현실에서 진실을 만들어 냈다고 할 수 있습니다. 영화나 소설 속 인물들은 현실적이어서는 안 됩니다. 그들은 진실해야 합니다. 실제 인생, 현실의 인생과 똑같아서는 안 됩니다.

카라제크 그렇지만 「로시니」의 경우는 이미 「키르 로얄」[42]에서 사용된 방식이 아닌가요? 인물들의 결합 말입니다.

디틀 물론 하나하나의 인물들은 다양한 실재 인물들의 어떤

42 헬무트 디틀이 1986년에 만든 6부작 TV 시리즈. 뮌헨의 신문사를 배경으로 가십 기자가 주인공이다.

모습들에서 나온 것입니다. 실재의 요소와 계기들을 결합한 것이라고 말하는 게 더 정확하겠군요. 영화 속 인물들한테서 자기 자신의 모습을 발견하는 사람은 그게 자신을 염두에 두고 만들어진 게 아닌가 하는 의혹을 가질 수도 있습니다. 그런 사람은 내가 이 일에 얼마나 진지하게 임하고 있는지에 주의를 기울여 주시기 바랍니다. 특히 그 하나하나의 인물들에 기울인 애정과 사랑을 말입니다. 난 절대로 어느 누구도 고발하거나 조소할 의도가 없었습니다.

카라제크 주인공들에 대한 당신의 애정과 헌신에 대해 확실하게 말할 수 있는 것은 그 애정과 헌신이 맹목적이지 않다는 점이지요. 애정과 헌신은 오히려 당신이 사랑하는 인물들의 약점, 결핍, 잔인함, 우스꽝스러움 등을 철저하게 볼 수 있게 만든 것 같은데요.

디틀 그 인물들은 상당히 복합적입니다. 누군가를 좀 더 가까이서 들여다보고 좀 더 많이 알게 되면 항상 그런 법이지요. 나 자신의 사생활에서도 그런 일이 일어납니다. 나는 인간이 누구나 자신의 환경, 즉 그 발생학적인 모범의 희생자라고 보고 있습니다. 그 환경이 어떤 것이든 말입니다. 난 항상 인간들을 잘 이해해 왔다고 자부합니다. 그건 아마도 내 마음속으로 은밀하게 사람들이 나를 이해해 주기 바라기 때문일 겁니다. 난 나 자신을 상당히 잘 알고 있다고 생각합니다. 또 그렇기 때문에 다른 사람들의 심연도 잘 들여다볼 수가 있습니다. 당신이나 다른 사람들도 그렇겠지만, 난 항상 나 스스로 품위 있는 사람이 되려고 애써 왔습니다. 그렇게 되려고 열심히 노력하고 있고, 또 정말로 그렇게 되는 경우도 많습니다. 그렇지만 가끔은 품위를 유지하지 못할 때가 있지요. 그럴 때면 난 다른 사람들의 모습을 관찰해 봅니다. 그러면 어느 누구도 완전히 저주할 수가 없게 됩니다. 왜냐하면 이 세상이 잘못된 것은 사실이지만 인간은 거기에 대해 아무런 책임도 질 수 없다고 보기 때문입니다.

카라제크 세상은 나쁘지만 인간은 나쁜 게 아니라 오히려 희생자라는 말씀을 하시는 건가요? 영화 속 인물들은 그들을 늙게 만들고 그들의 감정을 망쳐 버리는 시간의 희생자이자 감정의 희생자들이다, 그리고 예술가로서 그들은 이 세상의 불완전함으로 인한 희생자라는 말씀인가요?

디틀 그들은 자신의 환상의 희생자들입니다. 모든 사람들은 뭔가를 믿고 싶어 합니다. 예를 들면 사랑 같은 거요. 한편 또 많은 사람들은 자신들이 더 이상 아무것도 믿고 있지 않다는 것을 믿으려고 합니다. 그런 것은 특히 낭만적인 맹목성이라고 할 수 있지요. 사람들은 날마다 환상을 잃어버리고 또 항상 새로운 환상을 찾아 나섭니다. 여기서 말하는 〈항상 또다시〉는 바로 시시포스 신화의 모티프지요. 시시포스는 다시 굴러 떨어질 거라는 걸 뻔히 알면서도 또다시 산 위로 바위를 굴려 올리니까요.

카라제크 당신은 환상을 깨뜨릴 뿐만 아니라 옹호하기도 하는군요.

디틀 환상은 물론 기만입니다. 그렇지만 사람들에게는 환상이 필요합니다. 물론 환상을 갖고 있다고 하더라도 그게 별로 자신에게 도움이 안 될 거라는 사실은 염두에 두어야겠지요. 더 이상 환상을 가지지 못한 사람이나 환상을 만들어 낼 수 없는 사람은 자살할 수밖에 없습니다.

카라제크 당신의 영화에는 두 명의 여자 주인공이 있지요. 한 명은 자신의 마흔 번째 생일 파티를 하는 여자이고…….

디틀 한 번 하는 거지요…….

카라제크 그녀는 놀라운 미모를 갖고 있는데요. 꽃이 지기 직전의 아름다움이라고 할까요? 시든다는 것이 약간은 아름다운 것이니까요.

디틀 그렇지 않았다면 사람들이 가을을 그렇게 좋아하지 않았겠죠.

카라제크 그런데 그녀의 아름다움은 촛불을 원할 뿐만 아니라 필요로 하고 있어요. 어쨌든 촛불은 가장 아름다운 조명이더군요.

디틀 우린 처음부터 그 영화가 촛불 조명으로 이루어져야 한다고 생각했습니다. 왜냐하면 촛불은 아름다움과 환상을 만들어 낼 수 있으니까요…….

카라제크 또 촛불이 타들어 가는 것을 보면 시간이 흘러가는 것을 알게 되지요…….

디틀 동화 같은 비현실적인 분위기도 연출할 수가 있고요.

카라제크 촛불빛을 원할 뿐만 아니라 촛불빛을 필요로 하는 여자, 겉으로 보기에는 두 남자로부터 열렬한 구애를 받고 있는 여자, 그러고도 또 한 사람의 사랑을 받고 있는 그 여자는 끝에 가서 결국 자살을 하더군요. 결국 그녀는 연기를 계속하지 않는 유일한 인물이 되었는데요.

디틀 그녀는 모든 것을 원하기 때문에 그렇게 된 것입니다. 완전한 것…… 완전한 사랑 말입니다. 그러나 이 세상에는 그런 것이 존재하지 않는다는 것을 깨달았으니 그 스스로 모든 것을 소유할 수 있는 방법을 찾아낼 수밖에요. 물론 그녀는 직업을 갖고 있기는 했지만 직업에서 성공을 거두려는 여자가 아니었지요. 그녀는 개인적인 것에서 충만함을 얻고자 했어요. 그녀는 모든 것을 원했으나 모든 것을 얻지 못했기 때문에 아무것도 갖지 못하게 된 것입니다.

카라제크 두 번째 주인공이라 할 수 있는 백설공주라는 이름의 여자는 작은 지하 무대에서 연기 생활을 하면서 성공을 갈망하는 여자이더군요. 그녀는 영화에 출연도 하고 여배우로서 경력도 쌓고 싶은 욕망에 사로잡혀, 그걸 위해서라면 어떤 짓이라도 할 준비가 되어 있는 인물 같던데요. 그런데 또 그녀는 운 좋게도 사랑을 바탕으로 모든 행동을 한다는 거지요?

디틀 그녀보다 더 이상 좋은 조건을 가진 사람은 없지요. 백설공주는 앞에 나온 발레리라는 이름의 중년 여자와는 사정이 다르니까요. 그녀의 경우에는 직업과 개인 생활의 구분이란 게 없어요. 물론 그녀에게는 사랑의 대상이 남자냐 여자냐 하는 것도 결코 결정적인 변수가 되지 못합니다. 그녀의 극장주이자 첫 번째 동반자는 레즈비언입니다. 그녀에게 중요한 것은 전체입니다. 때문에 그녀의 경우에는 개인 생활과 직업이 하나로 녹아 있습니다. 그녀는 자신이 어디까지 배우이고, 어디까지 그냥 여자인지 알지 못합니다. 그녀는 모든 것을 하나로 묶었고 앞으로도 그럴 겁니다. 그러므로 백설공주라는 인물을 전통적인 도덕관념으로 재단하는 것은 잘못입니다. 그런 것으로는 그녀를 파악할 수 없습니다.

카라제크 그녀는 사람들을 상당히 당혹스럽게 만드는 인물입니다. 멀리는 니체의 생의 도덕이 연상될 정도로요.

디틀 물론, 그녀가 하는 모든 행동의 배경에는 그게 당연하다는 의식이 깔려 있습니다. 난 그런 종류의 사람들을 높이 평가합니다. 특히 영화 분야에서는요. 그런 사람들과는 일을 하기가 아주 수월하거든요. 그들은 자신들이 수행해야 할 과제에 완전히 헌신을 하지요.

카라제크 감독 역시 백설공주와 아주 흡사한 인물인데요. 그럼에도 불구하고 그는 사랑을 위해 자신의 영화 계획을 포기하고 있거든요. 그런 그는 환상주의자인가요, 낭만주의자인가요?

디틀 그건 이 상황이 특수하기 때문에 그런 것뿐입니다. 애당초 그는 이 영화를 만들 수가 없기 때문이죠. 왜냐하면 이것은 그의 계획이 아니라 단지 친구인 제작자가 그에게 강요한 일이었으니까요.

카라제크 작가 친구의 세계적 베스트셀러 『로렐라이』를 영화화하는 것 말이죠? 잠시 수수께끼를 풀어 보자면 그건 마치 『향수』를 영화화하려는 계획처럼 들리던데요. 파트리크 쥐스킨트는 아직까지 영화 판권을 넘길 생각이 없죠?

디틀 항상 열쇠 구멍으로 들여다보길 즐기는 사람들을 위해 말씀드리지요. 난 지금까지 한번도 『향수』를 영화로 만들어야겠다고 생각한 적이 없습니다. 그게 파트리크와 나 사이에서 문제가 된 적도 없고요. 만약 내 개인적인 경험을 말해도 된다면, 그건 오히려 『끝없는 이야기』를 영화화할 때와 더 비슷하다고 할 수 있지요. 그때 난 정말 나한테 잘 어울리지 않는, 다시 말해 내가 적임자가 아닌 그런 계획에 휘말려 들었으니까요…….

카라제크 친구들이 우라고 부르는 치고이너 감독의 역할을 당신이 직접 해볼 생각은 없었나요? 그럴 생각이 없었어요?

디틀 물론 그럴까 하는 생각을 했었지요. 그 사람은 내 분신이나 마찬가지이니까요. 다른 인물들도 다 마찬가지입니다. 난 모든 인물들 속에 나를 이입할 수가 있습니다. 인물들은 전부 내 모습의 일부를 갖고 있습니다. 만약 그렇지 않았더라면 그 인물들에 대해 써내려 갈 수가 없었겠지요. 아주 잠시 감독의 배역을 직접 맡아 볼까 하는 생각을 한 적이 있었습니다. 그렇지만 첫째 난 연기자가 아닙니다. 둘째는 순전히 실무적인 이유들로 그럴 수가 없었습니다. 시나리오를 쓰고, 제작을 하고, 감독을 하고, 그러면서 또 연기를 하는 것, 그 모든 일을 한꺼번에 할 수는 없습니다.

카라제크 더군다나 전체 인물들을 전부 다 조망해야 할 그런 복잡한 영화에서는 말이지요. 그런데 당신은 뮌헨 사람이고 치고이너 역을 맡았던 괴츠 게오르게는 베를린 사람인데요…….

디틀 괴츠에게 시나리오를 보냈을 때 그가 감독의 배역에 관심이 끌린다고 말했습니다. 그래서 난 그 사람한테 그 배역을 맡아 보라고 격려했습니다. 물론 날 흉내 내려고 애쓰지 말라고 말했습니다. 심지어 난 인물을 베를린 사람으로 만들라고까지 말했지요. 그래야 그의 성격에 맞는 인물이 될 테니까요.

카라제크 이제 그 영화가 그토록 목표로 했던 동화에 대해 이야기해 보도록 하지요. 백설공주는 동화의 주인공 역을 맡고 있습니다. 장미 가시에 찔린 공주 역 말입니다. 그녀가 무대 위에서 질투 때문에 레즈비언 친구와 다투고 있을 때 우연히 관객들이 들어옵니다. 그런데 그 관객들은 천박하고 격렬하게 머리채를 쥐어뜯으며 싸우는 여자들의 모습을 보고 그게 〈잠자는 숲속의 미녀가 아니〉라는 사실을 알아차리기 전까지는 그걸 작품 속 이야기라고 생각하는데요. 그럼 그건 나쁜 동화인가요?

디틀 동화들이 나쁜 경우가 종종 있습니다. 그럼에도 불구하고 동화는 역시 동화적일 수밖에 없지요. 영화에서는 조명, 의상, 변장, 화려함을 통해 동화적 특성이 생겨납니다. 동화는 비유적 성격을 갖고 있어서 항상 동화를 넘어서서 뭔가를 지시하고 있지요. 가끔은 도저히 있을 수 없는 어떤 것들을 가리키기도 합니다. 운이 좋을 경우에는 일종의 시적 현실을 보여 주기도 하지요. 물론 시적 현실 역시 주관적인 진실로 나아가지만요.

카라제크 당신의 지난번 영화 「슈톤크!」는 사회에 대한 풍자가 확실했는데요. 새 영화는 어떻습니까?

디틀 난 「로시니」가 풍자라고 생각하지 않습니다. 내 생각에는 상세한 성격 묘사를 혐오하는 사람들이 풍자를 즐겨 하는 것 같습니다. 그건 「슈톤크!」의 경우에는 들어맞지만 「로시니」의 경우에는 해당되지 않습니다.

카라제크 진실을 간파할 수 있도록 만든 과장된 풍자가 아닌가요?

디틀 그림으로 치면 풍자는 캐리커처 같은 거지요. 모든 것을 그렇게 단순화시키면 실제적으로, 즉 다층적이고 미세하게 인간과 상황을 묘사하는 것이 불가능하다는 것이 내 생각입니다.

카라제크 그럼 「슈톤크!」는 풍자적이었나요?

디틀 난 「슈톤크!」에서 풍자적 요소들이 너무 두드러지지 않기를 바랐습니다. 내가 영화를 완전히 장악하는 데 실패한 경우에 대부분 영화가 풍자적이었거든요. 문제는 할 수 있는 게 무엇인가 하는 점입니다. 올바른 것을 원하고 현명하게 생각하는 사람들이 많이 있습니다. 그런데 막상 그들이 생각한 것을 이쪽으로 이끌어 내려고 하면 그건 참 어려운 일이 되어 버립니다. 그동안 난 내 자신이 뭘 원하고 있는지를 점점 더 분명히 알게 되었습니다. 그리고 또 내가 원하는 것과 내가 할 수 있는 것의 간격이 갈수록 벌어지고 있다는 사실도 확인했습니다. 이것은 어쩌면 내가 과거에 아무런 반성도 없이 일을 해왔기 때문인지도 모르겠습니다. 난 발전이라는 걸 믿었고, 나 자신도 믿었습니다. 나이가 들면 다음번에는 더 잘할 수 있게 될 거라고, 그러니까 점점 더 나아질 거라고 말입니다. 전혀 맞지 않는 말입니다. 매번 난 새로 시작하고 있으니까요.

후기

1. 「로시니, 혹은 누가 누구와 잤는가 하는 잔인한 문제」는 뮌헨의 옛 연방 철도국 차량 보수 기지 자리에 세워진 스튜디오에서 1996년 5월 21일부터 7월 19일까지 촬영되었다. 그리고 1997년 1월 22일 뮌헨에서 개봉되었다.

2. 파트리크 쥐스킨트의 「친구여, 영화는 전쟁이다! — 시나리오 쓰기의 몇 가지 어려움에 대하여」는 이 책의 간행을 위해 쓰인 에세이이다. 그의 양해하에 이 책에 실었다.

3. 중간에 실린 영화 속 장면들은 스틸 사진작가 위르겐 올치크Jürgen Olczyk가 촬영한 것이다. 그의 양해하에 이 책에 실었다.

4. 헬무트 카라제크와 헬무트 디틀의 대담인 「멜로드라마란 무엇인가?」는 이 책의 간행을 위해 1996년 11월 22일 뮌

헨에서 이루어졌다. 두 사람의 양해하에 이 책에 실었다.

5. 시인 보도 크리크니츠의 시는 볼프 본드라체크의 작품으로, 디오게네스 출판사에서 나온 시집 『시*Die Gedichte*』에 실린 연작시 「카르멘」과 「남자들의 고독」에서 인용되었다. 저자의 양해하에 이 책에 실었다.

지은이 **파트리크 쥐스킨트** 전 세계적인 성공에도 아랑곳없이 모든 문학상 수상과 인터뷰를 거절하고 사진 찍히는 일조차 피하는 기이한 은둔자이자 언어의 연금술사. 소설가 파트리크 쥐스킨트는 1949년 뮌헨에서 태어나 암바흐에서 성장했고 뮌헨 대학과 엑상프로방스 대학에서 역사학을 공부했다. 어느 예술가의 고뇌로 가득한 모노드라마 『콘트라바스』와 평생을 죽음 앞에서 도망치는 기묘한 인물을 그려 낸 『좀머 씨 이야기』 그리고 1천만 부의 판매 부수를 기록하며 유례없는 성공을 거둔 『향수』 등으로 알려졌다. 이 책 『로시니』에는 세 작품이 실려 있다. 영화감독 헬무트 디틀과 작업한 동명의 시나리오는 실제로 독일에서 영화화되었고 1996년 독일 시나리오상을 수상하기도 했다. 그 밖에 쥐스킨트가 실제로 영화 시나리오를 쓰는 과정에서 느낀 문학과 영화에 대한 에세이 「친구여, 영화는 전쟁이다!」와 헬무트 디틀이 들려주는 영화 뒷얘기 「멜로드라마란 무엇인가?」가 함께 실려 있다.

지은이 **헬무트 디틀** 독일을 대표하는 영화감독으로 1944년 바트비제에서 태어났으며 수많은 TV 시리즈와 영화를 만들었다. 1992년에 발표한 「슈톤크!Schtonk!」는 아카데미상과 골든 글로브상의 수상 후보로 동시에 오르기도 했다. 40년 지기인 파트리크 쥐스킨트와는 영화 「로시니」(1997)와 「사랑의 추구와 발견」(2005)의 시나리오를 함께 쓰고 책으로 각각 발표하였다. 헬무트 디틀은 2015년 뮌헨에서 숨을 거두었다.

옮긴이 **강명순** 고려대학교 독어독문학과를 졸업하였으며, 동 대학원에서 박사 학위를 받았다. 현재 전문 번역가로 활동하고 있다. 옮긴 책으로는 파트리크 쥐스킨트의 『향수』, 샤를로테 링크의 『폭스 밸리』, 『죄의 메아리』, 『속임수』, 헤르만 코흐의 『디너』, 헬무트 슈미트의 『헬무트 슈미트, 구십 평생 내가 배운 것들』, 파울 요제프 괴벨스의 『미하엘』 등이 있다.

로시니

발행일 **1997년 11월 10일 초판 1쇄**
1998년 2월 25일 초판 4쇄
2002년 1월 30일 2판 1쇄
2011년 5월 20일 2판 20쇄
2020년 4월 20일 신판 1쇄

지은이 **파트리크 쥐스킨트·헬무트 디틀**
옮긴이 **강명순**
발행인 **홍지웅·홍예빈**
발행처 **주식회사 열린책들**

경기도 파주시 문발로 253 파주출판도시
전화 **031-955-4000** 팩스 **031-955-4004**
www.openbooks.co.kr

ISBN 978-89-329-2028-3 03850

이 도서의 국립중앙도서관 출판예정도서목록(CIP)은 서지정보유통지원시스템 홈페이지(http://seoji.nl.go.kr)와 국가자료공동목록시스템(http://www.nl.go.kr/kolisnet)에서 이용하실 수 있습니다.(CIP제어번호 : CIP2020011805)